我吃西红柿 著

典藏版
13

盘龙

黄河出版传媒集团
阳光出版社

图书在版编目（CIP）数据

盘龙：典藏版. 13 / 我吃西红柿著. -- 银川：阳光出版社, 2023.6
ISBN 978-7-5525-6843-1

Ⅰ.①盘… Ⅱ.①我… Ⅲ.①长篇小说 – 中国 – 当代
Ⅳ.①I247.5

中国国家版本馆CIP数据核字(2023)第113442号

PAN LONG DIANCANG BAN 13

盘龙 典藏版 13

我吃西红柿　著

责任编辑　杨 皎
装帧设计　曹希予 佘彦潼 周艳芳
责任印制　岳建宁

黄河出版传媒集团
阳 光 出 版 社　出版发行

出 版 人　薛文斌
地　　址　宁夏银川市北京东路139号出版大厦（750001）
网上书店　https://shop129132959.taobao.com
电子信箱　yangguangchubanshe@163.com
邮购电话　0951-5047283
经　　销　全国新华书店
印刷装订　北京盛通印刷股份有限公司
印刷委托书号　（宁）0026383

开　　本　710 mm × 1000 mm　1/16
印　　张　18
字　　数　262千字
版　　次　2023年6月第1版
印　　次　2023年6月第1次印刷
书　　号　ISBN 978-7-5525-6843-1
定　　价　36.80元

目 录

C O N T E N T S

第551章

汉帝赛堡主

血红通道散发出一种不祥的气息。

"要逃，怎么逃？"林雷此时焦急万分，身边尤赖等三人正看守着他，而那扇门后更是有一个实力惊人的堡主，恐怕他就是使用主神之力也难以逃掉。

"冷静，冷静！"林雷努力寻找能够逃走的机会，可是思来想去发现只有一个可能。

"现在只能寄希望于络缪了。络缪现在有戒心了，或许会想办法逃命。若是他和那个堡主激烈地战斗起来，引起了尤赖这三人的注意，我就能趁乱逃走。"

不过，林雷也明白，那个堡主既然敢让络缪进去，那就是有把握对付络缪。如果真是这样，那他连逃走的唯一一机会也没有了。

林雷虽然内心焦急，但时刻注意着身边的动静，随时准备逃逸。

"林雷，着急了？"尤赖笑眯眯地说道，"别着急，络缪去第一密室观看那些记忆水晶球需要些时间，很快就会轮到你的。"

"很快就会轮到我？"林雷觉得尤赖笑得好险，尤赖明知这是一个陷阱，可到了如今还在欺骗他。

轰的一声，整个地面猛然一震，眼前的大门也是剧烈一震，周围的墙壁更是震得裂开了，掉下来的碎石子砸在通道上。

林雷等四人身体一晃，不禁大吃一惊。

"好！"林雷心底大喜，络缪没让他失望，果真弄出大动静了。

"嗯？"尤赖他们三人却十分震惊。

他们相互对视，以堡主的实力，他人怎么可能会弄出这么大的动静？他们虽然吃惊，但还是盯着林雷。

林雷故作疑惑，问道："尤赖先生，里面发生什么事情了？"

"我也不清楚。"尤赖淡笑道，"可能络缪看到那些记录了绝世强者交战的记忆水晶球，一时性起，便演练了一些招式吧。对了，林雷，你进入密室后，可千万别乱演练招式。"

"知道，知道。"林雷不得不承认，尤赖圆谎的本领还真强。

就在这时，轰隆隆的声音响起，通道、大门龟裂开来，随即化为碎石四处飞溅，每一块碎石中竟然蕴含着雷电属性神力。

乱了！

尤赖等三人脸色剧变，他们都想不到络缪会在他们老师的面前弄出这么大的动静。

"好！"林雷心中大喜，"就是这时候。"

正当林雷准备运用地行术奥义离开的时候，嗖的一声，尤赖等三人立即移动，将林雷包围在中央。

尤赖淡笑道："林雷，别急，可能络缪做了什么事情惹怒了老师。"

林雷看着包围住自己的三人，眉头一皱。

"哈哈，小子，我倒是小瞧你了。"一个低沉浑厚的声音在汉帝赛城堡的上空响起。

林雷不禁抬头看去。

在破碎了的建筑上空，络缪凌空而立，黑色长袍被风吹得猎猎作响。他手持黑色战刀，双眸闭合间雷电射出，全身上下雷电闪烁，宛如雷神。

和络缪对峙的人，身高近两米五，红色短发如钢针般立着，穿着一件古朴的无袖铠甲，粗壮的双臂呈青铜色，显得强劲有力。他的右手中握着一把黑色大锤！

"他就是汉帝赛堡主，那位统领？"林雷在心底暗道，不再观看上方。

林雷注意着周围三人，希望能找到逃走的机会。

天空中，络缪的声音响起——

"哼，我还得感谢你。如果不是你，我也不会再次突破。想解决我，你还差得远！"

"你们三个看住林雷。"汉帝赛堡主淡漠地说道。

"是，老师（主人）！"尤赖等三人应命。

林雷暗忖："竟然称主人，这三人中有两人被这位堡主控制住了。"

他突然脸色一变，怒问道："尤赖，这是怎么回事？"

尤赖笑道："老师让你留在这里，好让你去第一密室观看记忆水晶球啊。"

"他们两个为什么称堡主为主人？"林雷又问道。

"我们还是下位神的时候就跟随主人了。"银发女人淡漠地说道。

林雷听了却在心中冷笑："下位神的时候就选择了他们，现在还都成为七星使徒了？"

"有什么本事尽管使出来。"络缪大喊道。

半空，汉帝赛堡主大笑道："能接我几拳，不错。现在，看你能不能接我一锤。"说着，他挥出了手中的黑色大锤。

很快，这把黑色大锤就出现在络缪的上方。

轰的一声，雷声陡然响起，一道刀影与黑色大锤撞击在一起。

嗡嗡声响起，黑色大锤轻轻颤动起来，仿佛砸在了水面上，令空间产生了一道道奇特的波纹。

络缪的那柄黑色战刀竟然也颤动起来，随即裂成碎粉。

一锤，令络缪的武器不复存在。

林雷抬头怔怔地看着，脑海中还是刚才黑色大锤挥下来的那幅画面。黑色大锤这一击，让他十分震撼。

"力量，无尽、厚重……"林雷之前一直苦修地系元素法则中的力量奥义却不得入门，现在通过汉帝赛堡主的这一锤，感知到了一丝力量奥义。

这一锤，汉帝赛堡主主要运用了毁灭规则，但也蕴含了一部分力量奥义。

不管是地、火、水、风、雷电、光明、黑暗七大元素法则，还是死亡、毁灭、命运、生命四大规则，它们之间都存在相通的地方。

"不可能！"络缪被摔在了远处的废墟中，满脸难以置信。

他之前境界突破了，认为自己足以和修罗一战，可现在他连这一锤都抵抗不了。

这时候，尤赖等三人看了一眼林雷，见林雷没逃，便抬头继续观看。这场大战对他们很有吸引力。

"林雷就算要逃，城堡中这么多人，他也逃不掉。"尤赖等三人很自信。

"我血纹泰坦一族的天赋，配合毁灭规则，难道是开玩笑的？"汉帝赛堡主朗声说道。他立在半空，如一尊天神，让人胆怯。

"啊！我顿悟什么，逃命要紧。"林雷突然反应过来。

"那三人都在认真观战！"林雷心头一喜，旋即抬头看向汉帝赛堡主和络缪，"那堡主动手的一刻就是我逃的时候！"

汉帝赛堡主动手时，尤赖等三人定会仔细观看，届时就没人看管他了。

"吃我一锤不死，你也算七星使徒中的巅峰存在，实力接近修罗了。"堡主大笑道，接着，他的身体化作一道赤色光芒，瞬间划过长空。

林雷眼睛一亮："就是这时候！"

地行术！

突然，林雷消失了，而围住林雷的尤赖等三人还在专心地看着天空中的那场大战。

不过仅仅片刻，尤赖等三人就注意到林雷消失了。

"逃了！"尤赖等三人瞬间惊醒。

"他运用了地行术奥义！"尤赖立即喝道，"我们赶快飞到城堡上空，这是在海底，他想逃走，总要出来的！"

汉帝赛城堡在海底深处，占地方圆数十里，在水系元素之心的作用下，与海水隔离开来了。一旦有人离开汉帝赛城堡，水系元素之心就会发出警报。

尤赖等三人飞到城堡上空，同时提醒其他战士加强警戒。

"你们一个个都看紧了，能运用地行术奥义的赶紧去地底找林雷，快！"尤赖大喊道。

很快，一些战士就进入地底寻找林雷了。

尤赖等三人悬浮在城堡上空，还有一些战士也悬浮着，十分谨慎地盯着各个方向。

"这个林雷竟然敢逃！"尤赖十分生气，老师定会责怪他。

汉帝赛城堡范围内，林雷运用地行术奥义，与地系元素融合在一起，穿行在地底。

"城堡中有警戒装备，一旦离开就会被发现，想要逃离很难。"林雷之前要离开时就被巡逻战士发现了，"看来，还得另想出路。"

"嗯？"林雷突然感知到前方竟然有一股生命气息。

林雷大惊："有人运用了地行术奥义！"

"大人，林雷在这里！"响亮的声音在城堡中响起。

林雷立即从地里冒了出来，冲向城堡上空，同时，全身发生剧变，青金色鳞甲覆盖全身，尖刺一根根冒出来了。

林雷速度飙升，宛如一道青金色闪电。

"抓住他！"远处的尤赖咆哮道。

大量的黑色铠甲战士、红披风战士仿佛蝗虫一样围了过来。

林雷猛然一声怒喝，以林雷为中心，一个直径近五百米的泛着土黄色光芒的罩子出现了。

黑石牢狱！

一个个不小心冲入光罩内的黑色铠甲战士、红披风战士不禁向后退。

"好强的斥力！"这些人感到惊愕。

"围住他！"尤赖此刻已经赶过来了。

林雷用暗金色双眸看向上方，只见大量黑色铠甲战士围了过来，挡住了他。

"是你们自找的！"林雷目光冷厉。

四周突然亮起耀眼的土黄色光芒，地系元素迅速聚集，原本的光罩变成了一个足有四百米高的黑色巨型立方体——黑石牢狱的真正形态，直接吞噬了附近的黑色铠甲战士。

另一边——

轰的一声，汉帝赛堡主和络缪再次交手。

络缪此时脸色惨白，随即咆哮一声，化为一道黑色闪电，以惊人的速度飞离城堡，进入了无尽的海水中。

汉帝赛堡主无奈地说道："这修炼雷电系元素法则的，速度竟然这么快，比我还快那么一点！"

络缪逃逸的速度十分快，连汉帝赛堡主也追不上。

"还有一个。"汉帝赛堡主掉头看向林雷。

在尤赖等三人以及众多巡逻战士的合击下，林雷的黑色巨型立方体爆裂开来，不过土黄色光罩又出现了。林雷在光罩的中心位置，继续向城堡外冲去。

"老师，他那一招很诡异，我们无法活捉他。"尤赖说道。

"哼！"汉帝赛堡主手持黑色大锤，化为一道赤色光芒追向林雷。他的速度虽然比络缪慢一点，但是比林雷快多了。

很快，他就追上了林雷。

"小子，留下吧！"大笑声响起。

林雷低头一看："堡主？"

他手一翻，手中出现了一滴主神之力，但是他没急着使用，因为他对自己施展出来的黑石牢狱还是有信心的。

哧哧声响起，那道赤色光芒进入光罩后速度骤减。

"哈哈，你这重力空间奥义运用得不错。"汉帝赛堡主大笑着挥舞手中的黑色大锤，只见道道黑色气流弥散开来，仿佛无数条绳子一样充斥在光罩内。

"收！"汉帝赛堡主喊道。

瞬间，无数道黑色气流将林雷缠绕住。

"这是什么玩意？"林雷拼命挣脱，挣断了数十道黑色气流，可是更多的黑色气流缠绕上来了。

林雷脸色一变，准备使用主神之力。

"力量不小，重力空间奥义也运用得不错。可惜，你和雷斯晶的差距还很大。"一个声音在林雷的脑海中响起。

林雷一怔："雷斯晶？"他想起了紫晶山脉那只紫色幼兽。

第552章

炼狱统领

雷斯晶这个名字，林雷记得很清楚。

当初，林雷在紫晶山脉运用地行术奥义时，误入那只紫色幼兽的洞穴。那只紫色幼兽就报过自己的大名，还说自己是炼狱统领。

不过，林雷根本不知道炼狱，也不明白炼狱统领的含义。

就在林雷分神的片刻，无数道黑色气流将林雷完全束缚住了。

"小子，劝你别使用那滴主神之力，用了也是浪费。"那个声音继续在林雷的脑海中响起。

林雷惊异地转头，看到了穿着古朴的无袖铠甲，立在空中，持着黑色大锤的汉帝赛堡主。

"你想干什么？"林雷问道，"难道想控制我的灵魂？"

"你连这也知道？"汉帝赛堡主十分惊异。

此时，汉帝赛堡主施展了神之领域，将二人与周围的人隔离开来。他们的谈话内容，其他人都听不到。

"跟我来吧，我们好好谈谈。"汉帝赛堡主说道。

"跟你走？"林雷不解。

汉帝赛堡主看到林雷的表情，淡笑道："以你中位神的灵魂境界，远不是我的对手。我要控制你轻而易举，犯不着和你耍手段。"

"在这里说一样。"林雷坚持不动。

汉帝赛堡主惊愕地看了一眼林雷，这么多年来，还没几个人敢和他如此说话。随即，他笑着点头："好，就听你的。"

于是，汉帝赛堡主和林雷就这样在城堡上空谈了起来。

"自我介绍一下，我，墨思·巴格肖，如今汉帝赛城堡的堡主。"汉帝赛堡主的脸上带着一丝笑容。

这位堡主也是巴格肖家族的！

不过，林雷发现这位战斗起来很豪迈的堡主，说话声音低沉温和，笑容也很亲切，丝毫没有莽撞大汉的感觉，便郑重地说道："我，林雷·巴鲁克。"

"能告诉我，你和雷斯晶是什么关系吗？竟然让他为你制造了灵魂防御神器。"墨思淡笑道。

"雷斯晶为我制造灵魂防御神器？"林雷感到错愕。

"难道不是吗？"墨思淡笑道，"我听说过你的战绩。你解决了那么多上位神，还击败了帕斯洛，说明你的灵魂防御肯定强。可你一个中位神，灵魂防御怎么可能那么强？与上位神的灵魂相比，中位神的灵魂差得太多。"

"对，我是有灵魂防御神器，那又怎么样？"林雷回复。

无论如何，他都不会说自己有灵魂防御主神器。他的灵魂防御主神器即使是残破的，也有可能让墨思眼馋。

"这就对了。"墨思笑了，"灵魂防御神器的制造极为艰难。要制造那玩意，制造者在灵魂方面就得有极高的成就。地狱中，能够炼制灵魂防御神器的人很少，而雷斯晶就是其中一个。"

"你刚才施展的那一招，与雷斯晶的绝招紫晶空间相似，你肯定得到了雷斯晶的传授。因此，我才会说你的灵魂防御神器是雷斯晶帮你炼制的。"墨思自信地说道。

林雷摇头，说道："我的重力空间奥义算是得到了雷斯晶的传授，可是我的灵魂防御神器不是他炼制的。"

"哦？"墨思惊异地看了林雷一眼，旋即笑道，"必须说你小子还挺神秘的。在四神兽家族中，像你身体这么强悍的也是极少数。不仅如此，你还有灵魂防御神器，和雷斯晶还有关系……"

林雷却眉头一皱，在心中暗道："这个墨思和我谈论这么多，到底要干什么？不过现在看来，他对我似乎没杀意。"

墨思注意到林雷的表情，不由得笑道："小子，你放心，就是看在雷斯晶的面子上，我也不会动你的。我就是觉得你挺奇特的，想和你聊聊而已。"

闻言，林雷心底一松。

"没想到因为雷斯晶那只紫色幼兽，我能逃过一劫。"林雷相信墨思说的话，毕竟人家的实力远超他，若要解决他根本无须说这些话。

"你就这么确定我是中位神？"林雷开口问道。

"哈哈！"墨思笑了起来，"小子，别说是地狱，就是其他三大至高位面、七大神位面，在灵魂方面，境界超过我的最多十个！即使他们略胜于我，也不可能在我的面前完全隐藏实力。"

也就是说，在地狱这个至高位面中，墨思的灵魂境界至少排在前几名。

地狱存在了不知道多少亿年，自然强者如云。然而，在这不计其数的强者中，墨思的灵魂境界能排到前几名，实属可怕！

"当然还有一个可能，"墨思笑道，"那就是你是主神。只有这样，你才可能隐瞒我。"

说到这里的时候，墨思心中一动，将黑色气流都收了回来。

林雷感觉身体能自由行动了，对墨思有了好感，不禁开口说道："堡主，敢问你和雷斯晶是什么关系？"

"雷斯晶……"墨思喃喃道，似乎在回忆过去的事情，旋即感叹道，"雷斯晶和我，都是炼狱中的统领。"

"果然！"林雷此刻百分之百确定，甘蒙廷口中所谓的统领大人就是墨思！

"炼狱是什么？炼狱统领又代表什么？"林雷疑惑地询问道。

"炼狱是什么？"墨思惊异地看了林雷一眼，"你连这个都不知道？"在墨思看来，林雷身上隐藏了那么多秘密，应该知道炼狱才对。

墨思回答道："炼狱是地狱中一个很特殊的地方，那里高手如云，许多退位的修罗、避世的强者都会进入炼狱。"

"那炼狱统领呢？"林雷接着问道。

"炼狱一共有一百零八位统领！"墨思笑道。

"又是一百零八？"林雷很惊讶。他知道地狱中一共有一百零八府，而每一府的府主就是修罗。

"对，地狱中有一百零八位修罗，炼狱内有一百零八位统领。地狱修罗掌控一府，而炼狱统领掌控一支军队！"墨思说道。

"那地狱修罗和炼狱统领相比，谁更厉害？"林雷又问道。

墨思瞥了林雷一眼，说道："地狱修罗和炼狱统领谈不上谁更强，因为能成为地狱修罗的就能成为炼狱统领。他们都达到了上位神巅峰境界，而且有着各自的绝招。地狱中，七星使徒有不少，可是地狱修罗和炼狱统领就只有那么多。地狱修罗和炼狱统领也会面临挑战，输了就得退位，更强的上！"

林雷不禁点起头来。

"不过相比起来，地狱的一百零八位修罗过得比较安逸。虽然平时也有去挑战他们的人，但是人数不多。炼狱统领则就不同了，经常要面对战斗。"墨思感叹道。

林雷必须承认，来地狱这么长时间，他也见过不少七星使徒了，特别是在汨罗岛上。

一般来说，能融合某种元素法则中四种奥义的上位神，就相当于一名七星使徒。

一些七星使徒可能融合了某种元素法则中的五种奥义，甚至融合了某种元素法则中的所有奥义。

一些七星使徒，有的是灵魂变异的，拥有特殊本领；有的是神兽，拥有天赋神通；有的是奇异族类，也有天赋能力……

这些七星使徒都有可能成为地狱修罗或者炼狱统领。

"我运用重力空间奥义施展出的黑石牢狱，威力暂时就这么大，如果由雷斯晶施展出来，威力会更大，毕竟那是他的天赋。"林雷还记得紫晶山脉相当于是一个方圆数十万里大的超大型黑石牢狱。

经过一番交谈，林雷与墨思的关系好多了。

"堡主，我有一事相求。"林雷诚恳地说道。

"哦，你说。"墨思说道。

"我有两个朋友，他们在斗战场上分别取得过百连胜，现在应该被控制住灵魂了，希望堡主能让他们恢复自由。"

闻言，墨思思考起来。

林雷有些忐忑，不知道墨思会不会同意他的请求。

片刻后，墨思点头说道："好吧，告诉我他俩的名字。"。

"一个是上位神，叫塔罗沙；一个是中位神，叫帝林。"林雷连忙说道。

墨思感叹一声，说道："塔罗沙是我控制的，他很有潜力；帝林应该是我手下控制的。"停顿片刻，他又说道，"放心，等回到汨罗岛，你就会发现他们二人的灵魂恢复自由了。"

"堡主，感激不尽！"林雷真诚地感谢道，对方如果不给他面子，他也没办法。

墨思淡然一笑，他控制的七星使徒有不少，当然不在乎塔罗沙和帝林。

"好了，现在和我走吧。"墨思笑着说道。

林雷也笑了起来，跟着墨思一起朝下方的汉帝赛城堡飞去。

此刻，大量的黑色铠甲战士在修复城堡被损坏的地方，速度极快。

"老师（主人）！"尤赖等几人恭敬地靠过来。

墨思点头示意了一下，和林雷继续朝下面飞。

"这林雷是什么人物？"尤赖等几人感到疑惑。在他们看来，墨思是地狱中的巅峰人物，对林雷却十分友好，这简直不可思议。

突然，"大人，大人！"一个焦急的声音响起。

林雷转头看去，不由得眉头一皱，只见甘蒙廷飞了过来。

"哦，甘蒙廷。"墨思一眼就认出了甘蒙廷，毕竟甘蒙廷是他的老部下，旋即疑惑地问道，"甘蒙廷，你的风系神分身呢？"

甘蒙廷当即躬身行礼，随即愤愤地说道："大人，我的风系神分身就是他毁掉的！"说着，他愤怒地指向林雷。

"嗯？"墨思眉头一皱，"你怎么和林雷对上了？"

甘蒙廷连忙说道："大人，我发现了一个灵魂变异的中位神，想将他抓来献给大人。没承想，那人是林雷的朋友，林雷便出手毁掉了我的风系神分身。"

"灵魂变异的中位神？"墨思眼睛一亮。

灵魂变异者的潜力比神兽还要高。

"堡主，那个灵魂变异的中位神是我的兄弟。"林雷只能解释道。

"大人，你一定要为属下报仇啊！"甘蒙廷连忙说道。

墨思皱着眉头沉默起来，林雷、甘蒙廷一时间都不知道他在想什么。

片刻后，墨思淡漠地说道："下去吧。"

甘蒙廷一怔，脸色瞬间变得苍白。他清楚墨思的脾气，当即恭敬行礼："是，大人！"说后，他就直接退下了。

林雷在一旁松了一口气。

墨思回头看向林雷，笑道："林雷，想去我那第一密室看看记录了高手对战的记忆水晶球吗？其中，还有主神出手的呢！"

"真的有这些记忆水晶球？"林雷有些心动。

其实，在知道记录了高手交战的记忆水晶球是一个陷阱后，林雷就怀疑记忆水晶球的真假性了。不过，听墨思这口气，是真的有这种记忆水晶球。

"有没有，去看看不就知道了吗？"墨思神秘地说道。

于是，林雷继续跟着墨思向汉帝赛城堡飞去。

很快，林雷和墨思出现在汉帝赛城堡某一座隐秘的空旷大殿内。

大殿两旁有不少书架，只是书架上摆放的不是书，而是一颗颗拳头大小的水晶球。

"这里一共有一千六百二十八颗水晶球，每一颗水晶球都被施展了浮影术，成了能够记录高手对战影像的记忆水晶球。"墨思侃侃而谈，"除此之外，里面还记录了战斗的过程、招式等。"

林雷看着这些记忆水晶球，不禁双眼发亮。

"在第一密室中，记忆水晶球主要记录的是巅峰七星使徒的对战，还有地狱修罗、炼狱统领的对战，至于主神出手……"墨思指向大厅的一个角落。

那个角落立着一根石质圆柱，顶端有一颗闪烁光芒的宝石。

"记录主神对战的记忆水晶球就在那根圆柱里面，里面是中空的，可以像门一样拉开。"墨思继续说道。

闻言，林雷忍不住进行了一个深呼吸，让自己平静下来。

老天，那可是记录了主神对战的记忆水晶球。关于主神，他只是听说过，从来没在现实中见过。人们常说主神威严不可侵犯，但主神到底有多厉害？

"我还是从七星使徒的交战看起吧。"林雷朝书架走过去。

林雷走近了才发现，每一颗记忆水晶球的表面都留有字迹。

"这能让观看者轻易找到他们想看的内容。"墨思走过来，笑着说道。

"明白。"林雷点头。

他扫了一眼这层书架上的数十颗记忆水晶球，视线停在了其中一颗记忆水晶球上，那上面写着"紫血恶魔对战铁叶恶魔"。

"紫血恶魔？"林雷当即靠过去。

这种记忆水晶球，使用者只要使用神力，就能让内部记录的影像呈现出来，供人观看。如果只想单独观看，使用者让神识进入其中就可以了。

林雷立即让神识进入水晶球，很快就看到了一幅画面——

荒凉的沙漠上，数千人随意地站立着，而半空有二人对峙。

其中一人穿着黑色铠甲，黑色长发泛着蓝光；另外一人，紫色长袍、紫色长发，手持一柄紫色长剑。

"果然是他，紫血恶魔！"林雷当初把神识探进紫血神剑，看到了许多画面，那些画面的主角无一不是这道紫色人影。

"那柄长剑，紫血神剑！"

林雷此时才完全确定自己这柄紫血神剑的原主人就是传说中的紫血恶魔。

整个画面没有声音，只有战斗的过程。

铁叶恶魔和紫血恶魔的移动速度都非常快，影像中呈现的是两道残影。

铁叶恶魔所过之处，会产生一道道诡异的弧形空间波纹，宛如一朵绽放的花朵。

一道紫光冲天而起，空间波纹被断开，出现了空间裂缝。

铁叶恶魔直接从半空坠落，紫血恶魔却依然凌空而立。

"紫血恶魔的这一剑比里尔蒙斯、帕斯洛的强很多。出剑毫无迹象，威力极大，根本不需要蓄势。"林雷勉强看出些奥秘来。

就从这一段影像来看，紫血恶魔的物质攻击很可怕，远超林雷见过的那些七星使徒。

战斗影像结束后，还对这一战进行了详细的介绍。

"这介绍得真仔细。"林雷看完不禁赞叹道。

通过这番介绍，林雷才知道原来紫血恶魔修炼的是毁灭规则。

片刻后，林雷睁开了眼睛。

"感觉怎么样？"坐在远处椅子上的墨思笑着看过来，"七星使徒非常多，实力弱的至少融合了某种元素法则中的四种奥义，实力强的可以和地狱修罗、炼狱统领一战。"

"很厉害！"林雷看过这战的详细介绍后，才知道紫血恶魔的可怕。

他如果遇到紫血恶魔，估计也要完蛋。

"紫血恶魔名气大，他的实力堪比地狱修罗、炼狱统领。他不仅在毁灭规则的成就极高，而且还是灵魂变异者。"墨思摇头叹息道，"可惜，这么一个人物，万余年前去了一个物质位面，被人解决了。"

林雷清楚，紫血恶魔是在自己的家乡玉兰大陆位面被人解决的。

"难道是贝鲁特解决的？"林雷在心中暗道。

不过，林雷没有多想，继续观看其他高手交战的记忆水晶球，有帝翼恶魔的、蓝衫恶魔的、银月恶魔的……

除了观看记录地狱中高手对决的记忆水晶球外，他还看了记录其他至高位面、七大神位面中强者交战的记忆水晶球。

"竟然有雷斯晶的！"林雷虽然没有见过雷斯晶的人类形态，但是根据招式认出了雷斯晶。

记忆水晶球中，雷斯晶是人类形态，看起来是一个很俊秀的少年，和贝贝很像。不过，雷斯晶全身覆盖了紫晶铠甲，战斗就靠双手、双脚。

雷斯晶出手干脆、利落，运用重力空间奥义施展出来的紫晶空间比林雷施展出来的黑石牢狱强多了。

与雷斯晶交手的那个炼狱统领几乎不能反抗，这场战斗呈一边倒的局势。

"好强！"林雷看得不禁赞叹起来。

在大概看了近千颗记忆水晶球后，林雷走到大殿一个角落的石质圆柱旁，拉开圆柱，里面摆放着三颗记忆水晶球。

"你看一颗就足够了。"墨思起身，走过来笑道，"这三颗记忆水晶球记录的是主神对付上位神的战斗，招式都差不多。"

"知道。"林雷深吸了一口气，将神识探进其中一颗记忆水晶球，看到了一幅画面。

浩瀚无垠的海洋上空，一个黑袍中年人凌空而立，仰头大笑，然后又流着眼泪在说着什么。

突然，海洋上空出现了一张模糊的巨型人脸，完全由元素聚集而成。黑袍中年人见了，立即愤怒地指向巨型人脸，还在不停地说着。那张巨型人脸上很快就有了一丝恼怒的表情，嘴巴动了动。黑袍中年人猛然一颤，从半空坠落，而那巨型人脸直接消失了。

"这就结束了？"林雷感到不可思议，"黑袍人还是一个地狱修罗！"林雷把神识从记忆水晶球中退回来，整个人还有些蒙。片刻后，林雷转头看向墨思："那张巨型人脸就是主神？"

墨思点头说道："对。"

"主神对付地狱修罗，难道动动嘴就可以了？"林雷感到难以置信。

墨思感慨道："主神的意志不可违抗，即使是强大的修罗，主神只要一个念头，也能轻易解决对方。"

林雷不禁感到心悸，不明白主神为什么如此可怕，一个念头就能让地狱修罗殒命。

"主神威势，不容反抗。"林雷在心中暗道。

和无数神级强者相比，主神是高高在上的，他们可以轻易解决任何一个上位神。

"主神离我们很遥远，只要不惹怒主神，主神就不会自降身份出手。"墨思解释道。

林雷微微点头，平复心情后，开口说道："堡主，在你这里打扰这么久，我也该回去了。这次，谢谢你了。"

墨思笑着点头。

林雷忽然有些不好意思地说道："堡主，我还有一件事情要麻烦你。"

"嗯？"墨思眉头一皱。

林雷直接说道："那日汨罗岛一战，我答应鲍克威当红袍长老，百年之内没有他的允许，不离开汨罗岛。不过，我思乡心切，想早点回去……"

第二天，汨罗岛巴格肖家族，林雷的住处。

林雷和尤赖出现在府邸门口。

"长老。"府邸门口的两名守卫立即行礼。

林雷吩咐道："你去护岛战士住宿区域把塔罗沙、帝林，还有帝林的两个儿子带过来。"

"是，长老。"一名守卫立即离开。

"尤赖先生，这次要麻烦你了。"林雷转头笑道。

"不麻烦。"尤赖客气得很。

林雷从海底的汉帝赛堡回到汨罗岛，把尤赖带了回来。尤赖奉堡主之令，准备命令鲍克威放林雷他们离去。

"林雷，那我先去找鲍克威族长了。"尤赖说道。

尤赖走后，林雷一进入府邸，就看见贝贝、迪莉娅、奥利维亚、希塞等人都迎上来了。此刻看到他们，林雷觉得心里踏实了。

"老大，你说我们可以走了？"贝贝第一个跑过来问道。

"对，我们可以离开这里了。"林雷笑着摸了摸贝贝的脑袋。

"迪莉娅。"林雷转头看向迪莉娅，情不自禁地喊道。

"如果堡主不给雷斯晶面子，估计我真的完蛋了。"想到这里，林雷不禁将迪莉娅紧紧拥在怀里。

"林雷。"迪莉娅轻声喊道，感觉林雷的情绪有些不对。

"我想你了。"林雷轻声说道。

闻言，迪莉娅不禁红了脸，低声说道："奥利维亚他们都在这里呢。"

林雷松开了迪莉娅，看着迪莉娅害羞的模样，哈哈大笑起来。

林雷府邸内的笑声被经过的塞克拉听到了。

"嗯，林雷回来了？"塞克拉嗤笑道，"他之前那么嚣张，现在还不是被我巴格肖家族控制？"

作为巴格肖家族的少爷，塞克拉当然知道那些红袍长老是被控制了灵魂的。

随即，塞克拉直接进入林雷府邸，府邸守卫自然不敢阻拦塞克拉。

府邸内，林雷、迪莉娅、贝贝、奥利维亚他们还在谈笑着。

"林雷。"一个声音突然响起。

林雷转头看去，来人正是塞克拉。

塞克拉微微扬起下巴，冷笑着翻手取出赤色汨罗令，说道："看到了吗？"

"赤色汨罗令，怎么了？"林雷疑惑地问道。

"过来！"塞克拉命令道。

林雷皱着眉走过去。

"跪下！"塞克拉喝令道。

林雷不禁脸一沉。之前，墨思很给他面子，也都满足了他的要求，因此他不想再和塞克拉闹起来。

"我以赤色泪罗令让你跪下。"塞克拉呵斥道，"快点。"

在巴格肖家族中，被控制的红袍长老首先服从的是堡主，其次是服从持有赤色泪罗令的人。

塞克拉以为林雷被控制住了，自然想好好羞辱林雷一番，不过没想过解决林雷。在他看来，林雷会是他们家族的一只好狗，他怎么会舍得解决？

"塞克拉，你干什么？"林雷觉得莫名其妙。

"敢违令？"塞克拉怒了，被控制灵魂的人从来没有过违抗赤色泪罗令的。

"你脑子有病啊！"贝贝生气地说道。

"塞克拉！"一声怒喝突然响起。

塞克拉掉头看去，他的父亲鲍克威正和尤赖一道走来。

塞克拉连忙走过去，气愤地说道："父亲，林雷竟然不听我的命令，应该好好惩罚他！"

"闭嘴！"鲍克威怒得脸都泛红了。

塞克拉一怔。

鲍克威转头对林雷挤出一丝笑容，恭敬地说道："林雷，这几天是我招待不周，真是抱歉。"

听到这些话，塞克拉目瞪口呆。

片刻后，塞克拉喃喃道："父亲，你怎么……"

他不明白父亲为何对一个被控制了灵魂的人如此客气。

"你给我闭嘴！"鲍克威吼道。

之前和尤赖谈过后，鲍克威就明白林雷的身份不一般。如果林雷只是四神兽家族子弟，他的先辈墨思是绝对不会收手的。

"父亲，我……"塞克拉有些蒙。

啪的一声，鲍克威猛地给了塞克拉一巴掌："我让你闭嘴！"

这一巴掌终于将塞克拉打醒了，他意识到情况不是他想的那样，于是站到一旁，不再吭声。

"鲍克威先生，你不必这样。"林雷现在也猜到了，塞克拉刚刚肯定是将他当成被控制了灵魂的人。

鲍克威挤出笑容，说道："林雷，我这儿子有时候太目中无人，教训一下是应该的。你的事情，我已经从尤赖那里知道了。唉，你在我这里还没待几天就要走了，真是可惜。"

"没办法，的确有事情。"林雷说道。

"那好吧，我就不再挽留你了。林雷，你们现在可以随时离开。如果以后再来这里，汨罗岛绝对欢迎你们。"鲍克威热忱地说道。

"一定，一定。"林雷笑道。

忽然，林雷转头看去，只见塔罗沙、帝林以及帝林的两个儿子走进来了。

塔罗沙、帝林见到林雷既惊喜又惭愧，心中复杂至极。他们想说些什么，可鲍克威等人在场，一时间也说不出口。

"帝林、塔罗沙，"林雷笑着迎上去，"一切都过去了！"

"嗯，一切都过去了。"塔罗沙、帝林眼中隐隐有泪花。

他们之前被控制了灵魂，现在恢复了自由。这种失而复得的自由，让他们心中生出无限感慨，而让他们恢复自由的正是林雷。

"哈哈，走吧，该出发了！"林雷遥望东南方，"该去幽蓝府了！"

第554章
修炼速度

哗哗声响起，星辰雾海的海浪拍打着汨罗岛的海岸。

在巴格肖家族族长鲍克威、尤赖等人的注视下，林雷他们一群人乘坐着船形金属生命，驶向血峰大陆。

船头甲板上。

"终于离开了。"奥布莱恩感叹一声。

"对，离开了。"希塞如释重负，"忘记这地方，永远！"

林雷看了希塞一眼，当初希塞让他帮忙打探塞希莉的消息，他虽然发现情况不太对，但是也不能确认塞希莉的具体情况。

最终，林雷告诉希塞，塞希莉在族长府邸内好好的。

"或许这样对希塞会更好些。"林雷在心中暗道。

"离开了，父亲，我们终于离开了。"六目金猊中的老大克里奥激动得很。过去，他和他弟弟都不知道他们的父亲帝林被控制了灵魂，直至现在才知道，知道后他们也是一阵后怕。

"对，离开了，解脱了。"帝林遥看东南方，不看身后，他这一辈子恐怕都不会再来汨罗岛了。

"嗷——"刺耳的声音陡然响彻天际。

林雷转头看去，是塔罗沙。

塔罗沙仰头发出诡异刺耳的声音，全身隐隐发颤，许久才停下来。

塔罗沙回头看向林雷，双眼隐隐发红："林雷，大恩就不多说了，谢谢。"

塔罗沙、帝林此时的心态，恐怕只有当初被控制过灵魂的耶鲁才能理解。

"走吧，去血峰大陆，去幽蓝府。"林雷握着迪莉娅的手说道。

船形金属生命航行在星辰雾海上，旅途总体来说很宁静。虽然偶尔会遇到强盗团伙，但是以林雷他们的实力，只要上位神现身，强盗团伙就吓得逃逸了。

船舱内。

林雷闭眼盘膝坐在一个角落，不管是他本尊，还是三大神分身，都在修炼。

汨罗岛一行，让林雷深刻意识到自己的最大弱点就是灵魂不够强。

如今，林雷已经融合了地系元素法则中的大地脉动、重力空间、土之元素三大奥义，他的灵魂防御并不弱，弱的是灵魂本身。

中位神的灵魂，本质上比上位神的灵魂弱一大截。

不过，林雷有一件残破的灵魂防御主神器。正是有了这件主神器，林雷才能解决甘蒙廷的风系神分身，对付大量上位神。不然，林雷一个中位神怎么可能如此强？

"如今第一目标，就是赶紧达到上位神境界。"林雷明白自己的修炼方向，"一旦达到上位神境界，我就可以更好地利用盘龙戒指炼化大量紫晶，让我的灵魂变得更加强大。灵魂海洋中，我只要将精神力集中在那由残破的灵魂防御主神器形成的透明薄膜的豁口处就行。即使面对擅长灵魂攻击的七星使徒，我也不惧怕了。"

在中位神境界，融合某种元素法则中的奥义相对容易些，而到了上位神境界，融合的难度就大大提升了。

不过，要在中位神境界融合某种元素法则中的奥义，耗费的时间太惊人了。

现在，林雷已经把地系元素法则中的三种奥义融合了，还想将地行术奥义融合进去，不过至今还没成功。

"我现在只融合了三种奥义，如果要融合四种奥义，能在一万年内成功就谢天谢地了。

"地系元素法则中的力量奥义，我已经入门了，要尽快将力量奥义修炼到大成，然后再修炼生之力奥义。要是地系元素法则中的六种奥义都修炼至大成，那我便达到上位神境界了。到时候，我实力大增，在物质防御、灵魂防御上没有明显弱点，也有把握对付实力强的七星使徒。"

林雷清楚，达到上位神境界不是不能融合奥义，只是难度变大了而已："等达到上位神境界，再慢慢融合奥义也不迟。"

只要是独力成神的，奥义融合便有希望。

"我还要谢谢墨思，若非他那一锤，我还不知道何时才能入门力量奥义。"林雷随即静下心来，本尊和地系神分身开始全身心修炼力量奥义。

现在，林雷主要修炼地系元素法则，风系元素法则和火系元素法则暂时被他搁置一边。

风系元素法则蕴含九种奥义，林雷已经修炼了五种，若想再修炼其他四种，需要花费很长的时间。

至于火系元素法则，林雷的火系神分身还没达到中位神境界。

当初在玉兰大陆位面，林雷就已经测过元素亲和力了。他的地系、风系元素亲和力超等，火系中等。因此，他修炼地系元素法则、风系元素法则的速度快，修炼火系元素法则的速度慢。

从目前的情况来看，林雷若想快点达到上位神境界，就得把精力放在修炼地系元素法则上……

星辰雾海无边无尽，时而出现一座座岛屿。

哗哗声响起，船形金属生命破浪前进。

林雷、迪莉娅并肩遥看东南方，旁边是奥利维亚、贝贝、奥布莱恩、帝林、塔罗沙、希塞等人，大家的脸上都有着笑容。

只见前方远处出现了一条海岸线，蜿蜒漫长。

"血峰大陆！"林雷心中激动万分。

从汨罗岛出发，在星辰雾海上行驶了二十三年，他们一群人即将抵达血峰大陆。

"血峰大陆，幽蓝府……"贝贝双眼发亮，"老大，我记得地图上，幽蓝府距离海岸线不算太远吧。将近七百年了，我们终于快到了。"

林雷和迪莉娅双手紧握，遥看海岸线。

"林雷，我们到了血峰大陆是直接去幽蓝府，还是去接一个前往幽蓝府的护送任务？"奥利维亚看向林雷。

"不用。"林雷摇头说道，"过去我们实力弱，怕麻烦，现在我们直接去幽蓝府，途中也不怕有什么事情。"

林雷如今很有信心，他们这群人中可不止一个上位神。

很快，船形金属生命就抵达了岸边。

仅仅片刻，原本的船形金属生命化为猎豹的模样，飞行在血峰大陆的上空。

和紫荆大陆差不多，血峰大陆上也分布着一个个部落，强盗团伙也多，战斗随时会发生。

不过，没有强盗团伙敢来惹林雷他们这群人。

"林雷，修炼得怎么样了？"塔罗沙笑着问道。

之前在航行途中，塔罗沙、帝林他们了解到林雷还处于中位神境界。至于为何一个中位神能有如此惊人实力，林雷只是模糊地解释了一下。

但是塔罗沙他们听明白了，这一切和紫晶山脉有关。

"力量奥义修炼到后期了，"林雷感慨道，"只是生之力奥义还没入门。"

如今，林雷最烦恼的便是生之力奥义。

按照他看的那本《七元素法则奥义简述》，生之力奥义是地系元素法则中最特殊的一种奥义，领悟起来也极难。这种奥义入门难，在即将大成时更难。

"不急，说不定你什么时候就顿悟了。"塔罗沙笑道。

林雷笑着点头，也对，那力量奥义是他突然心有所悟，然后就入门了。

"你的修炼速度已经很快了。你修炼至今还没有千年，地系元素法则中的六种奥义就领悟到了第五种，而且你还融合了其中三种奥义。"塔罗沙很佩服林雷，因为他只融合了两种奥义，还凭借了他身为神兽的天赋神通。

"塔罗沙，这个不要你说，我老大本来就厉害。"贝贝走了过来，故意说道，"看看你，修炼不知道多少年了，才融合了两种奥义。"

塔罗沙不禁笑道："贝贝，你还说我呢。你是修炼黑暗系元素法则的吧？我问你，黑暗系元素法则的六大奥义，你修炼了几种，融合了几种？我记得你和林雷的修炼时间差不多。"

"哈哈！"旁边的奥布莱恩、希塞等人都笑了，林雷也不禁笑着看向贝贝。

大家都知道贝贝没耐心修炼。贝贝最多静心修炼个一年半载，然后就会四处晃悠。即使他天赋再好，不认真修炼，怎么可能进步？

"塔罗沙，你明明知道贝贝的性子还问。"帝林说道。

贝贝气得鼻子都歪了，喊道："对，我还没融合奥义！"

"贝贝，好了，别生气。"林雷笑着拍拍贝贝的肩膀。

贝贝继续喊道："可是黑暗系元素法则的六种奥义，我已经领悟了四种！"

顿时，整个大厅安静下来。

林雷怀疑自己听错了，不由得看向贝贝："贝贝，你刚才说什么？"林雷清楚贝贝没花多少心思在修炼上，平常都是玩，只是偶尔修炼罢了。

"贝贝，你再说一遍，我怀疑我听错了。"塔罗沙说道，连帝林、奥利维亚也看向贝贝。

在场的人除了林雷和贝贝，没有人领悟了四种奥义。

"你们都听清楚了！"贝贝得意地扬眉，朗声说道，"虽然我贝贝没融合奥义，但是黑暗系元素法则的六大奥义，有四种奥义我已经大成了。我现在正在领悟第五种！"

林雷的修炼进度和贝贝差不多，地系元素法则中的六大奥义，林雷已经领悟到第五种了。

"贝贝，修炼慢就修炼慢，吹牛可不行。"希塞还是不相信，开口说道。

"我吹牛？"贝贝气得瞪眼。

只见贝贝一翻手，黑暗系元素聚集，形成了一条黑蛇，缠绕在贝贝的手臂上，还发出咝咝的声音。

"这是黑暗系元素奥义。"贝贝得意地说道，"看到了吗？"

"你本来就会这个。"奥利维亚笑道。

贝贝身体一晃，数十个贝贝顿时出现在大厅中。不过，大家不在意，因为他们知道这是黑暗系元素中的化影分身术。

"哼！"贝贝哼了一声，只见一条条长长的黑色触手从贝贝的身体表面冒了出来，宛如章鱼一样，散发着黑色雾气，诡异至极。

黑暗系元素法则——邪恶奥义。

林雷惊住了，其他人也惊住了。

"刚才是第三种，现在是第四种。"贝贝身体一动，那些黑色触手消失了。

贝贝伸出右手，右手上方竟然出现了一个黑色的旋涡，逐渐吞噬着四周的一切，连阳光都吞噬了。

黑暗系元素法则——吞噬奥义。

大家都惊呆了。

同样是修炼黑暗系元素法则，奥利维亚至今只领悟了两种奥义，第三种奥义还在研究中；帝林至今只领悟了三种奥义，第四种奥义还在研究中；贝贝竟然已经领悟了四种奥义，甚至在研究第五种奥义了。

"怎么可能？"其他人觉得难以置信。

"哼，你们竟然都不相信我贝贝，说不定我明天就领悟第五种奥义了。"贝贝得意地整整自己的草帽，昂首说道。

"贝贝，怎么回事？"林雷也是一头雾水。

从玉兰大陆位面到至高位面之一的地狱，贝贝一直和林雷待在一起。林雷很清楚贝贝的修炼情况，按道理，贝贝是不可能让四种奥义大成的。

可是，贝贝成功了。

这是事实，大家都看到的事实。

"贝贝，你是怎么修炼的？"帝林一脸震惊。

"你怎么修炼得那么快？"奥利维亚平时再冷静，此时也是一脸震惊。

其他人都盯着贝贝，显然都想知道贝贝为什么会修炼得这么快，也想知道能不能参考贝贝的方法。

贝贝得意地笑了："刚才你们还不相信呢。"

"我们现在相信了，那你是怎么修炼的？"塔罗沙也追问道。

修炼总有一个过程，即使是林雷这种天才，也要抓紧时间不断修炼。林雷的修炼进度，大家都是看在眼里的。

至于贝贝，没人相信他的修炼速度赶得上林雷。

"我可是贝贝！"贝贝环视周围一群人，得意地说道，"不过，这和贝鲁特爷爷有关，其他的就不说了。"

"贝鲁特大人？"塔罗沙、帝林他们十分迷惑。

修炼是个人的事情，贝鲁特再厉害也不在贝贝的身边，他怎么帮助贝贝？

"具体的我才不会告诉你们，只告诉我老大！"贝贝笑着说道。

贝贝嬉笑着转过头对着林雷眨眼，灵魂传音："老大，很惊讶吧？"

"是很惊讶。"林雷也想不通贝贝为何修炼得这么快。

贝贝神秘一笑，继续灵魂传音："老大，你还记得当初贝鲁特爷爷说过的话吗？他为了让我突破，花大代价弄到了宝物，之后说我修炼慢，花费了二十年才完全领悟黑暗系元素奥义成为中位神，还说如果是老大，同样的条件一年就成了。"

林雷回忆起来了，贝鲁特的确说过这种话。

在玉兰大陆位面时，林雷对贝鲁特的强大只有一个模糊的认知。到了地狱后，林雷才逐渐认识到贝鲁特的强大。

贝鲁特给贝贝的匕首是一件神格兵器，再结合蕴含了贝鲁特能量的一颗珠子，这柄匕首就毁掉了七星使徒阿斯奎恩滋养了上万年的神器！

不仅如此，不懂灵魂防御的贝贝能轻易抵挡灵魂攻击，身上绝对有一件灵魂防御神器。

林雷记得汉帝赛堡主说过，地狱中能炼制灵魂防御神器的人极少。

"贝贝的灵魂防御神器肯定是贝鲁特炼制的。"林雷在心中暗道，"能打造神格兵器，能炼制灵魂防御神器，就凭这两点，贝鲁特就能拥有惊人财富了。更何况，他还是主神使者！"

在地狱待了这么久，林雷还没听说过谁是主神使者。能被主神看中的，自然是上位神中的巅峰存在。

"贝鲁特都说是他花费大代价弄到的宝物，那到底是什么宝物？"林雷很好奇。

贝鲁特给贝贝的神格兵器和灵魂防御神器就已经是宝物了，还有什么比它们更厉害的宝物？

不想还好，一想，林雷就更加好奇了。

"贝贝，到底是什么宝物能让你贝鲁特爷爷花费大代价，还让你修炼这么快？"林雷灵魂传音。

贝贝笑了，灵魂传音："老大，那宝物是剥离的灵魂碎片！"

"剥离的灵魂碎片？"林雷不解。

"对，贝鲁特爷爷知道我耐不住性子慢慢修炼就想了这个办法。贝鲁特爷爷去了一趟地狱，花费大代价请了一个大人物，让他对一些圣域级极限强者的灵魂进行剥离，将他们灵魂中关于元素法则奥义的灵魂碎片剥离出来。"

林雷愣住了，剥离灵魂？

当初在玉兰大陆位面的时候，林雷见过亡灵魔导师赛斯勒施展搜魂，知道通过外力能对灵魂进行搜索，但会对被搜魂的人造成很大的伤害。

"贝鲁特爷爷说过灵魂剥离很难。神级强者的灵魂和神格融合了，几乎不可能剥离出来，因此只能剥离圣域级极限强者的灵魂。"贝贝继续灵魂传音，"将圣域级极限强者灵魂中关于元素法则奥义的灵魂碎片剥离出来，地狱中没几个人可以这么做。贝鲁特爷爷说他做不到，于是他花费大代价，请了一个强者帮忙。这个强者不仅能剥离灵魂碎片，还能保证被剥离者不会有性命之忧。"

林雷心中一惊。

在黑沙城堡、紫荆城堡这些地方，林雷从来没听说过剥离的灵魂碎片。这种物品估计是无价的，恐怕只有贝鲁特等大人物才能弄到。

"我是神兽，成年后自然就会达到神域境界，还能领悟到化影分身术。当时，爷爷让那个大人物帮忙，弄了四份剥离的灵魂碎片，每一份蕴含了黑暗系元素法则中的不同奥义。

"贝鲁特爷爷还说了，在修炼黑暗系元素法则的圣域级极限强者中，大多数领悟到的是普通的奥义，如黑暗系元素奥义，能领悟到吞噬奥义和邪恶奥义的很少。

"爷爷请的那个大人物为了剥离灵魂碎片也是耗费了一番精力，最终弄了四份给我。"

林雷一边听着，一边在心中感慨："要做到这种程度，对灵魂的研究得有多深入啊！"

像贝鲁特，他能炼制灵魂防御神器，就说明他对灵魂的研究已经达到一个高度了。即便如此，他也要花费大代价请别人帮忙，由此可见灵魂剥离的难度。

"贝鲁特请的这个人很厉害。"林雷感慨。

"唉，虽然我有四份剥离的灵魂碎片，但最后还是得靠自己突破。"贝贝叹息道，"毕竟圣域级极限强者不是神级强者，没有完全领悟那种奥义。

"在玉兰大陆位面的时候，我花费二十年，完全领悟了黑暗系元素奥义。在地狱的这段时间，因为偶尔的顿悟，我领悟了吞噬、邪恶这两种奥义。我现在完全领悟了四种奥义，第五种奥义还在领悟中，至于第六种奥义，毫无头绪。"

此时，林雷完全明白了贝贝的修炼速度为什么这么快。对其他人而言，完全要靠自己去感知某种元素法则中的奥义，能不能感知到还不一定。而贝贝不同，贝贝本来就是神兽，进入成年期后自然就能领悟到一种奥义，更何况他还有贝鲁特给他的四份剥离的灵魂碎片。有了这四份剥离的灵魂碎片，贝贝就有了明确的修炼方向，修炼起来自然比较快。

"怪不得，怪不得。"林雷感叹两声。

贝贝大部分时间用来玩闹，只要顿悟就能大成，这实在是太轻松了。

林雷从心底为贝贝感到高兴。

"贝鲁特对贝贝还真是照顾到极致了。"林雷再次感叹。

贝贝是贝鲁特家族中的第二只噬神鼠，贝鲁特自然将贝贝当成了宝，宠爱得不得了。

贝鲁特身居高位，为了贝贝愿意跑到地狱花费大代价请人帮忙。通过这一点，林雷感受到了贝鲁特强大的人脉和影响力。

不久后，贝贝将自己修炼速度快的秘密告诉了迪莉娅，其他人仍然不知道。

金属生命继续朝幽蓝府方向飞行，不知不觉又过去了三年多。

"老大，看，石剑山！"贝贝透过透明金属，遥指东方。

林雷仔细看去，只见东方远处有一座宛如戳破天空的极高山峰。那山峰的上半部分就如同一柄重剑，剑形山峰高处，云雾缭绕。

"石剑山，要到幽蓝府了！"迪莉娅惊喜地说道。

石剑山是地图上关于幽蓝府的一个重要标志。

林雷此刻觉得全身血液在沸腾："终于要到了，终于要到了，幽蓝府！"

这是他魂牵梦绕之地。

在玉兰大陆位面的时候，林雷就知道了幽蓝府，知道自己巴鲁克家族的先辈们都来到了幽蓝府。因此，林雷才会义无反顾地踏入地狱！

从紫荆大陆一路过来，历经数次艰险：沙漠古堡一战、火山群一战、被困紫荆山脉，汩罗岛的惊险……最终，他们横渡星辰雾海来到了血峰大陆，即将到达幽蓝府！

"幽蓝府！"林雷深吸了一口气。

"老大，我们不知道四神兽家族的详细地址啊。"贝贝说道。

"这简单。"林雷满脸笑容，"我们现在去最近的城池凡斯城。四神兽家族在幽蓝府应该非常出名，要查出四神兽家族的住处很简单。"

于是，金属生命直接朝最近的凡斯城飞去，这是林雷即将抵达的幽蓝府的第一个城池。

数日后。

林雷和大家悠闲地在大厅内喝酒谈笑着。想到即将见到自己家族的先辈们，林雷很开心，这几天就没有修炼了。

轰的一声，金属生命猛然一颤。

"怎么回事？"林雷他们都站了起来，透过透明金属部分朝外面看去，看到了令他们震惊的一幕——

远处半空，近百个上位神正被三个白袍人追杀。

"哈哈，你们逃不掉的！"一个白袍人大笑道。

三个白袍人都有着金色长发、金色眉毛，俊美得如同林雷见过的精灵。他们所过之处，就有上位神从高空坠落。

那些上位神惊恐了、害怕了！

"逃！"一声怒喝，幸存的数十个上位神立即四处逃窜。

"逃不掉的。"一个淡漠的声音响起。

一个白袍人飞了出来，背后竟然有一对足有十米长的金色翅膀，散发出迷蒙的金光，圣洁的气息弥漫开来。

金翅白袍，金光笼罩，俊美圣洁。

"我判你们死罪！"这个白袍人轻轻地说道，一道半透明的金色波纹弥散开来。

那数十个上位神的逃跑速度再快，也快不过攻击速度。仅仅片刻，他们当中又有人从高空坠落下去。最终，只剩下原本统领这近百个上位神的首领惊恐地看着眼前的三个白袍人。

"好强！"林雷、塔罗沙他们都震惊了。

"那个白袍人修炼的是命运规则。"塔罗沙低声说道，"看实力，不是七星使徒就是六星使徒。"

"命运规则？"在地狱中，林雷很少见到修炼命运规则的强者，修炼命运规则的强者一般都会去四大至高位面中的天界。

"修炼命运规则的上位神……"林雷思考着。

半空继续传来咆哮声。

"为什么？我们从来没有惹你们波林家族，你们为什么要对我们赶尽杀绝？"那个幸存的上位神首领咆哮道。

"为什么？你们不是为四神兽家族办事的吗？"其中一个白袍人冷笑道。

"四神兽家族？"上位神首领一怔。

"凡是为四神兽家族办事的都得死！"展开金色翅膀的白袍人说着，右手一指，一道金光射出。

那个上位神首领来不及躲避，随即也从半空坠落。

展开金色翅膀的白袍人瞥了一眼远处林雷他们的金属生命，随即不在乎地冷哼一声："我们走。"

这三个白袍人化作三道金光，瞬间消失在天际。

"为四神兽家族办事的都得死？"金属生命中，林雷喃喃道，一时间也蒙了。

第556章
情况不对

根据一路上的见闻，以及过去从贝鲁特口中得知的，在林雷看来，四神兽家族是非常强大的。

之前在汨罗岛上，从巴格肖家族族长和汉帝赛堡主那里，林雷了解到了四神兽家族衰败的事。不过在他看来，四神兽家族即使衰败了，也应该和巴格肖家族相差无几。

"巴格肖家族在汨罗岛上说一不二，没人敢惹这个家族。无数年来，汨罗岛更是声名远播。为巴格肖家族服务的人，不会被人这样追杀，可为四神兽家族办事的人竟然会……"林雷不敢相信。

在林雷看来，幽蓝府是四神兽家族的大本营，不应该出现刚才的情况，可刚才那一幕就那么发生了。

为什么会这样？真正强大的家族会容许这样的事情发生吗？

"情况不对。"林雷微微眯起眼睛，之前的喜悦心情瞬间消失了，开始忧虑起来，四神兽家族的情况不是他想象的那样。

金属生命内，塔罗沙、贝贝、迪莉娅他们也因刚才一幕而疑惑不解。

"老大。"贝贝皱着眉喊道。

塔罗沙严肃地说道："林雷，四神兽家族在幽蓝府好像没那么强势。"

当初林雷邀请塔罗沙等人来幽蓝府之前说过，以四神兽家族在幽蓝府的影响力，大家不会再经历危险了，可现在看来……

"我也不清楚。"林雷神情严肃，毕竟他从来没去过四神兽家族的大本营，各种信息都是他推断出来的。

"抱歉，我让大家陷入新的危险中了。"林雷对奥利维亚、塔罗沙说道。

林雷邀请奥利维亚、塔罗沙他们一起来幽蓝府，是想让来自玉兰大陆位面的兄弟们聚在一起。在他看来，他家族的大本营应该没危险才对。可现在来看，他错了。

帝林笑了："林雷，别想了，先去看看再说。"

"走吧，就是有人想解决我们，也要看有没有那个实力。"塔罗沙说道。

林雷点了点头。如果四神兽家族现在的势力真的和巴格肖家族相当，那么绝对不可能说完蛋就完蛋，毕竟瘦死的骆驼比马大。

"先去凡斯城。"林雷不再多想。

凡斯城是幽蓝府境内最西边的一座城池，也是林雷他们一群人抵达的幽蓝府第一座城池，和地狱其他城池一样繁华，街道上熙熙攘攘，处处是人。

"老大，我们现在去什么地方查四神兽家族的地点？"贝贝疑惑地问道。

奥布莱恩笑着说道："随便找一个地方，比如使徒城堡，然后再问一些当地人，他们肯定对名声极大的四神兽家族很清楚。"

去使徒城堡询问的确是一个好办法。

"不急，我们先去血峰城堡。"林雷说道。

紫荆大陆有紫荆城堡，血峰大陆便有血峰城堡，两者都一样，是进行商品交易的地方。

"去血峰城堡干什么？"帝林询问道。

林雷却转头看向贝贝，说道："贝贝，还记得我们当初在紫荆城堡中购买书的那一次吗？"

贝贝连忙点头，说道："记得，那次我们是去购买关于地狱地理的书。"

"对，上次我们只是要了解地狱的大概地理情况，所以买的书对一百零八府的介绍都很简单。不过，我们还看到了很多详细介绍各府的书。"林雷说道。

介绍一府的书至少有五六厘米厚，里面自然会将一府中的一些特殊地方、强大家族说得非常详细，恐怕还会包括一些绝世强者。

迪莉娅眼睛一亮，点头赞道："那就购买一本详细介绍幽蓝府的书。四神兽家族在幽蓝府那么出名，里面肯定会有详细介绍。"

林雷笑着点头。如果去问人，恐怕别人指出某个地点，他都不知道在哪里，毕竟他没有幽蓝府详细的地图，只知道大概的区域而已。

不过，他若购买一本详细介绍幽蓝府的书就能解决这些问题了。

"买书？到了地狱后，我还从来没有去买过书。"塔罗沙笑着说道。

"你们之前一直在汨罗岛，买书干什么？有需要才会去买书。"林雷一边说着，一边朝血峰城堡走去。

顺着人流，林雷他们一群人很快就到了血峰城堡。血峰城堡入口处，有血峰军看守。

"啧啧，我觉得还是血峰军的制式服装比较帅气，比紫荆军、星辰军的都要好。"贝贝看着入口处的血峰军，低声说道。

林雷瞥了一眼，说道："他们身上的煞气比紫荆军、星辰军重些。"

"走吧。"说着，林雷他们一群人进入了血峰城堡的第一层。

血峰城堡的布局和紫荆城堡很像，林雷他们很容易就找到了专门摆放大量书的独立房间。

房间内只有三个人，其中一个还是服务人员。

"你们要买什么书？"见林雷一群人走进来，还有几个上位神，服务人员立即迎了上来。

"哪本书上有四神兽家族的地址啊？"贝贝第一个说道。

林雷开口说道："你们这里应该有详细描述整个幽蓝府的书吧，将那本书拿给我看看。"

"有。"服务人员直接从一个书架上取出一本足有十指厚的黑色封面的书，然后递给林雷，"这一本是介绍我们幽蓝府最全的了。"

林雷接过来，当即翻阅起来。

这本书分了地理、险地、名人、家族等版块。林雷根据目录，轻易就找到了四神兽家族相关内容。

"第一百五十八页！"林雷有些兴奋。

林雷翻到第一百五十八页，映入他眼中的是——

四神兽家族是四大神兽家族的统称，分别是：

青龙一族——雷丁家族；

朱雀一族——尼莫家族；

白虎一族——利厄斯家族；

玄武一族——博温家族。

四神兽家族以青龙一族雷丁家族为首，四大家族宛若一体，遍布四大至高位面……

阅读着关于四神兽家族的详细内容，林雷额头上都渗出了汗珠，感到十分震撼。原来，四神兽家族不仅仅分布在地狱！

"水系神位面、地系神位面、火系神位面、风系神位面，天界、冥界、地狱、生命神界这四大至高位面竟然都有四神兽家族的分支！"林雷骇然不已。

按照书中讲述，四神兽家族堪称四大至高位面、七大神位面中非常可怕的一个家族，势力遍布各处。幽蓝府就是四神兽家族在地狱的一个驻地。

"这么强？"林雷觉得难以置信。

"老大，给我看看！"贝贝看到林雷的表情，便从林雷手中拿过书，仔细看起来。

看着看着，贝贝瞪大了眼睛，感慨道："老大，四神兽家族好猛啊！"

闻言，迪莉娅也不禁伸出头去看。

"真的很厉害！"迪莉娅惊呼道。

"可以走了，我现在已经知道四神兽家族在哪里了。"林雷的脸上不禁浮现出笑容。

家族如此强大，林雷当然开心。

"不对。"林雷忽然眉头一皱。如果四神兽家族这么强的话，为什么波林家族的那三个白袍人要对为四神兽家族做事的人赶尽杀绝？

"你们要找四神兽家族？"一个清脆的声音忽然响起。

林雷他们转头看去，说话的正是那个服务人员。

那个服务人员笑着说道："如果你们按照书中的去找，是不可能找到四神兽家族的。"

"嗯？"林雷怔住了。

"为什么？难道这书上说的是假的？"贝贝连忙问道。

服务人员摇头说道："不是，这本书中说的都是真的。"

"既然是真的，怎么会找不到？"贝贝又问道。

服务人员说道："这书是统一印制的，在地狱的各个城池销售。地狱很大，单单运送到各处就要上千年。"

林雷点头，要将书送往地狱各处，的确要花费很长时间。

"因此，每一百万年就会统一整理一次书。这本书是数十万年前那一批的了，上面描述的也是数十万年前四神兽家族的情况。"服务人员说道。

一百万年在地狱漫长的历史中算不了什么，林雷有些明白了。

服务人员继续说道：“你如果问其他人，他们恐怕还真不清楚。我一直待在幽蓝府，对四神兽家族还是很清楚的。四神兽家族万年前发生了大变故，原本在其他位面的家族子弟都回到地狱的幽蓝府了。”

林雷恍然大悟。

贝鲁特确实没有骗他，如今四神兽家族就在幽蓝府。

迪莉娅疑惑地问道：“是什么导致四神兽家族的所有家族子弟都聚集在幽蓝府呢？”

“这我就不清楚了。”服务人员说道，“当年四神兽家族大量强者回归，那可是轰动了整个幽蓝府，因为他们回来的时候战斗不断。”

“战斗不断？”林雷一惊。

“嗯。”服务人员点头说道，“当然，我一个小人物知道的事情很少，只知道那时候战斗动静太大。后来，原本分散在幽蓝府四处的四神兽家族就聚集到一起了。”

“聚集在一起？”林雷记得刚才看的书中提到，四神兽家族分布在幽蓝府的四个地方。

“对，现在的四神兽家族是在一起的，他们所在的地方是天祭山脉。”服务人员说道。

林雷一听，回忆起当初那本简单介绍地狱地理的书中关于天祭山脉的内容。

天祭山脉是幽蓝府非常出名的一处地方，可以说是幽蓝府的标志性山脉。

第557章

虚惊一场

离开凡斯城，林雷他们乘坐金属生命朝天祭山脉赶去。

"天祭山脉位于幽蓝府境内北部，距离凡斯城有近两亿里，飞过去要大半年时间。"林雷思考着，"估计是凡斯城距离天祭山脉太远，波林家族的人才敢那么嚣张吧。"

"还有大半年时间啊。"贝贝伸了个懒腰，长叹一声，旋即看向林雷，"嘿嘿，老大，我们比一比，看谁先完全领悟第五种奥义，怎么样？"

林雷无奈地笑了。

现在，地系元素法则中的力量奥义，林雷已经修炼到后期了。黑暗系元素法则中的第五种奥义，贝贝已经达到极限状态了，随时有可能突破。

不过，顿悟是可遇不可求的，谁知道贝贝要花费多久？

林雷不再多想，开始闭眼静心修炼起来。

一旦开始修炼，时间就过得特别快。

其间，林雷有三次睁开过眼睛。待林雷第四次睁开眼睛时，他们距离天祭山脉只有数十万里了，离天祭山脉越来越近。

一段时间后，林雷他们一群人透过透明金属部分看向前方。

"天祭山脉,四神兽家族!"林雷感到体内的血液沸腾起来了,激动得有些呼吸不稳。从玉兰大陆位面一路走来,他终于要回到自己的家族了。

"看到了,前面就是天祭山脉!"迪莉娅惊喜地说道。

一座座山峰高耸入云,似要戳破苍穹,难怪这里被命名为天祭山脉。

"那是——"林雷不禁眼前一亮。

只见前方有一只展翅欲飞,全身燃烧着火焰,和山峰几乎同等高度的巨大飞禽。

那只巨大飞禽呈火红色,只有翎毛是青色的,散发出的霸道气息令林雷他们一怔。

片刻后,林雷惊讶地说道:"那竟然是一尊巨大的朱雀雕像!"

之前,林雷阅读了那本详细介绍幽蓝府的书,对四神兽家族有了一定了解,知道四神兽指的是青龙、白虎、朱雀、玄武。

起初,林雷通过文字能大概想象出青龙、白虎的模样,但是想象不出朱雀、玄武的模样。直到看到书中的图画,他才知道四神兽的真实模样。

朱雀类似火凤凰,是一种比火凤凰强得多的火属性神兽;玄武类似龙龟,是一种强大的地属性神兽。

青龙不是玉兰大陆位面常见的那种双翼龙、霸王龙,而是既霸气又高贵、蜿蜒盘旋的神龙,是水属性神兽中的最强存在。

至于白虎,倒是跟玉兰大陆位面的一些虎类魔兽有些像。

"天祭山脉的南部应该是朱雀一族的生活区域。"林雷控制金属生命朝东北方向飞行,因为东北方向是青龙一族。

片刻后,林雷看着远处下方的景色目瞪口呆,迪莉娅、贝贝、奥利维亚、塔罗沙他们也是惊得一时间说不出话来。

只见一条上万里长的巨龙蜿蜒盘旋在山脉之中,当然那不是真龙,而是巨龙形态的一条通道。

那龙形通道表面雕刻的鳞甲散发出青色光芒,显得神秘莫测。

"在地狱中建造上万里长的通道，不可思议！"塔罗沙惊叹道。

"你们仔细看，那通道周围还有大量的城堡、府邸。"帝林也惊叹道。

确实，一条上万里长的龙形通道盘旋在山脉中，一座座城堡、府邸就在它附近，形成了一个完美的整体。

龙形通道龙首位置有一座巨大的金色城堡，仿佛一颗龙珠。

"单单这阵势就远超我见过的任何一个家族。"林雷十分震撼。

四神兽家族原本纵横四大至高位面、七大神位面，即使现在衰败了，也不会忽视家族大本营的建造。

一段时间后，金属生命才来到天祭山脉山脚。

林雷他们向远处看去，看到大量穿着青色铠甲的士兵在巡逻，数量起码上万了。

他们看到的每一个士兵都是上位神！

"强者好多！"塔罗沙惊叹道，"不愧是四神兽家族，这上位神战士的数量丝毫不比巴格肖家族的少。"

"这才是真正的大家族。"帝林也惊叹道。

与巴格肖家族、四神兽家族一比，当初萨洛蒙的博伊家族根本算不上什么。

"这就是青龙一族！"林雷十分激动，热血澎湃，"我的根，我巴鲁克家族的根！"

这一眼看不到尽头的龙形通道让林雷有一种熟悉的感觉，还有一种强烈的归属感。

"林雷。"迪莉娅握住林雷的手。

林雷回头看了迪莉娅一眼，二人相视，不禁笑了。

刚入地狱时，林雷只是一个下位神，历经近七百年，如今他也只是一个中位神，但是可以轻易对付普通的上位神。

他带着迪莉娅和贝贝来地狱就是为了幽蓝府，为了四大终极战士的根！

一路走来，他们遭遇多次危险，但是从来没有放弃过。现在，他们终于抵达目的地，四神兽家族聚集地——幽蓝府天祭山脉！

"什么人？"远处传来大喝声，十个巡逻的战士从远处朝他们飞来。

这支十人小队的队长呵斥道："这是我青龙一族重地，你们赶紧离开！"

林雷笑着迎上去，说道："各位，我是青龙一族的分支成员，来地狱这么久，终于赶到这里了。"

"快来人接待我们！"贝贝大大咧咧地说道，"这么长时间，辛苦死了。"

"你是我们雷丁家族的分支成员？"队长疑惑地看着林雷，"小子，我们家族的分支成员很早以前就回来了。"

这些巡逻战士不大相信林雷说的话。

"你应该知道我们青龙一族有龙化形态的。"一个巡逻战士说道。

林雷一笑，哧哧声响起，青金色鳞甲顿时从林雷的体表浮现出来，他的额头上也冒出了尖刺。

林雷用暗金色双眸盯着队长，说道："现在你相信了吗？"

巡逻战士都笑了。

队长笑着说道："从你身上的气息判断，你应该是家族中的纯正血脉，可是你怎么会有尖刺？不过，气息不会错。"

是否青龙一族成员，根据气息就可以判断出来。

兽人中的龙人虽然也有龙化形态，但是气息和青龙一族完全不同，只是模样比较相像罢了。

"兄弟，辛苦了。"队长迎上来，诚挚地说道，"当初，我们家族从各大位面匆忙撤退，估计没有顾得上你们。"

"当时我们大部队回来时挺惨的，我的兄弟战死了……"队长眼角有着泪花，"走吧，回家！回家就安全了。"

"回家"两个字让林雷心中一动。

片刻后，林雷说道："他们是我的朋友，是和我一道过来的。"

"他们？"队长眉头一皱。

"怎么了？"林雷疑惑地问道。

队长皱着眉说道："你要和他们住一起？"

"嗯。"林雷点头，"他们和我一路历经生死，和我住在一起比较好。怎么，不可以吗？"

"也不是不行。"队长思虑片刻，说道，"我们家族现在管理很严格，如果是你单独一人，可以得到很好的待遇；如果你要带着他们，那只能住在天祭山脉最偏远的地方了。"

"偏远些没事。"林雷说道。

"那行。"队长点头，旋即说道，"走，跟我去登记一下，查一下你是哪一个分支的。嘿，你们也跟着来。"队长招呼塔罗沙、贝贝他们。

于是，林雷他们一群人跟着这支巡逻小队朝天祭山脉里面飞去。

"兄弟，我叫伊索尔，是从火系神位面撤退回来的。你是哪一个位面的？血脉竟然那么纯正。"途中，队长热情地说道。

"对啊，你是哪个位面的？"其他巡逻战士也笑着问道。

"我？我是玉兰大陆位面的。"林雷笑着说道。

闻言，伊索尔神情一滞，其他巡逻战士也一样。

片刻后，伊索尔呵斥道："抓起来！"

顿时，其他九名巡逻战士快速散开，直接将林雷他们一群人包围起来。

注意到这里的动静，其他巡逻战士也飞了过来。

林雷他们一群人蒙了。

"怎么回事？"贝贝连忙喊道。

林雷看着伊索尔，问道："伊索尔队长，怎么回事？你怎么突然要抓我？"

伊索尔淡漠地说道："抱歉，兄弟。我们青龙雷丁家族虽然分布在各大位面，但是主要在四大至高位面、七大神位面，我从来没听说过玉兰大陆位面。"

"难道我不是青龙一族的？"林雷反问道。

"你是，这点我确定。"伊索尔点头说道。

"不过，如果不能确定你属于哪一个分支，我们不能完全信你。"伊索尔说道，"有些成员从小散落在外，被其他家族收养。其他家族将他们培养起来，然后安排他们回来做奸细，这种事情已经不止发生过一次了。"

这万年来，青龙一族都非常小心，因为吃亏太多了。

"你怀疑我是奸细？"林雷觉得难以置信。

"伊索尔队长，如果我是奸细，就不会说我是玉兰大陆位面的了，会编造一个完美的身份背景。"林雷连忙说道。

迪莉娅也开口说道："伊索尔队长，你没听说过不代表你们家族其他人不知道。你还是去查探一下吧。"

"哼，有什么分支是我不知道的？"伊索尔自信得很。

"这里怎么回事？"一声呵斥突然从上方传来，一个穿着淡灰色长袍的中年人飞了过来。

伊索尔一看来人，连忙恭敬地说道："大人，这里有一个人说是我们青龙一族的，的确，他有青龙一族血脉。可是，他说他是玉兰大陆位面分支的。我从来没听说过玉兰大陆位面有我们的分支。"

"哦？"中年人惊异地看向林雷他们。

"玉兰大陆位面分支的？"中年人看向他们，"你们谁是？"

"我。"林雷站了出来。

中年人笑了："对，我们青龙一族在玉兰大陆位面的确有分支。"

闻言，伊索尔和其他战士都十分惊异。

"那是六千年前的事了，知道的人不多。"中年人淡笑道，"他们那一分支号称巴鲁克家族，也不知道是哪一位先辈在那里留下的。"

林雷听到中年人提到"巴鲁克家族",松了一口气。巴鲁克家族的先辈们果然来到了地狱。一时间,林雷百感交集。

"对,对,就是巴鲁克家族!"贝贝欢喜得很,"老大,终于找到了。"

"林雷!"迪莉娅也为林雷感到开心。

旁边的奥利维亚、奥布莱恩、塔罗沙、帝林等人的脸上也露出了笑容。在玉兰大陆位面,巴鲁克家族十分出名,而在地狱中,这是他们第一次从别人口中听到这个词语。

"林雷,恭喜!"帝林笑道。

"这下绝对不会错了!"希塞等人也笑着说道。

林雷十分喜悦。在玉兰大陆位面,在父亲的教导下,他对家族中先辈们的事迹一清二楚。现在,他终于能够见到那些家族先辈了。

"这位大人,我就是巴鲁克家族的,你赶快带我去见我家族先辈吧!"林雷忍不住说道。

"放肆!"伊索尔喊道。

林雷一怔。

"大人是什么身份,亲自带你去?"伊索尔很不满,眼前的新人似乎不懂礼数，"至于你是不是那玉兰大陆位面分支的，等一下才能完全确定，你别高兴得太早。"

中年人笑了笑，说道："伊索尔，你就跑一趟吧。"说完，他就转头飞走了。

伊索尔看着林雷几人说道："你们一个个听好了，等一会儿不要乱飞，跟着我！若冲撞了家族内的高层人员，我可保不了你们。"

"知道。"林雷应道。此时，他感受到了四神兽家族中等级森严。

"跟着我。"伊索尔率先飞起，林雷他们一群人立即跟上。

林雷他们飞行在龙形通道的上方，看着下方足有五十米宽的龙形通道。

上万里长的龙形通道蜿蜒盘旋在起伏的山峦中，周围的府邸、城堡内人影不断。

"老大，人还真多啊！"贝贝的眼睛滴溜溜地直转，"我看，这青龙一族的人口起码有百万。老大，我记得你们家族的子嗣好像很少。"

林雷笑了笑。的确，越是厉害的族类，人口就越少。

"可能时间长了，人口也就多了吧。"林雷随意地说道。

假设一个家族每一百年生育一代，或者一个孩子，或者两个孩子。时间长了，家族中会有多少成员？毕竟达到圣域境界的强者可以活很久，除非被杀死。

"生出来还要活得下去。"伊索尔突然开口说道，"过去，我们四神兽家族实力强，能庇护所有子弟，人口自然多；可现在，没那么简单了。"

林雷不禁感到疑惑，到底是什么导致四神兽家族开始衰败的？

"那座城堡建造得很漂亮。"迪莉娅轻声说道。

林雷转头看去，那是一座呈蓝色的城堡，的确吸引人。

"记住，就在这条龙形通道上飞，别飞到其他地方去。"伊索尔提醒道。

贝贝低哼了一声。

林雷不禁笑着看向贝贝："贝贝，家族管理严格些，等到了我们的住处就好些了。"林雷现在的心情很好。

"我知道。"贝贝灵魂传音。

在伊索尔的带领下，林雷他们沿着龙形通道，在山腰上一座很普通的两层小楼门口停了下来。

一名白发老者眯眼躺在小楼门前的椅子上，很惬意。

"哈尼曼。"伊索尔笑着开口说道。

这名白发老者睁开眼睛，笑着站了起来："哦，是你啊，伊索尔。今天怎么跑到我这里来了？"

"我们遇到一个有我们家族血脉的成员，请你帮忙，一起去判断记录一下。"伊索尔解释道。

"哪一个？"白发老者转头看向林雷他们一群人。

"是他。"伊索尔指向林雷。

林雷笑着看向这名白发老者，说道："哈尼曼先生，我叫林雷，来自玉兰大陆物质位面的巴鲁克家族。"

"哦，巴鲁克家族？玉兰大陆位面的那一脉，我知道。"哈尼曼白眉一扬，笑了起来，"我们青龙一族的分支大部分知道自己属于雷丁家族，也就少数几个分支不知道自己家族的名字，随便起名字。你们巴鲁克家族就是其中之一。"

林雷只能笑了笑。

原来，巴鲁克家族的第一代巴鲁克不知道青龙一族就是雷丁家族。

"你能说出巴鲁克，我相信你就是我们家族的成员。"哈尼曼说道，"可是家族有规矩，必须严格检查，所以我要和你一起去见你的那些家族先辈。"

"见家族先辈？"林雷有些兴奋。

"是的，通过他们确定你的来历。"哈尼曼随即看向伊索尔，"伊索尔，这里没你什么事了，你去忙吧，我陪他们就行了。"

伊索尔点头，当即退去。

"一千年也难得碰到一个散失在外的家族成员回来啊！"哈尼曼感叹一声，"走吧，随我去见你的家族先辈。"

林雷连忙跟上去，他身后的一群人却谈论起来了。

"当年的四大终极战士，龙血战士巴鲁克，快六千年没见过他了，"希塞的脸上露出笑容，"也不知道那老家伙现在怎么样了。"

"老家伙？"走在前面的哈尼曼回过头皱着眉说道，"玉兰大陆位面分支最年长的一个才六千多岁，也叫老家伙？我们家族中，修炼上亿年的数不胜数。玉兰大陆位面这一分支是我们雷丁家族中最年轻的一脉。"

"最年轻的一脉？"林雷等人不禁相互看了看。

在玉兰大陆位面，能存在数千年，绝对算是历史悠久。可是在地狱中，数千年算是最年轻的。和其他上亿年的分支比较，这的确年轻得很。

"这位老先生，"贝贝喊道，"这山脉内有大量城堡、府邸，人还那么多，你能记得玉兰大陆位面那一脉的住处吗？"

"怎么会不记得？"哈尼曼瞪眼说道，"我们雷丁家族的各大分支，还有绝顶强者的住处，我哈尼曼最清楚，我闭着眼睛都能轻易找到他们的住处。"

"我们在这龙形通道上方飞了好久，怎么还没到？"贝贝嘀咕道。

哈尼曼不禁皱着眉看向贝贝："戴草帽的小家伙，这一群人中，好像就你话多。"

"贝贝。"林雷低声喊道。

"哼。"贝贝低哼一声，不再吭声了。

哈尼曼继续说道："玉兰大陆位面这一脉是很弱小的一脉，像这种弱小分支的所在地比较远，因此要飞很久。现在，我们连一成的路还没飞完。"

飞行了一段时间后，哈尼曼说道："到了，跟我来。"

林雷他们向下看去，看到了数十万的巡逻战士，以及远处的一条大峡谷。

哈尼曼直接飞入大峡谷，林雷他们也跟着飞入其中。

峡谷内雾气迷蒙，林雷他们隐约看到了一栋栋小楼。

"这里有你们玉兰大陆位面一脉，还有其他一些分支。"哈尼曼说道，"这峡谷内住的人加起来就超过一万了。"

"巴鲁克！"哈尼曼突然大喝道。

"巴鲁克！巴鲁克！巴鲁克……"这喊声在峡谷中回荡起来。

林雷他们一群人被哈尼曼这一喊给吓了一跳，但还是平稳地降落到了峡谷的平地上。

远处，数十道人影疾速飞来。为首之人穿着无袖的短衫，胸肌强壮，一头棕色长发乱披着，双目炯炯有神。"哈哈，原来是哈尼曼先生。"那为首之人朗声笑道。

他的身后跟着一群人，大部分是男性，还有少数女性。这一群人的头发大多数是棕色的，也有金色的、蓝色的。

林雷盯着这为首之人。

"他就是巴鲁克？巴鲁克家族的创建者？"林雷的心脏怦怦直跳，仿佛巨锤在敲击。

"巴鲁克，"哈尼曼笑道，"我今天来，是因为有一个家族子弟说来自玉兰大陆位面，说是巴鲁克家族的。"

林雷双眼发亮。果然，眼前之人就是巴鲁克，是龙血战士家族的创建者！

"玉兰大陆位面来的？"巴鲁克一怔，随即满脸狂喜。

"有人从玉兰大陆位面过来？我们巴鲁克家族的？"巴鲁克身侧一个壮硕的英俊青年连忙说道，同时看向哈尼曼身后的一群人。

很快，他的目光就落在了林雷的身上。

这就是血脉共鸣！

不过，巴鲁克的目光落在了其他人身上。

"希塞，是你！"巴鲁克惊喜地喊道。

"哈哈，巴鲁克，没想到你这老家伙销声匿迹，原来是来地狱了。"希塞笑道。

"奥布莱恩！"巴鲁克又喊道。

"巴鲁克，好久不见！"奥布莱恩也打了个招呼。

哈尼曼故意不满地说道："我今天来是要确定那人是不是你们家族子弟，巴鲁克，你配合一下，帮忙确认一下。"

"哦。"巴鲁克回应。

"他叫林雷。"哈尼曼说道，"他说他是巴鲁克家族的。"说着，哈尼曼指向林雷。

顿时，巴鲁克以及他身后的一群人都看向林雷。此刻，他们十分激动。数千年没回玉兰大陆位面了，看到家族晚辈他们当然激动。

其实，看到希塞、奥布莱恩后，巴鲁克就确定眼前这个林雷就是他们家族的后辈。

"帮忙确认一下吧。"哈尼曼说道。

巴鲁克点头，看着林雷："林雷，对吧？如果你是我们巴鲁克家族的，应该知道我们家族宗祠内关于历代先辈的记载吧。"

林雷开口说道："巴鲁克，玉兰大陆第一位龙血战士。玉兰历4560年，巴鲁克在琳南城城下迎战冰霜巨龙和黑龙，最终将冰霜巨龙和黑龙杀死，名震天下。玉兰历4579年，巴鲁克于大陆北海海岸线上迎战九头蛇皇，当天海啸不断，城池崩裂，激战一天一夜后，巴鲁克终于斩杀九头蛇皇……最终建立巴鲁克家族，巴鲁克为第一代族长！

"瑞恩·巴鲁克……哈泽德·巴鲁克……"林雷连续说了三名先辈的事迹。

巴鲁克以及他身后一群人都激动得双眼湿润了。

"对，对！"巴鲁克感慨道，走上前猛然将林雷拥在怀里，"孩子，欢迎你回家！"

第559章
弱小一脉

　　"欢迎你回家"这句话让林雷心中滚热。

　　看到巴鲁克家族其他人看向他的关心目光，林雷觉得这近七百年来，他从紫荆大陆横穿星辰雾海赶到血峰大陆所经历的一切都是值得的！

　　在地狱漂泊这么多年，他终于回家了！

　　巴鲁克松开林雷，眼中含着泪水："林雷，你受苦了！"

　　"哈尼曼先生，谢谢。"巴鲁克看向哈尼曼，"林雷的确是我这一脉的。"

　　"哈哈，巴鲁克，恭喜！这是家族徽章，让林雷对其滴血进行认主吧。"哈尼曼递出一枚徽章，随即笑道，"那我就不打扰你们了。"说着，哈尼曼直接飞离开去。

　　巴鲁克将徽章给了林雷。

　　"这是？"林雷疑惑地看着这枚徽章。

　　"这是用来辨认家族身份的，家族成员都有徽章。"巴鲁克解释道。

　　于是，林雷对着徽章滴下自己的一滴血。很快，他惊讶地发现自己竟然能感知到其他人身上的徽章："果然，靠这个可以辨别对方是不是家族成员。"

　　"林雷，"巴鲁克身后一名英俊的青年满脸笑容，"你可知道我是谁？"

　　林雷不禁一愣，他从来没见过这些家族先辈，怎么会知道他们的名字、身份？

"我叫瑞恩。"英俊青年说道，"你刚才可是提过我的事情。"

林雷这才反应过来，笑道："我们巴鲁克家族第一位黄金龙圣骑士！"

"哈哈，黄金龙圣骑士！对，对！"瑞恩顿时大笑起来，"你刚才可是说了我和哈泽德。哈泽德，过来。"瑞恩朝身后一名壮硕大汉说道。

"林雷，你好。"哈泽德说道。

林雷张了张嘴巴，忽然发现自己不知道该称呼对方什么。难道叫哈泽德曾曾曾爷爷？不管是巴鲁克还是瑞恩，抑或是哈泽德，他们的辈分都比林雷高很多。

看到林雷的表情，巴鲁克知道林雷在想什么，笑道："林雷，在物质位面，人的寿命不长，谈辈分还有意义。可在地狱中，活了上亿年的有很多，谈辈分已经没意义了。

"你看，我们青龙一族存在了不知道多少亿年，最年长之人和最年幼之人可能隔了上亿代。你说，在这里谈辈分有意义吗？"

确实，辈分一多就没意义了。

比如玉兰大陆位面的奥布莱恩帝国。奥布莱恩的子嗣有很多，五千多年下来更是数不胜数。他本人都不在意子嗣了。他收的弟子中，最年长的和他年纪相当，最年幼的和林雷相当。他们年纪相差近五千岁，却是师兄弟。

"青龙一族如今开枝散叶，同时出生的两个人不知道差了多少辈分。"巴鲁克笑道，"这种情况不但我们家族有，其他家族也有。因此在地狱中，论辈分是没意义的。"

林雷点头赞同。

"老大，我和贝鲁特爷爷不知道相差了多少辈分，但我还是喊他爷爷。"贝贝说道，"贝鲁特爷爷的三个儿子，我都是直呼其名的。"

在贝鲁特家族，按辈分算，贝贝算哈里三兄弟的后代，但是他们辈分相差太大了，贝贝都是直接喊他们的名字。

"哈哈！"瑞恩笑道，"林雷，我们当初也为这个感到头疼，现在大家也都习惯了。凡青龙一族族人，直接喊名字就行。至于地位高低，看实力！"

在这里，即使辈分再高，如果修炼亿万年还是一个中位神，面对修炼万年的上位神，也是要恭敬行礼的。

"你称呼我族长即可，至于其他人，你直接喊名字。"巴鲁克笑道。

"喊名字？"林雷总觉得别扭。

哈泽德笑道："你现在修炼到了中位神境界，估计有千余岁了吧。数十年前，我又有了一个女儿，她的年纪远比你小，难道你也要喊她老祖宗？"

林雷只能笑了笑。

对拥有无限生命的人而言，辈分的确没意义。

"只要不是三代内至亲，都可以直呼名字。"哈泽德说道。

"大家都别站在这里，都去大厅。"巴鲁克笑着说道。

林雷跟着众人一起朝远处走去，大家边走边聊，林雷还把迪莉娅、贝贝等人介绍给了族人。

"族长，"林雷询问道，"我们这一脉现在有多少人了？"

"有几百人了。"巴鲁克笑着看向周围，"峡谷内还住着其他分支。我们这一脉，人口很少。"

巴鲁克还有一句话没说，他们这一脉也是最弱小的一脉。

"巴鲁克，你们好像很开心？"一个轻佻的声音突然响起。

巴鲁克等数十人的脸色都有些难看。

林雷转头朝声源处看去，从不远处走来几人，为首的是一个绿色长发青年。

绿发青年的脸上带着一丝讥讽的笑容："有什么喜事？说出来让我听听。"

"别管他，我们走！"巴鲁克沉声说道。

林雷发现巴鲁克等数十人都不看那绿发青年，继续朝住处走去。

"巴鲁克，我跟你说话，你摆什么臭脸色？"绿发青年眉头一皱，大声说道。

绿发青年身旁还有几名青年，对巴鲁克也很不满，其中一个说道："巴鲁克，仗着有人撑腰就嚣张了，连我们都不理睬了？"

巴鲁克、瑞恩等人脸色难看至极。

青龙一族中，玉兰大陆位面这一脉是实力最弱的。他们当初被带过来时，还只是圣域境界，后来经过宗祠洗礼、刻苦修炼，虽然也有了大的进步，可与其他脉相比，差距很大。

现在，他们这一脉的最强者只是中位神。

在地狱中，特别是在四神兽这种古老家族中，如果一脉的最强者只是中位神，那就注定会被人瞧不起，毕竟其他脉的上位神极多。

"你们在这里说什么废话？"贝贝怒喝道。

塔罗沙脸一沉，目光冷厉，扫了那几人一眼，说道："你们几个人从哪里来的，说这么多废话干吗？"

那几人一怔，随即大怒："你们！"他们从来没有想过，最弱小的玉兰大陆位面这一脉，整天被他们取笑欺辱的一脉，竟然还有人敢和他们这样说话！

为首的青年更是怒极而笑："巴鲁克，你的人还真是有胆啊，敢骂我阿斯鲁！"

阿斯鲁就是上位神！

在四神兽家族中，上位神不算什么。这一路飞过来，仅仅林雷看到的那数十万巡逻战士就全都是上位神。

在这里，上位神的数量可想而知。可是，玉兰大陆位面这一脉一个上位神都没有！

因此，阿斯鲁这个上位神平时会肆意取笑巴鲁克他们，而巴鲁克他们只能忍着。

"阿斯鲁，你别太过分了。"巴鲁克低沉说道，"今天，我们有客人。"

"我过分？"阿斯鲁一瞪眼。

"巴鲁克，你胆子不小，敢骂阿斯鲁大人！"阿斯鲁身后的几人喊道。

此刻，塔罗沙、贝贝他们都气得不行。

塔罗沙更是气得大喊："小子——"

"你给我闭嘴！"阿斯鲁打断了塔罗沙。

塔罗沙大怒。

阿斯鲁冷笑道："我知道你们几个是上位神，不过你们好像不是我们青龙一族的吧。你们能待在我们青龙一族就不错了，如果动手，我们家族的军队就会立刻消灭你们！"

阿斯鲁早就发现塔罗沙、希塞等人是上位神，可是他不怕，因为这是在青龙一族的地盘上。

"希塞，你们千万别动手。"巴鲁克摇头，神识传音，"你们能过来，一是因为林雷的身份，二是因为我们这里在家族的偏远区域。如果你们动手，不管是否有道理，家族军队就会对你们动手。林雷，你要管好你的人。"

塔罗沙、希塞、奥布莱恩都愣住了。

"放心吧，族长。"林雷神识传音。

随即，林雷转头看向阿斯鲁。阿斯鲁是上位神，可是一个普通的上位神算什么？在泪罗岛的时候，他施展黑石牢狱就能轻易对付数万上位神。他会在乎这个阿斯鲁？

"小子，你看什么看！"阿斯鲁喝道。

"阿斯鲁，对吗？"林雷笑道。

"对。"阿斯鲁微微扬起下巴。

"林雷，别惹事！"巴鲁克有些急了，连忙神识传音，"我们巴鲁克家族最强的也只是中位神，我们这一脉太弱了，不能和他们斗啊。"

"族长，我是家族一员，我和他动手，家族军队不会偏心吧？"林雷神识传音。

巴鲁克神识传音："是不会偏心，可你只是中位神啊。"

林雷转头看向阿斯鲁，说道："阿斯鲁，我劝你从今天开始再惹我们。"

"你说什么？"阿斯鲁吃惊地说道。

"以后，别惹我们。"林雷沉声说道。

阿斯鲁怔怔地看着林雷，随即仰头大笑起来："哈哈——"连阿斯鲁身后的几名青年也都大笑起来。

玉兰大陆位面这一脉是这条峡谷内最弱的一方，整天被其他分支欺负。他们实力太弱，根本不敢反抗。

"小子，你给我——"阿斯鲁的话还没有说完，一道土黄色的光芒弥散开来，一个光罩出现，瞬间笼罩了阿斯鲁等人。

黑石牢狱！

阿斯鲁的身体猛然一顿，然后直接跪坐在地上，强大的引力让他全身发颤。他身边几人更是直接趴在了地上。

"我说了，以后别惹我们！"林雷脸一沉，土黄色光芒一闪。

光罩中原本朝下的引力变为了斥力！

砰的一声，阿斯鲁等人被斥力震得飞了出去，摔在远处，他们几人都站起来惊恐地看着林雷。

林雷动都没动就轻易对付了他们，双方差距太大了。

林雷懒得看阿斯鲁他们，转头对巴鲁克说道："族长，我们回去吧。"

"林雷……"巴鲁克他们完全愣住了。

从今天起，玉兰大陆位面这一脉不会再被随意欺辱了。

第560章
族人相聚

青龙一族中，玉兰大陆位面这一脉的历史太短，不过数千年，和四神兽家族的悠久历史相比，只能算是大海中的一滴水花。

这一脉历史短暂，实力也弱，以致经常被这条大峡谷中其他分支的人瞧不起。幸亏家族有严令：同族中人不得相互残杀。

因为这个，玉兰大陆位面这一脉虽然在这里活得有些丢脸，但好歹不会有生命之危。

巴鲁克他们也只能忍着，毕竟实力不如人！

此刻，他们刚迎接的一个家族后辈，从玉兰大陆位面来到这里的家族后辈，竟然轻易地灭了对方的威风。

巴鲁克、瑞恩等人都看着林雷，一脸难以置信。

"林雷……"巴鲁克不知道该说什么。

林雷看着巴鲁克，笑道："族长，我们快回去吧，我还不知道我要住在哪里呢。"

"对，对！"巴鲁克从震撼中清醒过来。

他虽然不懂林雷为什么这么厉害，但是也不会现在就询问，当即笑道："走，我们回去。"

瑞恩等人惊异地看着林雷，感慨这个后辈子弟太强了！

"你们看什么看！"贝贝说道，"难道你们还想被我老大教训一遍？"

林雷转头看去，只见阿斯鲁等人看向他的目光中充满了惊恐。

"阿斯鲁，"林雷开口说道，"你我都是青龙一族，都属于雷丁家族，既然都是家族成员，为什么要互相争斗呢？"

阿斯鲁听得一愣。

林雷淡笑着说道："我希望你以后不要再来找我们麻烦。如果再发生这样的事情，我不介意与你再战一次。"

奥布莱恩、希塞、塔罗沙等人在一旁笑着，他们都清楚林雷的实力。当初汨罗岛混战，林雷的实力就都展现出来了。

"走吧。"林雷牵着迪莉娅，和巴鲁克、瑞恩等家族中人一起朝玉兰大陆位面一脉的住处走去。

阿斯鲁他们还站在那里。

片刻后——

"阿斯鲁大人，这……"阿斯鲁身旁的一人开口了。

阿斯鲁脸色阴沉，说道："没想到玉兰大陆位面一脉冒出了一个高手。"

"他是中位神啊。"有人说道。

阿斯鲁摇头说道："不可能。他的重力空间奥义运用到了这个地步，简直闻所未闻。在那么强的引力下，他完全可以轻易解决我们。他应该是非常强大的上位神。"

"他有多强？"几个中位神对此一片茫然。

"他有六星使徒，甚至七星使徒的实力。"阿斯鲁低沉地说道。

那几个中位神顿时傻眼了。他们平常见到上位神都要恭恭敬敬的，不过那些上位神一般只有四星使徒的实力。能有六星使徒、七星使徒实力的上位神，在家族中是高层。

"他难道不是中位神？"一个蓝发青年连忙问道。

阿斯鲁看了他一眼，随即转头就走，不再理会这个中位神。

"我说错了吗？"蓝发青年还是不明白。

"隐藏气息，伪装，这都猜不出来？"另一个中位神嗤笑道，"走吧，也不知道这历史短暂的玉兰大陆位面一脉怎么冒出了这么强的高手。"

其余几个中位神嘀咕着也离开了。

林雷很清楚，别说是一个大家族的分支，就是同父母的几个兄弟都可能要争个高低。实力弱的，就会被瞧不起。

"雷丁家族的高层不管这种事情，估计一是不太好管，二是也乐得这样吧。"林雷明白，实力弱的被瞧不起，就会有屈辱感，会发愤图强。这样，或许就会诞生一些强者。

反正家族中有规定：同族中人不得相互残杀。有了这一条，就不怕家族实力变弱。

"有争斗、有比较才会有进步。"林雷在心中感慨。

只不过目前来说，玉兰大陆位面这一脉确实是最弱的一脉。

"林雷，过了这片草地就是我们这一脉的住所了。"巴鲁克指着前方说道。

林雷看过去，低矮的草地尽头有一栋栋两层小楼，其中还有数座占地较广的大殿。

当林雷他们越过草地时，不少男男女女迎了过来，还有两个孩童。

"族长！"

一群人恭敬地喊道。

"哈哈，赶快准备宴席，庆祝林雷他们的到来。"巴鲁克大声笑道。

"族长，林雷是谁？"这一群人都不认识林雷。

林雷仔细地看着眼前一群人，这是同一个家族的人，蕴含着同一血脉："我们巴鲁克家族在玉兰大陆位面十分清冷，可在地狱要热闹得多。"

能在地狱的这些人都有永恒的生命，巴鲁克家族的人自然越来越多。

"林雷是谁？"巴鲁克顿时笑了，"他就是我们玉兰大陆位面一脉的人。"

"他可是从玉兰大陆位面过来的。"瑞恩说道，"看清楚了，他就是林雷，以后可别认错了。"说着，瑞恩直接将手搭在林雷的肩膀上。

顿时，一大群人看向林雷，议论起来。

"玉兰大陆位面过来的？"

"竟然是玉兰大陆过来的。哎，林雷，我们巴鲁克家族现在怎么样了？"

"林雷，你认识波赛特吗？他是我儿子！"

这群人激动得不停发问。

在地狱的四神兽家族中，他们是最弱的一脉，而在玉兰大陆位面中，他们是纵横玉兰大陆的龙血战士家族。

在这里，他们经常受到欺辱，自然会怀念在玉兰大陆位面的辉煌岁月，而且，他们也十分挂念玉兰大陆位面。

"你们一起问，林雷怎么回答？"巴鲁克笑着说道，"别堵在这里了，赶快去准备宴席。我们玉兰大陆位面一脉今天聚餐，到时候在宴席上，你们再好好问。"

"我去安排宴席。"一名棕发女子对林雷笑着说道。

不光是这名女子，他们这一脉的其他人都对林雷微笑示意。他们非常欢迎这个从玉兰大陆位面来的家族成员！

家族宴席上，玉兰大陆位面一脉的人都来了。数百人齐聚大殿，气氛很热烈。这数百人中，只有数十人是从玉兰大陆位面过来的，其他人是在地狱出生的。

那些在地狱出生的对玉兰大陆位面非常好奇，即使是从玉兰大陆过来的巴鲁克、瑞恩等人，也很关心家族子孙的情况。

这个宴席几乎成了林雷一行人的讲述会，他们不停地叙说着玉兰大陆位面的各种事情。

除此之外，奥布莱恩等人还讲述了林雷在玉兰大陆位面的崛起过程。

林雷的龙血战士身份、石雕大师身份、圣域魔导师身份……

林雷的故事让许多生活在地狱中的家族子弟羡慕不已，毕竟他们的实力在四神兽家族中算是最底层的。

终于，宴会结束，天也黑了，家族的一群人才和林雷分开。

瑞恩带领林雷他们前往住处。

"林雷，这三栋小楼就是你们的住处，你们自己安排吧。"瑞恩热情地说道。

"嗯，不麻烦你了，我们自己安排。"林雷笑道。

待瑞恩离开后，林雷、迪莉娅、贝贝、奥布莱恩这一群人才松了一口气。

"总算结束了。"奥布莱恩笑着感叹一声，"到地狱这么久，我从来没有一口气说过这么多话。林雷，你这些族人对玉兰大陆位面还真是够好奇的。"

"他们绝大部分都没去过玉兰大陆位面，自然好奇。"林雷笑道，"好了，大家都去休息吧。这住处，你们随意选吧。"

最后，林雷、迪莉娅、贝贝住一栋楼，奥利维亚、奥布莱恩、希塞、塔罗沙住一栋楼，帝林父子三人住一栋楼。

深夜，寂静。

林雷、迪莉娅的脸上都有着笑容。

"林雷，你现在是不是很开心？"迪莉娅轻声说道。

"对。"林雷回忆起宴席中一个个族人询问自己各种事情的场景，不由得笑了，"和这些族人在一起，我觉得自己回归到一个大家庭了。这种感觉真的很好！如果我的父亲能见到他们，一定会很开心、很满足。"

他的父亲一生都想让家族复兴，临死前的愿望，便是将族长巴鲁克的武器找回来。

"嗯，你父亲知道一定会开心的。"迪莉娅说道，"如果你父亲知道你这些年做的事情，一定会很自豪。"迪莉娅将头贴在林雷的胸前。

林雷搂着迪莉娅。

"我现在有些想泰勒、莎莎了。"迪莉娅说道。

林雷也想起了自己的儿子、女儿，不知道他们现在在玉兰大陆过得如何。

"迪莉娅。"林雷忽然说道。

"怎么了？"迪莉娅仰头问道。

"我们试试看能不能再生一个，说不定会成。"林雷笑着说道。

迪莉娅不禁一怔，旋即红着脸看向林雷……

清晨。

林雷起床了，站在自家门前。

"早晨空气不错。"林雷看着峡谷内缭绕的雾气，远处的建筑隐隐约约，还能看到半空那条蜿蜒的龙形通道。以他的视力，更是能看到龙形通道上的巡逻战士。

"这就是青龙一族啊！"林雷在心中感慨。

林雷忽然有所感应，朝不远处看去。

有一人朝他走过来，正是玉兰大陆位面一脉的族长巴鲁克。

巴鲁克脸上满是笑容："林雷！"

"族长。"林雷连忙迎上去。

"走，找个地方，我有事情要和你谈谈。"巴鲁克说道。

"就在我这里吧。"林雷说道。

巴鲁克看了看，点头说道："也好，你这里没什么外人，也不用担心被其他人听到。"

林雷有些惊讶，听巴鲁克的意思，此次谈话比较重要。于是，林雷带着巴鲁克到了自己住处的书房中。

林雷和巴鲁克相邻坐下。

"族长，有什么事说吧。"林雷说道。

巴鲁克看向林雷，沉吟片刻，说道："林雷，你先告诉我，你是中位神还是上位神？"

第561章
家族秘事

林雷看着巴鲁克，斟酌片刻，说道："中位神。"

巴鲁克一愣，旋即赞叹道："林雷，你一个中位神就能轻而易举地击败阿斯鲁，简直不可思议。你怎么做到的？"

林雷一时间不知道该如何回答。

巴鲁克看到林雷的神色，意识到自己不该问这个，笑着说道："不提这个了。你中位神就这么厉害了，等你成为上位神，一定会成为我们青龙一族的真正强者。一些事情，我就提前告诉你吧。"

林雷仔细聆听着。

"这些事情，我们青龙一族一般不会告诉实力弱小的族人。"巴鲁克感叹一声。

林雷不禁感到疑惑："实力弱小？族长也只是中位神，他怎么会知道？"

在林雷看来，族长巴鲁克在四神兽家族中的确算是弱小的。

巴鲁克继续说道："林雷，你可知道我们四神兽家族往昔的辉煌？"

"知道。"林雷点头说道，"我阅读过介绍四神兽家族的书。过去，四神兽家族的势力遍布四大至高位面、七大神位面，可是万年前，家族所有人从其他位面撤退，都退回到地狱了。"

"对。"巴鲁克感叹道，"你知道我们家族为什么会这么强大吗？"

林雷摇头，这一点林雷也疑惑。

"我告诉你，我们四神兽家族过去之所以强，是因为……"巴鲁克双眼发亮，气息有些紊乱，脸上泛红，"我们四神兽家族的老祖宗是四名主神!!!"

"什么？"林雷蒙了。

"族长，你刚才说什么？主神？我没听错吧？"林雷问道。

主神那是高高在上，俯视苍生的，就是再厉害的地狱修罗、炼狱统领，在主神面前也微不足道。主神只要动一个念头，便能轻易解决修罗。

自己家族的老祖宗是主神？

四神兽家族老祖宗是四名主神？

"对，你没听错！"巴鲁克正色说道，"我们四神兽家族的老祖宗就是四名主神。四大主神不仅很团结，还培养了大量家族子弟。因此，我们四神兽家族才能纵横各大位面。"

林雷还在想巴鲁克说的话，四神兽家族不仅有主神，竟然还是四名主神。

要知道，地、火、水、风、雷电、光明、黑暗这七系，每一系只有七名主神，分散在七大神位面以及四大至高位面。他们都很高傲，要让他们没有芥蒂地联合，很难。

如今，有四名主神联合，四神兽家族不强大才怪。恐怕其他主神也不愿轻易得罪这四名主神。

"青龙一族的老祖宗是水系主神，白虎一族的老祖宗是风系主神，朱雀一族的老祖宗是火系主神，玄武一族的老祖宗是地系主神！"巴鲁克正色说道。

"原本，我们四神兽家族可以继续繁荣昌盛下去，可一万一千年前，家族发生了意外。"巴鲁克沉声说道。

林雷也知道四神兽家族发生了意外，到底是什么意外令家族开始衰败？

能令背后有四大主神的家族衰败，恐怕只有一种可能——四神兽家族的靠山完蛋了。

想到这个，林雷有些不敢相信，在心中暗道："四大主神，谁敌得过？不可能，绝对不可能！"

林雷看向巴鲁克，等着巴鲁克的答案。

"四位老祖宗都陨落了……"巴鲁克沉声说道。

"四位主神都陨落了？怎么可能？"林雷还是不敢相信。要对付主神，对方最起码也得是主神，而且，他们有四个主神，谁能解决四个主神？

"的确陨落了。"巴鲁克无奈地说道，"虽然不知道死因，但是能确定四位老祖宗都陨落了，正因为四位老祖宗陨落了，我们四神兽家族的危机也就来了。"

"危机？"林雷皱着眉说道。

"对。"巴鲁克感慨道，"四位老祖宗的关系很好，因此四神兽家族之间也相处得十分融洽，但是对外高傲至极。"

林雷在心中暗道："有四大主神在后面支持，四神兽家族不高傲才怪！"

"正因为高傲、强大，和其他家族争斗时，四神兽家族就会更霸道些。"巴鲁克说道。

林雷明白这一点。

"有人的地方就有纷争。无数年来，争斗一直存在，四神兽家族自然会有仇敌。不过，四神兽家族不在乎，因为他们强大，他们不怕，"巴鲁克叹息道，"可是，四位老祖宗陨落了！"

巴鲁克看向林雷，说道："敢和四神兽家族相斗，实力不会差太多。"

林雷点头赞同。

"那些家族在各自的位面都很厉害。之前，因为四神兽家族背后有四位主神，那些家族还有所忌惮，后来，四位主神陨落了……"巴鲁克摇头叹息。

林雷有些明白了。

"那些家族过去被四神兽家族欺压得太厉害。"巴鲁克说道，"四大主神一陨落，他们就开始疯狂攻击四神兽家族！"

林雷倒吸了一口气，完全能想象那场面。

"因此，四神兽家族立即收缩人马，让各大位面的子弟们回地狱。"巴鲁克严肃地说道，"一万一千年前，撤退过程中，殒命的上位神数量便是一个惊人的数字。当时，连六星使徒、七星使徒都有许多殒命的。"

林雷心一颤。

"即使这样，四神兽家族依旧很强。"巴鲁克说道，"毕竟当初四位老祖宗在世的时候，培养了很多后辈子弟。四神兽家族中有大量高手，不仅有七星使徒，也有地狱修罗。"

四位主神培养后辈子弟无数年，加上四神兽家族的天赋，自然会有很多高手。不然，四神兽家族如何纵横各大位面？

"四神兽家族子弟强，可架不住对方人多、实力也强。"巴鲁克感叹道，"最要命的是，和四神兽家族仇怨极大的有八大家族，他们更是追到了地狱！"

"追到了地狱？"林雷感到惊愕。

"对，那些家族整个都搬迁到地狱来了，就为了追杀四神兽家族。"巴鲁克说道。

"有从水系神位面来的巴巴里家族，有从地系神位面来的德恩家族，有从风系神位面来的文纳家族，有从火系神位面来的圣纳尔家族，有从生命神界来的埃德里克家族，有从冥界来的阿什克罗夫特家族，还有从天界来的波林家族！"巴鲁克说道。

林雷完全呆住了。

高等位面之间的传送，价格极为高昂。把一个家族都搬迁过来，这消耗的钱财是一个惊人的数字。由此可见，他们财力雄厚。不仅如此，还可以看出这些家族对四神兽家族的仇恨有多深！

"刚才说的一共有七大家族，除了这七大家族，地狱中原本就有一个家族和我们四神兽家族有很深的仇怨，那就是雷纳尔斯家族。"巴鲁克说道。

林雷在心中感叹，连本土都有一个大敌。

"这八大家族中的任何一个家族都不比我们青龙一族弱。"巴鲁克严肃地说道。

任何一个家族都不比青龙一族弱？林雷可是知道，四神兽家族以青龙一族为首。按照巴鲁克的说法，四神兽家族就算联合起来，也敌不过人家八大家族。

"那八大家族联手，我们不是抵抗不了？"林雷十分疑惑。

"是抵抗不了，"巴鲁克说道，"可是我们有幽蓝府主帮忙。"

"幽蓝府主？"林雷感到惊异。一府府主，就是地狱修罗！

"幽蓝府主麾下有四大特使，每一个特使都很强，而且幽蓝府主还有府兵大军。"巴鲁克说道，"府主说了，不允许八大家族攻击天祭山脉。如果战斗发生在天祭山脉之外，他就不会管。"

确实，四神兽家族只要躲在天祭山脉，至少不会完蛋。

可四神兽家族不可能永远不出山脉，一旦出去，就可能遭到攻击。

"那八大家族听幽蓝府主的话？"林雷问道。

这八大家族中，有七大家族来自其他位面，每一个家族都很强。他们会顾及一府府主吗？

"八大家族听了。"巴鲁克笑道，"这么多年来，他们没来过天祭山脉。"

林雷不禁感慨那位幽蓝府主的影响力。

"幽蓝府主为什么愿意帮我们四神兽家族？"林雷有些不理解。

"我也不清楚原因，或许里面有深层的秘密吧。"巴鲁克说道。

林雷点头。

"可是，我们不可能一直待在这山脉中，总有出去的时候。"巴鲁克叹息道，"所以，战斗还是经常发生，不是你死便是我亡。"

林雷到现在还记得刚来幽蓝府时，那三个白袍人所做的一切。那三个白袍人属于八大家族之一的波林家族，是从天界过来的。

"林雷，你实力强，等达到上位神境界，肯定会成为家族中一名厉害的战将。所以，我事先提醒你，你要努力修炼。"巴鲁克说道。

"明白。"林雷点头。

"我就怕你在那惨烈的战斗中……或许是我多虑了。"巴鲁克摇头笑道，"你没经过宗祠洗礼就这么厉害了，一旦经过宗祠洗礼，肯定更加厉害。"

"宗祠洗礼？"林雷很好奇，"族长，这宗祠洗礼到底是什么？"

巴鲁克笑道："宗祠洗礼能将我们青龙一族的天赋引导出来。我们身为青龙一族成员，至少要会青龙变身吧；身为神兽一族成员，最起码要有天赋神通吧。"

"青龙变身？天赋神通？"林雷有些蒙。

四神兽都是神兽，自然有天赋神通。

"虽然我们是青龙一族，但是只有老祖宗才是真正的青龙。我们这些后代，血脉都不纯正。因此，青龙变身有差别，天赋神通也有差别。"巴鲁克说道。

"有差别？"林雷皱着眉问道。

"对，血脉越纯的，青龙变身后就越强，天赋神通也就越厉害。"巴鲁克说道，"可惜一代代下来，大多数后辈体内的血脉都不纯正。"

第562章

宗祠洗礼

说到这里，巴鲁克笑了："不过奇怪的是，我的血脉竟然很纯正。宗祠洗礼的时候，那些守卫战士都吓了一大跳，我还受到了长老的接待。"

"血脉很纯正？"林雷看着巴鲁克。

四神兽家族不知道存在了多久，可巴鲁克才六千多岁，竟然血脉纯正，的确是怪事。

"一般来说，老祖宗的子女们，也就是我们青龙一族的第二代、第三代，血脉很纯正，实力很强。没想到，我竟然能和第二代相比。"巴鲁克毫不隐瞒。

青龙一族第二代，也就是主神青龙的子女。

主神青龙的子女血脉自然纯正，第三代中天赋好的，也能和第二代相比。

至于再往后的，或许在哪一代会出现一个青龙血脉格外纯正的。这是小概率事件，但是巴鲁克碰到了。

"因此，那位长老才将我们家族的事情告诉我。"巴鲁克说道。

林雷恍然大悟，难怪巴鲁克会知道这些事情。

"其实，老祖宗以及八大家族的事情也不算什么秘密。家族内，凡是血脉纯正、潜力高的，以及达到上位神境界的，都知道这些。"巴鲁克正色说道，"毕竟，战争总会发生。"

林雷点头说道："看到那些巡逻战士，我就能感受到这一点。"

四神兽家族戒备森严，这一点远超汨罗岛。

"林雷，你的天赋绝对比我好。"巴鲁克眼睛发亮，"你还没有经过宗祠洗礼实力就这么厉害，等经过宗祠洗礼，你就能领悟水系元素法则。"

"领悟水系元素法则？"林雷惊呼道。

他现在只能领悟地系元素法则、风系元素法则、火系元素法则，对水系元素法则一窍不通。

巴鲁克继续说道："对，我们青龙一族是水属性神兽家族，如果我们家族成员连水系元素法则都不懂，那就是笑话了。现在你无法领悟，是你的血脉天赋还没有被完全引导出来。等你进入化龙池，经过洗礼，显示出青龙幻象后，就能领悟到水系元素法则。届时，在水系元素法则方面，你就会达到下位神境界，还能领悟青龙一族的天赋神通。"

林雷震撼不已。

过去，林雷知道神兽进入成年期就能成为神级强者，对此十分羡慕。没想到，他也有这一天。

"青龙幻象，天赋神通，水系神分身……"林雷不禁满心愉悦，"恐怕在地狱中，除了本尊，有四大神分身的强者很少。"

一旦经过宗祠洗礼，他便有本尊、地系神分身、风系神分身，火系神分身、水系神分身五个身体。

"我们可是青龙一族，"巴鲁克自豪地说道，"修炼水系元素法则将会非常快。你看我，虽然我悟性不好，但是这数千年来，我已经领悟了水系元素法则中的五种奥义，也快达到上位神境界了。"

林雷不禁感到惊讶，数千年就能领悟水系元素法则中的五种奥义，这速度确实很快。

"上天对青龙一族还是很优厚的。"林雷在心中暗道。

"族长，我还没经过宗祠洗礼，怎样才能进行宗祠洗礼？"林雷连忙询问道。宗祠洗礼能提升自身实力，自然越早越好。

"别急。"巴鲁克笑着说道，"宗祠洗礼，家族每隔一百年进行一次。毕竟每一百年，家族就会有一些新出生的家族子弟。"

"哦。"林雷又问道，"那下一次宗祠洗礼是什么时候？"

"上一次是二十年前，所以你需要再等八十年。"巴鲁克说道。

"八十年。"林雷也不急。

自从在紫晶山脉待了五百多年，林雷就对时间流逝没太大感觉了。一次静修，眼睛一闭一睁，恐怕就过去了八十年。

"林雷，你的实力越强，责任就越大。我们四神兽家族和八大家族的战斗，你定会成为我家族的战将。所以，你现在要好好努力，将来才能在危险的战场上活下来。"巴鲁克正色说道。

林雷郑重地点头，在心中暗道："认真修炼。"

八大家族中，就有七大家族是从其他位面搬迁到地狱的，可见他们对四神兽家族的仇恨，而四神兽家族也不可能永远龟缩在天祭山脉。

不过目前来看，四神兽家族稍微处于劣势。

一旦林雷加入战斗，估计局势会有所变化。

幽蓝府天祭山脉，一如既往平静。

四神兽家族或许会派强者出去，和八大家族进行生死战斗，可是在天祭山脉内的林雷他们是不知道的。

就这样，六十多年一晃而过。

林雷他们所在的那条大峡谷，一个角落聚集着六个青年。

其中一个青色长发男子笑着说道："去玉兰大陆位面那一脉戏弄那些小家伙吗？"

"不去。"

"我也不去。"

另外五人摇头，其中一个说道："二哥，你别去惹事了。"

"你们几个怎么回事？玉兰大陆位面一脉最强的只是一个中位神，你们怕什么？"青发男子不满地说道。

"二哥，如果是以前，你去惹他们没事，可现在没那么容易了。你不知道，在你闭关的这数百年里，玉兰大陆位面一脉发生变化了。"一个人说道。

"什么变化？"青发男子嗤笑道，"难道数百年他们就冒出个上位神了？数百年前，他们一脉也只有十二个中位神，除了巴鲁克修炼速度快点，其他人修炼得很慢。难道巴鲁克成为上位神了？"

"不是巴鲁克。六十几年前，有一个我们家族的族人过来，说是玉兰大陆位面一脉的。乍一看，那族人是中位神，可是他站在原地不动，就将阿斯鲁击飞了。"

青发男子不由得一怔，而后说道："你说阿斯鲁？"

"当初，听阿斯鲁说那件事时，我们还不信，还和大哥一起去找那人的麻烦。可是，连大哥都被那林雷轻易击败了。"

"大哥？"青发男子十分震惊，"我大哥也被击败了？"

"对，所以大哥去闭关修炼了。"另外一个人说道。

青发男子恍然大悟。他这次出关后没见到大哥，还以为大哥去什么地方了，原来是闭关了。

"这人真的很强？"青发男子疑惑地问道，"他叫什么？"

"听玉兰大陆位面一脉的人说，他叫林雷。"有人应道。

"对，是叫林雷。那些玉兰大陆位面一脉的人现在可得意了，还说要和他们斗，先击败林雷再说。可惜，我们这峡谷内出手的几个上位神都败了。"

"所以这六十多年来，没人敢再欺负玉兰大陆位面一脉了。"

听着朋友们的解释，青发男子才完全明白。

在这条大峡谷中，居住的是青龙一族中实力弱的分支。整条大峡谷内的上位神加起来估计也就二三十个，林雷竟然能连续击败好几个。

于是，这条大峡谷内的其他分支承认了玉兰大陆位面一脉的地位，不再去轻易欺辱他们。

毕竟，欺辱不成反被欺辱，那就丢脸了。

忽然，一股波动从天而降，令青发男子等六人一惊："天地法则降临！"

这是独力成神的征兆。

这六人立即议论起来。

"谁突破了？"

"那天地法则降临在玉兰大陆位面一脉的住处，是他们的人。"

"可能是哪一个圣域级强者突破成神级强者吧，不值得大惊小怪。"青发男子嗤笑道。

不少人聚集在林雷的屋外，只有迪莉娅、贝贝进入了屋内。

"怎么回事？"巴鲁克走过来，连忙询问道。

塔罗沙笑着说道："林雷突破了。"

"他达到上位神境界了？"巴鲁克立即神识传音。

如今，这条山脉内的很多人都认为林雷是上位神，只是低调隐藏了气息。

"不清楚，"塔罗沙摇头说道，"应该没有。刚来这里的时候，林雷还在领悟地系元素法则中的第五种奥义。"

在他们谈论时，林雷、迪莉娅、贝贝从屋内走了出来。

"出来了，林雷出来了！"屋外聚集的族人们都兴奋起来。

"各位都散了吧，只是我一个神分身突破了。"林雷淡笑道。

到了这条山脉后，林雷自然不会眼睁睁地看着自己这一脉的族人被欺辱，便出手过几次，震慑住了其他分支。

现在，玉兰大陆位面这一脉的人不再受欺辱，自然感激林雷。

"大家都散了吧，别聚在这里了。"巴鲁克也笑着说道。

于是，一群人议论纷纷地笑着离开。

"林雷好厉害！你说他这次突破，是什么神分身突破呢？"

"估计是水系神分身吧。"

"也有可能是雷电系神分身呢。"

这些族人只知道林雷厉害，但是并不知道林雷修炼的是什么。

"林雷，是什么突破了？"希塞迎上来询问道。

"是火系神分身。"林雷自嘲道，"我这火系神分身如今才达到中位神境界，我修炼火系元素法则的速度太慢了。"

希塞、塔罗沙等人顿时沉默起来。

林雷修炼不足千年，地系神分身、风系神分身、火系神分身都达到了中位神境界，他还说他的修炼速度慢？

"地系元素法则修炼得怎么样了？"塔罗沙问道。

"还在领悟第五种奥义——力量奥义，不知道能不能在宗祠洗礼前完全领悟。"林雷说道。

此时，距离宗祠洗礼还有十几年。对神级强者而言，十几年很短暂。其间，林雷的本尊主要陪着迪莉娅，而三大神分身完全沉浸在修炼中。

很快，十几年过去了。

巴鲁克来到林雷这里，说道："林雷，今天晚上要进行宗祠洗礼。我已经将你的名字报了上去。过一会儿，估计会有人来带你去参加宗祠洗礼，好好准备。"

"知道。"林雷眼中满是期待。

宗祠洗礼，到底是什么样的呢？

第563章
化龙池

天色昏暗，已是傍晚时分，宗祠洗礼即将开始。

天祭山脉的一条大峡谷中，林雷正耐心地等待着。过了一会儿，他便看到一名穿着制式青色铠甲的战士飞了过来。

"谁是林雷？"青色铠甲战士直接问道。

林雷心中一喜，立即迎了上去。

"我就是林雷。"林雷笑着说道。

青色铠甲战士看着林雷，仔细审视了片刻，不由得眉头一皱，呵斥道："开什么玩笑？去参加宗祠洗礼的都是出生不足百年的，你一个中位神难道出生不足百年？快，让林雷出来！"

林雷哭笑不得，他被认成冒名顶替的了。

"我就是林雷。我过去待在其他位面，八十年前才回到天祭山脉。"林雷解释道，"因此，我至今都没参加过宗祠洗礼。"

"哦？"青色铠甲战士有些疑惑。

此刻，巴鲁克、迪莉娅、贝贝等人也哭笑不得，青色铠甲战士竟然不相信林雷的身份。

巴鲁克连忙飞了过去，对这名青色铠甲战士说道："真的，他就是林雷。他不是在我们天祭山脉出生的，因此至今没有在宗祠洗礼过。"

青色铠甲战士看了看林雷，冷哼了一声，说道："我暂且相信你。不过小子，你要知道，如果你曾经洗礼过，这次进去也没用。假如你是冒名顶替的，那你就倒霉了。好了，跟我走。"

青色铠甲战士随即飞向上空。

林雷回头跟迪莉娅、贝贝他们告别后，立即跟在青色铠甲战士的身后。

林雷跟随青色铠甲战士沿着龙形通道飞行。

片刻后，他们飞离了龙形通道，来到了一座黝黑山峰的顶端。

山峰顶端有数名青色铠甲战士、一名光头黑袍人，还有十几名青年男女。

"大人，林雷带到。"青色铠甲战士飞过去，恭敬地说道。

光头黑袍人点了点头，随即吩咐道："好了，你退下吧。"接着他又看向林雷，"林雷，你在这里多待一会儿，等其他人到了再进去。"

"是。"林雷和那十几人站在一块。

"这十几人只是圣域境界。"林雷一眼就辨别出来了。

那十几名青年男女既疑惑又惊讶地看向林雷，发现看不透林雷："这人不是圣域境界？"

青龙一族的子弟们，出生不足百年的，若没经过宗祠洗礼，很少有能达到神域境界的。

林雷默默地等着，一个个青年男女被青色铠甲战士带过来了。

"一共二十八个，齐了。"光头黑袍人微微点头，随即淡漠地说道，"好了，小家伙们，都跟我来。记住，没得到我的允许，不能乱跑。"

说着，光头黑袍人带头进入一条通道中。

通道外围有龙形雕刻，整条通道斜着向下直通山腹。这条通道近六米宽、四米高，两侧墙壁上刻有古老的浮雕，地面上还铺着地毯。

"嘿，你已经成神了吗？"林雷旁边的一个年轻的碧发女孩好奇地询问道。

林雷转头看了她一眼，笑了笑，点了点头。

碧发女孩的眼睛立即亮了起来，眼中满是崇拜，不禁喊道："你好厉害！没经过宗祠洗礼，不足百年就成神了。"

这一喊，其他参加宗祠洗礼的年轻人或是崇拜、或是惊讶、或是嫉妒地看向林雷。

不足百年？林雷早就超过了。

不过，在玉兰大陆位面达到神域境界的时候，他确实修炼不足百年。

"安静点！"光头黑袍人呵斥道。

顿时，其余二十七个圣域级强者吓得不敢吭声了，而林雷表情不变，在心中暗道："这个光头脾气不小。"

片刻后，他们来到了通道的尽头，这里有一座宽广的大殿，里面也有不少黑袍人。

"到齐了？"一个黑袍人走过来问道。

"一共二十八个，齐了。"光头黑袍人说道，"你在这里看着他们，我去请两位长老开启化龙池。"

"嗯，你知道两位长老在什么地方吧？"黑袍人说道。

光头黑袍人疑惑地说道："难道两位长老还没到？"

"倒是到了，可是两位长老进入密室前说'没有允许，不得擅自闯入'。"这名黑袍人不解地说道，"他们就在东殿最里面的一间密室。"

"我去看看。"光头黑袍人离开了。

山腹之内，东殿最深处的一间密室。

两个男人正并肩站着：一个秃顶、鹰钩鼻，两缕鬓发下垂，眼神冷酷；一个长相很俊美，长发束在脑后。

这二人都穿着绣有金色花纹的青色铠甲，披着染有特殊纹路的披风，披风上隐隐有各色光晕流转。

他们此刻正聚精会神地盯着密室半空由记忆水晶球播放出来的画面。

"厉害！"秃顶男子不由得赞叹一声。

"这一刀，恐怕你我也没那么容易抵挡。"俊美男子也赞叹道。

此刻，记忆水晶球播放的赫然是林雷当初在汨罗岛上空大战的场景。他们赞叹的是巴格肖家族红袍长老一刀劈开林雷的黑石牢狱的场景。

那一场大战被汨罗岛上大量的外来人看到，一些修炼水系元素法则的强者施展浮影术，用记忆水晶球将这一战记录下来了。

因为这一战的主角林雷被认为是四神兽家族的，所以这些记忆水晶球也流传到了天祭山脉。

不过这流传的速度太慢了，林雷在天祭山脉都这么多年了，这些记忆水晶球才流传过来。

"看，这红袍长老要和我们这族人交手了。"俊美男子连忙说道。

画面中，红袍长老听了巴格肖家族族长鲍克威的命令后，开始拔刀冲向林雷。

见到这一刀，这二人都屏息了。

然而，林雷竟然右腿踢在那刀上，将一个七星使徒踢得砸向地面。

"厉害！"俊美男子赞叹道。

秃顶男子眼中也满是震惊："单纯靠肉体就能抵抗七星使徒全力的一招物质攻击，肉体强悍到如此地步的，在我们家族中也不多。"

"至少，你我都做不到。"俊美男子说道。

青龙一族的龙化形态，身体是强，可是强到这个地步的，极少。这不单单是有血脉就可以，还需要有其他方面的能力。

"不单单是身体强悍，你看到他周围的土黄色光罩了吗？凡是陷入其中的人，动作都会变形，连汨罗岛的红袍长老也受到了影响。"秃顶男子正色道。

"对，那一招运用了重力空间奥义。"俊美男子感慨道，"我们家族中的人，竟然有擅长地系元素法则的，还达到了这种境界，真是不可思议！"

通过这些画面，他们确定那人就是他们家族的。

地狱中，身体如此强悍的，只可能是青龙一族的子弟。

"这人的实力很强。"秃顶男子感叹道，"他击败七星使徒，连天赋神通都没施展。如果施展天赋神通，肯定会更轻松。"

"嗯。"俊美男子点头说道，"对，他身体如此强悍，血脉肯定很纯正，天赋神通也肯定厉害。"俊美男子很清楚自己家族的天赋神通的威力。

"可是，我从来没见过这个人。"秃顶男子看向俊美男子，"你见过吗？"

俊美男子皱着眉说道："我也没见过。"

"可能是家族中隐藏在外的一个高手吧。"俊美男子说道。

"哼！家族有危难，这人也不回来。"秃顶男子很不满，"实力再强，不回来又有什么用？"

嘭嘭——

敲门声响起。

"进来。"秃顶男子淡漠地说道。

光头黑袍人推开密室的大门，恭敬地说道："两位长老，这次参加宗祠洗礼的二十八人已经来了。"

"哦，走吧，去开启化龙池。"俊美男子说道，然后和秃顶男子一起走了出去。

他们二人正是青龙一族的长老团成员。

林雷他们二十八人跟随两名长老、四名黑袍人，沿着一条狭窄隧道前进，走在最前面的两名长老还谈笑着。

"加维，很难得啊，这次参加宗祠洗礼的竟然还有一个中位神。"秃顶男子说道。

"是挺有意思的。"俊美男子点头说道。

"没经过宗祠洗礼就达到中位神境界,不错。"俊美男子还回头看了一眼林雷。

此刻,林雷是人类形态,这两位长老自然不认识,毕竟他们通过记忆水晶球看到的林雷是龙化形态的。

隧道尽头有一座空旷的大殿。

大殿中央有一个直径足有两百米的圆形水池,散发出很奇特的味道,一些黑袍人正把大量草叶投入其中。

汩汩声响起,水池内的水沸腾着。

"这就是化龙池。"秃顶男子朗声说道,"等会儿你们再进去。"

说着,秃顶男子翻手取出一块足有拳头大小、泛着耀眼青光的晶石,直接将其扔入化龙池中。

扑通一声,晶石落入池中。

突然,化龙池中亮起了耀眼的青光,很刺眼。随即,池水疯狂地沸腾起来,不断冒泡爆裂。大量的青色气流在水池表面萦绕,如同一条条青蛇。

"好了,你们可以进去了。"秃顶男子说道。

"你在这里给我盯住了。"秃顶男子转头看向光头黑袍人,"等宗祠洗礼结束,你再把化龙晶拿上来给我们。"

"是,长老。"光头黑袍人躬身应道。

"走吧。"秃顶男子和俊美男子笑着离开了这里。宗祠洗礼要花费比较长的时间,他们可不会在这里傻傻等着。

光头黑袍人看着眼前的二十八人,说道:"你们都进去。"

"化龙池……"林雷看着眼前萦绕青色气流,散发出耀眼青光的化龙池,直接一跃,坠入化龙池中。

其他二十七人一哄而上，冲入化龙池中。

在二十八人全部进入化龙池后，化龙池诡异地发出龙吟声，震撼心灵。同时，耀眼青光收敛，池水表面萦绕的大量青色气流飘向二十八人。

第564章
能量吸收

无数道青色气流分别飘向二十八人，将他们一个个包裹起来，就像一个个青色蚕茧。

"好特殊的感觉。"一进入化龙池，林雷就感觉到大量能量将自己包裹起来了，就好像胎儿在母亲肚子里一样，温和、奇异的能量渗入他身体的各个部位。

他觉得全身酥软，十分舒坦。

"这就是宗祠洗礼……"林雷闭上眼睛感受着。

那些能量进入他的皮肤、肌肉、经脉、血液……全身没有一处不在变化着。

无论是精神还是身体，林雷现在处于绝对放松的状态。

化龙池所在的大殿十分宽阔，长、宽三四百米，高度超过百米，大殿顶部还刻有一幅龙吟图。

汩汩——

化龙池沸腾着。

化龙池边缘，不少黑袍人一边歇息，一边留意这二十八个后辈子弟的蜕变。

"这宗祠洗礼，时间短的也要一两天。若是碰到一些血脉纯正的子弟，更是需要六七天。"光头黑袍人摇头说道，"两位长老去休息了，我们要在这里待着。"

光头黑袍人身旁的一个银发年轻人笑道："等你哪天成了长老团中的一员，你也能这样。"

"我成为长老？等我有七星使徒的实力再说吧。"光头黑袍人无奈地说道。

"嗯？这些小辈吸收化龙晶能量的速度变慢了。"银发年轻人突然说道。

光头黑袍人立刻转头看去。

此刻，化龙池内，二十八个青色蚕茧中，有二十五个已经停止吸收青色气流了，只有三个还在不停吸收着。

"这次参加宗祠洗礼的人中，竟然有三个资质不错的。"光头黑袍人赞叹道，"化龙晶的能量吸收得越多，说明血脉越纯正。"

"是的。"银发年轻人点头说道，"不过，现在的后辈子弟，血脉通常很稀薄。"

"听说，我们家族最厉害的第二代、第三代成员，他们进行宗祠洗礼，单单吸收化龙晶的能量就要六七天。"光头黑袍人神秘地说道。

"真的假的？"银发年轻人不相信，"普通族人吸收化龙晶的能量只要片刻，第二代、第三代的血脉就比普通族人纯正那么多？"

"骗你干吗？那个巴鲁克，你知道吗？"光头黑袍人说道。

"知道。"银发年轻人赞叹道，"据说，单单吸收化龙晶的能量，他就花费了一整天。他的血脉很纯正，难得啊。"

"你想，连巴鲁克的血脉都这么纯正了，更何况是第二代、第三代。"光头黑袍人笑着说道。

"当初那块完整的化龙晶一下子就消耗了三分之一啊！"光头黑袍人感叹道，"那可是我亲眼看到的。"

"三分之一，这么多？"银发年轻人惊呼道。

通常来说，一块化龙晶消耗到只有一半能量的时候，就要换一块有完整能量的化龙晶。一块还有二分之一能量的化龙晶，可以支撑十次宗祠洗礼。

而巴鲁克在宗祠洗礼中就消耗了一块化龙晶三分之一的能量，的确惊人。

"今天这块化龙晶，看样子，能量应该是满的。"光头黑袍人说道。

化龙晶对青龙一族而言十分珍贵，对其他人而言没有价值。毕竟，化龙晶只有配合青龙血脉才会有效果。因此，青龙一族会花费大量钱财制造化龙晶。

"看，只剩下一个了，其他二十七个已经停止吸收化龙晶的能量了。"银发年轻人说道。

当他们不再吸收化龙晶的能量时，原本包裹他们的青色气流就消失了。

光头黑袍人扫了一眼，化龙池中现在只剩一个大型的青色蚕茧了，大量的青色气流源源不绝地朝那个青色蚕茧涌去。

"啧啧，这应该是那个中位神。"光头黑袍人看到其他二十七人，就知道剩下的是林雷。

"中位神。"银发青年笑了，说道，"听说，他是从外地回来的。他没经过宗祠洗礼就达到了中位神境界，天赋不错。难怪他能吸收化龙晶这么多能量。"

"你说他能吸收多少能量？"光头黑袍人笑道。

"不确定，或许能吸收化龙晶一成的能量吧。"银发青年说道。

"一成？不太可能。"光头黑袍人摇头说道。

二人一边交谈着，一边注意着化龙池中唯一的青色蚕茧。至于其他二十七人，现在处于沉睡中。

时间流逝。

"都半夜了，还在吸收？"化龙池周围的黑袍人开始议论起来。

咻咻声响起，青色气流源源不绝地朝林雷的那个青色蚕茧涌去。

林雷的这个青色蚕茧不停地吸收着这些青色气流，化龙晶的奇异能量不断进入林雷体内。

"全身都在震颤。"不过，林雷觉得很舒爽。

他感知到那些奇异能量渗透到身体深处，与他全身各处的能量共振起来。不过，他的血脉能量似乎还没有被完全挖掘出来。化龙晶大量的能量不断进入他的身体，不断地引导着他体内深处的血脉能量。

"一夜了！"化龙池周围的黑袍人十分震惊。

"我听说那个巴鲁克花费了一夜，这人却……对了，他叫什么？"银发青年询问道。

"林雷，他叫林雷。"光头黑袍人说道，"哦，林雷和巴鲁克一样，也是玉兰大陆位面一脉的。"

"一脉的？"银发青年十分惊异。

"也不知这林雷到底要吸收多久。"光头黑袍人盯着化龙池。

青色气流依旧不断飘向林雷那个青色蚕茧，好像不会停似的。

不知道什么时候，青色气流的移动速度越来越慢，最终完全停了下来。原本包裹林雷的青色蚕茧不见了，和其他二十七人一样，林雷在化龙池中一动不动，闭眼沉睡。

"一天半！"

光头黑袍人和银发青年相视一眼，既震撼又羡慕。

吸收化龙晶能量的时间越久，代表血脉越纯正，天赋神通的威力越大！

一天半！

也只有青龙一族的第二代、第三代，能与其比拟。

林雷看似在沉睡，其实意识是清醒的。

他感觉到不管是体表的皮肤，还是体内的筋骨、五脏六腑，好像都在兴奋地震颤，化龙晶的能量和血脉的能量在彼此融合。这令他感到不可思议。

在这过程中，林雷的身体也在发生变化，是本质上的变化。

他放任身体的变化，只是用精神力感受着。

当林雷在感受身体的变化时，化龙池内的其他人也发生了变化。

"啊——"一个青年陡然睁开双眸，发出吼声，身上迅速冒出了鳞甲，身后一条龙尾在化龙池中拍击着。

水花四溅。

渐渐地，吼声越来越小，龙化形态的青年也逐渐平静下来。

嗡——

天地法则降临，只见一枚散发着青绿色光芒的黑色晶石悬浮在他的头顶上空，正是水属性神格！

"这小子达到下位神境界了。"银发青年笑道。

凡是经过宗祠洗礼的，在水系元素法则方面自然能达到神域境界，同时也拥有了天赋神通。

"哼！第一个蜕变，也是吸收化龙晶能量最少、资质最差的一个。"光头黑袍人不屑地说道。

"你啊！这小辈才经过宗祠洗礼，说些好听的嘛。"银发青年淡笑道。其实，他也知道，对方的话虽然难听，但却是事实。

接下来，化龙池中多数人在两天内逐一达到了神域境界，有两个是在第三天达到神域境界的。最后，化龙池中，也就林雷没有动静了。

其余二十七人在化龙池边缘看着化龙池内的林雷。

"慢慢等吧。看样子，林雷还要几天才能完成身体的蜕变。"银发青年笑着说道。

"估计比巴鲁克耗费的时间长。"光头黑袍人说道。

林雷在化龙池中的第十一天。

这种情况在青龙一族是极少见的。

"啊——"林雷突然发出了低吼声。

化龙池边上一群黑袍人以及那二十七人顿时心一颤，立即看了过去。

此刻，林雷全身已经覆盖了鳞甲，尖刺冒了出来，一股可怕的气息弥散开来。

"好疼！"林雷紧咬牙齿，感觉到身体的每一个细胞都爆发出了惊人的能量，这些能量又在他体内不断融合，朝上方涌去。

不断向上，直至脑海，进入了灵魂海洋中。

此刻，由灵魂防御主神器形成的透明薄膜根本不防御林雷体内的这股能量。

这股澎湃的能量包裹住了灵魂海洋中林雷的本尊及其他三个神分身。

灵魂海洋中，那奇异的青色光晕变得耀眼起来，最终如同太阳一样，照耀整个灵魂海洋。

当林雷的灵魂海洋发生变化时，化龙池边上一群人都睁大了眼睛。

林雷的身后竟然浮现出一道蜿蜒盘旋，几乎充满整个大殿的青龙幻象。

虽然是青龙幻象，但是这幻象的眼睛竟然扫了一眼化龙池边上的一群人。

"青龙幻象，竟然是青龙幻象！还如此清晰！"部分黑袍人不禁喊出了声。

还有部分黑袍人则是目瞪口呆。

当林雷张开嘴巴时，青龙幻象也张开了嘴巴，并发出了龙吟声，一道青色光晕朝四周弥散开去。

凡是中位神、下位神，瞬间一滞，似乎失去了意识。

至于那些上位神黑袍人，感觉自己的灵魂陷入了一种特殊状态。

片刻后，光头黑袍人清醒过来，震惊地喊道："天赋神通龙吟竟然如此可怕。他还只是中位神，如果是上位神……"

嗡——

天地法则突然降临。

在水系元素法则方面，林雷也要达到神域境界了！

第565章

龙吟威力

化龙池边上的这些黑袍人平时见惯了成神的场景，一般都很平静。此刻，他们因林雷身后悬浮着的巨大青龙幻象而震撼。

片刻后，青龙幻象消失了。

"青龙幻象，中位神境界就能显现青龙幻象。"这些黑袍人十分震惊。

与神兽噬神鼠一样，当神兽青龙施展天赋神通的时候，身后就会浮现出本尊幻象。

不过，青龙一族与其他神兽还是有所不同。

青龙一族，只有老祖宗才是真正的神兽青龙，至于他的后代，第二代、第三代，以至于林雷，也只是体内蕴含了青龙血脉，并不是真正的神兽青龙。因此，他们施展出的天赋神通，威力远不如老祖宗。

只有他们的灵魂强大时，他们在施展天赋神通时，身后才会出现青龙幻象。

一般来说，青龙一族的上位神中，灵魂强大的施展天赋神通时，身后就会出现青龙幻象，而灵魂不强大的，身后不会出现青龙幻象。

中位神中也有出现青龙幻象的，不过这个概率很低。

至于下位神，在这个境界能形成青龙幻象的，估计只有老祖宗这唯一的青龙了。

根据以往的情况来看，青龙一族的第二代，要在中位神境界才能出现青龙幻象。青龙一族的第三代，只有部分人在中位神境界才会出现青龙幻象。

至于林雷，他都不知道是第几代了，而且也只是中位神。

因此，当看到他施展出天赋神通，身后出现青龙幻象时，那些黑袍人才会如此震惊。

林雷的灵魂海洋中，林雷本尊身侧悬浮着一个穿着青绿色长袍，有着一头青绿色长发的林雷——林雷的水系神分身。

"宗祠洗礼，原来是这样。"林雷闭着眼睛，感受着灵魂海洋的变化。

灵魂海洋中，地系神分身、风系神分身、火系神分身、水系神分身盘膝飘浮着，在这四大神分身的中央飘浮着一颗黑石，黑石上空则是林雷本尊的灵魂。

此时，灵魂海洋中，耀眼的青色光晕弥漫。

当初在玉兰大陆位面，林雷还只是圣域级强者时，这青色光晕救过林雷数次。后来，林雷的实力变强了，青色光晕却不能帮他抵挡灵魂攻击了。

这次在经过宗祠洗礼后，青色光晕的能量变强了上万倍。

"天赋神通原来这么奇特。"林雷惊讶不已，"不是纯粹的神力，也不是纯粹的灵魂。灵魂和青色光晕融合，才能施展出天赋神通。"

林雷此刻才明白为何只有神兽才能施展天赋神通，如贝贝的噬神、帝林的吞天。因为是神兽，灵魂才会特殊。

青龙一族的特殊之处，便是这青色光晕。不过，林雷也无法理解这青色光晕到底是什么。

现在，林雷掌握了天赋神通，也自然领悟了水系元素法则中的一种奥义。

"这天赋神通龙吟和我的黑石牢狱有共同点，都能影响灵魂，但不能进行物质攻击。"林雷通过那颗黑石施展黑石牢狱，进入黑石牢狱的人就会处于浑浑噩噩的状态。天赋神通龙吟也能让人在短时间内失去意识。

"不过，我这天赋神通龙吟在影响敌人灵魂方面不及黑石牢狱。"除此之外，林雷还发现了二者的不同。

他的天赋神通龙吟除了对灵魂有影响，还有一种特殊的影响。

"影响快慢？"林雷沉吟，"不对，那是影响了……时间，对，是时间！"

青龙一族的天赋神通龙吟不但影响灵魂，还会影响时间。能影响到时间，这能力堪称逆天。

无论是七大元素法则还是四大至高规则，都不涉及时间。然而，神兽青龙的天赋神通涉及了时间。要知道，时间是物质运动中的一种特殊存在，外界很难去影响它。

可惜，林雷不是真正的青龙，不能完全展示龙吟的威力。

"我现在施展龙吟，对时间的影响极小。"林雷想到了老祖宗，"如果由老祖宗这真正的青龙施展天赋神通，威力一定很可怕。"

他虽然血脉比较纯正，但还是比不过老祖宗。

"现在，我灵魂不强大，施展天赋神通对时间的影响太小。等我达到上位神境界，吸收大量紫晶中的灵魂能量后，施展出来的天赋神通对时间的影响一定会明显些。"

林雷很清楚，影响时间是一种多么逆天的能力。

"不管怎么说，经过这次宗祠洗礼，我的实力已经提升了很多。"林雷心中满是喜悦。

宗祠洗礼对林雷的最大好处，就是让他灵魂海洋中的青色光晕的能量变强了。这样，青色光晕就能与灵魂融合，不但可以让他施展天赋神通，还能让他进行灵魂防御。

"我如今的灵魂防御力，再配合残破的灵魂防御主神器，估计只有擅长灵魂攻击的七星使徒才对我有威胁。不过，对方能不能解决我那也说不准。"林雷信心十足。

终于，林雷睁开了眼睛，看到那些黑袍人以及另外二十七人都震惊地看着他。林雷环顾四周，发现化龙池内只剩他一个了。

"没想到我最慢。"林雷淡笑道，直接飞了上来。

这时，光头黑袍人挥手，化龙池中的那块化龙晶飘浮起来，一半是青色的，一半是透明的。

"消耗了一半的能量！"光头黑袍人惊异地看了林雷一眼。

"你安排一下，命人将这些人都送回去。"光头黑袍人对银发青年说道。

"好的。"银发青年点头。

林雷心情愉悦，微笑着朝银发青年走去，准备一同离开。

"林雷，你站住。"光头黑袍人忽然说道。

"嗯？"林雷疑惑地转头看向他。

光头黑袍人挤出一丝笑容，说道："宗祠洗礼，你一个人吸收化龙晶的能量就吸收了一天半。中位神境界施展天赋神通，就能出现青龙幻象。你是我们家族的天才。你跟我一起走，过会儿长老一定会接见你的。"

"哦。"林雷笑了，想起了巴鲁克和他说过的话。

当初，巴鲁克在宗祠洗礼后，因为血脉比较纯正，得到了长老的接见，知晓了家族的许多情况。

很快，那二十七人跟着银发青年离开了。

林雷则跟着光头黑袍人前进，通过隧道，步入大殿，沿着铺有地毯的走廊来到了东殿。

东殿深处的一间密室外。

"你在这里等我。"光头黑袍人说道。

林雷点头。

于是，光头黑袍人进入了密室。

"希望长老别和我说家族的一大堆事情。"林雷在心中暗道，"听第二遍可是很无聊的。"

密室中。

秃顶男子和俊美青年都盘膝坐着，待光头黑袍人进来，这二人才睁开眼睛。

"你可真慢。"秃顶男子冷冷地说道，"化龙晶给我。"

"是，长老。"光头黑袍人将化龙晶递上。

这一看，秃顶男子和俊美青年皆一惊。

"只有一半能量了！"俊美青年惊讶地说道。

"是的。这次参加宗祠洗礼的，有一个天才，他叫林雷。他单单吸收化龙晶的能量就吸收了一天半，前不久才结束宗祠洗礼。"光头黑袍人连忙说道。

俊美青年、秃顶男子二人惊异地相视一眼。

"伊曼纽尔，我们家族又出了一个有潜力的人物啊！"俊美青年感叹道。

"快，让他过来！"秃顶男子连忙说道。

"是！"光头黑袍人回复。

很快，穿着天蓝色长袍，棕色长发随意披着的林雷微笑着走了进来。

一看到俊美青年、秃顶男子，林雷当即躬身行礼："林雷拜见长老。"

"原来是你。"这二人对林雷有些印象。中位神境界才参加宗祠洗礼，他们记不住才怪。

俊美青年笑道："林雷，你的血脉很纯正，完全可以和第三代相比。如此好的天赋，你绝对不能浪费。家族需要你。"

说着，他翻手取出了一本比较薄的书。

"家族万年前衰败，如今更是陷入危机中，你看了这本书就知道了。"俊美青年手一抛，那本书就飞到了林雷的身前。

林雷松了一口气，原来是看书，还以为又要听一遍家族故事。

"也对。"林雷在心中暗道，"如果家族每出现一个潜力高的，或者达到上位神境界的，他们就要说一遍家族的衰败史，那岂不是很累？"

林雷拿着书，一副要翻阅的样子。

"你回去再看不迟。"俊美青年笑着说道，"记住，看完了就销毁掉。不要让那些普通的下位神、中位神知道。现在，还是让他们少些忧虑吧。"

"是，长老。"林雷立即合上书。

"林雷。"秃顶男子伊曼纽尔也笑道，"天赋好是一方面，认真修炼也很重要。好了，你先回去修炼吧。记住，不得炼化神格，必须靠自己修炼到上位神境界。"

一个天才如果去炼化神格，那就是浪费。

"是。"林雷当即躬身，转头朝外走去。

"伊曼纽尔，我们这次能碰到一个天才，难得啊。"俊美男子加维赞叹道。

"是难得，我们走吧。"伊曼纽尔笑着准备站起来，可是当他的视线掠过已经走到门口的林雷时，他的目光瞬间变得锐利起来。

他死死地盯着林雷的右手，那里佩戴着一枚黑色戒指——盘龙戒指。

"是老祖宗的戒指，灵魂防御主神器！"伊曼纽尔的脸色瞬间红得发紫，全身微微颤抖，"灵魂防御主神器，是灵魂防御主神器啊！！！"

"伊曼纽尔，你怎么了？"加维感到疑惑。

此刻，林雷已经推开门朝外走了。

伊曼纽尔瞬间清醒过来，连忙喊道："林雷，站住！！！"

第566章

企图独占

林雷听到了，十分疑惑："喊我？"

他转头朝后看去，只见那秃顶长老脸色红得发紫，双目赤红，如同一只噬人的狼。他不禁心底戒备，开口说道："长老，有什么事情吩咐？"

"伊曼纽尔，你怎么了？"加维也连忙问道。

怎么了？

伊曼纽尔一激灵，完全清醒过来，脸色也恢复了正常。他看着眼前的林雷，心底明白："老祖宗的青龙之戒绝对不能传出去，更不能让加维知道。"

伊曼纽尔是青龙一族的长老团成员，更是青龙一族的第四代成员，不知道活了多少年。他在青龙一族中的地位比加维高了不少。

"如果老祖宗的青龙之戒被公开了，肯定落不到我的手上。"伊曼纽尔大脑快速运转，瞬间拿定主意，"幸好加维从没见过老祖宗，也不知道青龙之戒的模样。"

老祖宗青龙身为主神，自然难得和后辈子弟见面。

青龙一族中，也就青龙的子女——第二代，和青龙最熟悉，第三代见过老祖宗几次，第四代只有部分成员见过。至于之后的家族成员，只有极少数的天才人物才会被老祖宗接见。

加维没见过老祖宗，自然不认识青龙之戒。他能加入长老团，只因为是七星使徒，并不是存活得久。

"伊曼纽尔，你在想什么呢？"加维问道。

"哦，我和林雷有事情要谈。"伊曼纽尔笑着说道。

林雷感到疑惑："我从来没见过他，他找我干什么？"

"和林雷谈话，就在这里谈嘛。"加维笑道。

伊曼纽尔摇头正色道："加维，我有一件很重要的事情要和林雷单独谈。加维，你帮帮忙，先回去吧，让我在这里和林雷单独谈。"

"谈话，还单独谈？"加维有些好奇。

伊曼纽尔不禁眉头一皱。

加维见状，说道："好、好，那我先出去。对了，伊曼纽尔，拜见幽蓝特使的事情，我们还要好好商量一下。我就在外面大殿等你，你快点。"

伊曼纽尔顿时喜笑颜开："好，你去大殿等我，我谈完后很快出来。"

"嗯。"加维又对林雷笑道，"小伙子，好好努力。我等着你加入长老团的一天。"说着，他走出密室，顺手关上了密室的大门。

"哈哈，加维一走，老祖宗的戒指就是我的了。"伊曼纽尔忍不住激动起来。在他的眼中，林雷只是一个中位神，即使林雷有灵魂防御主神器，他也可以施展物质攻击对付林雷，然后夺得主神器。

"林雷。"伊曼纽尔笑得很亲切。

"长老。"林雷满心疑惑，这人要和他谈什么？

他感觉伊曼纽尔把他留下来不怀好意，但是并不担忧。不管怎么说，他已经融合了地系元素法则中的三大奥义，运用黑石还能施展出黑石牢狱，实力本就不容小觑。如今经过宗祠洗礼，他的灵魂防御更是得到了提升。

他现在都不惧怕一般的七星使徒，自然能坦然面对伊曼纽尔。

咻咻声响起，伊曼纽尔施展神之领域，将整个密室与外界隔绝开来。

林雷不由得脸色一变："长老，你这是干什么？"

伊曼纽尔却微笑着说道："我和你的谈话非常重要，施展神之领域是防止别人听到。"

"不知长老到底有什么重要事情要和我谈？"林雷态度谦逊。

"林雷，你先把那本书看了。"伊曼纽尔笑道。

林雷满腹疑惑，但还是翻开了那本书。他一边翻阅，一边露出震惊之色，心底却在想："伊曼纽尔之前都让我走了，可突然让我留下来，还单独和我谈，到底是为了什么？"

林雷如今的灵魂分成了五份，可以同时专心做五件事情，因此伊曼纽尔看不出林雷在思考。

"我没有什么能让他注意的啊。"林雷想不到原因。

片刻后，林雷合上书，抬头看向伊曼纽尔，惊讶地说道："长老，我们的老祖宗是主神？四位主神都陨落了，这怎么可能？"

"这是事实。"伊曼纽尔肯定地说道，"林雷，我们家族现在的危险情况，你知道了吧？"

"嗯，知道了。"林雷神色严峻。

这并不是装的，林雷的确很担忧家族的情况，毕竟八大家族在一旁虎视眈眈地盯着。

伊曼纽尔严肃地说道："林雷，我们四神兽家族面临巨大危机，现在需要的就是真正的高手。真正的高手除了自身实力外，还需要好的神器。你说是不是？"

林雷赞同地点头，说道："神器的确重要。"

伊曼纽尔看向林雷，说道："林雷，你有一件主神器，对吧？"

主神器？

这句话仿佛雷电一样劈中了林雷，林雷感觉脑袋嗡嗡作响，脸色剧变。他拥有灵魂防御主神器的事情，只有贝贝和迪莉娅知道。

很快，林雷清醒过来，盯着伊曼纽尔，说道："长老，你开玩笑吧？"

伊曼纽尔嗤笑一声，说道："林雷，在我的面前，你就别装了。我告诉你，我是青龙一族第四代成员，当年更是亲眼见过老祖宗。"

"见过老祖宗又怎么了？"林雷戒备至极。

伊曼纽尔看向林雷的手指，笑道："林雷，我告诉你，你手中的这枚戒指就是老祖宗当年戴过的戒指，灵魂防御主神器——青龙之戒！"

"青龙之戒？"一瞬间，林雷脑海中如闪电般掠过一件件事情，很快便豁然开朗。

"我一直觉得这枚盘龙戒指的主人是主神，原来是我的老祖宗。对，万年前老祖宗陨落，这枚盘龙戒指便遗失了。"林雷心底完全明白了，"还有那滴血液，能让我的身体蜕变，原来是老祖宗的血液。"

那一滴血液令林雷的血脉变得纯正。

"难怪有三滴水系主神之力，老祖宗就是水系主神。"林雷看向伊曼纽尔，"伊曼纽尔见过老祖宗，估计见过盘龙戒指，因此一眼就认出来了。"

林雷大脑快速运转，脸上的表情逐渐恢复正常。

"哦，青龙之戒？"林雷笑着说道，"长老，既然你都认出来了，我自然也不会否认。它过去的确是一件灵魂防御主神器，可现在不是了。长老你想想，如果灵魂防御主神器没坏掉，老祖宗会陨落吗？"

伊曼纽尔嗤笑道："哼，主神器最多破损，不可能完全坏掉，否则这青龙之戒早就碎掉了。"

"长老，你说这么多，到底要干什么？"林雷正色道。

伊曼纽尔严肃地说道："林雷，按照我们家族的规矩，青龙之戒是我青龙一族的宝贝，为家族拥有。如果你有青龙之戒的消息传出去，家族一定会没收的。"

林雷眉头一皱。

"没收？"林雷知道这是老祖宗青龙的主神器后，最担心的就是家族会掺和进来。

盘龙戒指不仅能保证他的强大，还寄托了他对德林爷爷的思念，他不可能给别人。

"对，现在家族处于危机中，这等宝物绝对不能浪费在你的身上。"伊曼纽尔正色道，"好的宝物配上一个高手，才能完全发挥威力。"

林雷冷哼了一声。

伊曼纽尔继续说道："如果被没收，这等宝物最起码会分配给一个七星使徒。青龙之戒可以令一个七星使徒成为堪比地狱修罗的人物。"

林雷自然明白这个道理。他就是因为有了盘龙戒指，才敢与一般的上位神一战。

"所以，林雷，为了家族、为了自己，你还是将青龙之戒给我吧。"伊曼纽尔说道。

"你说可能吗？"林雷嗤笑道。

伊曼纽尔说道："我明白你舍不得，这很正常。这样，我保证，只要你将青龙之戒给我，我就给予你巨额财富。一万亿块墨石，如何？"

一万亿块墨石？

伊曼纽尔这是把他当成没见过世面的中位神了。

"不需要。"林雷摇头说道。

伊曼纽尔脸一沉，说道："林雷，你要知道，我现在要解决你是轻而易举的事情。"

说是这么说，但是伊曼纽尔知道，青龙一族不得随便对付自己人，而且他也担心一招解决不了林雷，毕竟林雷有主神器。

假如林雷逃到密室外，那就麻烦了。密室外，有加维和其他黑袍人。到时候，他们说不定就会知道青龙之戒的事。

"解决我？你不是说我有主神器吗？"林雷嗤笑道，"我有主神器，你一招就能解决我？家族内不是有规定，不准同族人战斗致死吗？"

"哼！"伊曼纽尔哼了一声，说道，"我堂堂一个长老要对付你，谁敢管？林雷，我给你最后一次机会，用一滴主神之力换你的青龙之戒。我还会和你签订契约，不会解决你，如何？"

"主神之力？"林雷惊异地看了伊曼纽尔一眼，心想，"他还真舍得。"

不过林雷清楚，主神之力虽然珍贵，但是远不如主神器。主神之力用完就没有了，但主神器不同。

主神器是主神炼制的，而且花费了精力滋养它，威力很大。

"对，主神之力。"伊曼纽尔冷笑道，"这一滴主神之力是我最重要的宝物了。林雷，希望你别逼我。"

威胁恐吓？

假设是一个普通的中位神，面对伊曼纽尔的威胁恐吓，恐怕早就献出主神器了。林雷不同，即使正面对战，林雷也不惧伊曼纽尔。

"逼你？怎么逼？"林雷揶揄道。

伊曼纽尔顿时目光冷厉，熊熊怒火充满胸膛，怒喝一声："找死！"

他直接一巴掌拍向林雷，想解决林雷，夺得主神器。

砰的一声，林雷的右手立即化为龙爪承接了这一掌。

又是砰的一声，林雷被冲击力轰得飞了出去，狠狠地撞击在密室的大门上。

大门爆裂，林雷直接飞了出去，大喊："救命，加维长老救命！"

林雷的声音宛如雷声一般在山腹大殿中回荡。

伊曼纽尔的脸色顿时变得很难看："找死！"

嗖的一声，伊曼纽尔飞出了密室。

约战

　　林雷被撞到了外面的走廊上，嘴角满是血迹，当即一蹬地面，化作一道光芒朝大殿飞去。

　　他在心中暗道："伊曼纽尔还想解决我？不到必要时候，不必暴露实力。"

　　于是，他一边逃跑，一边喊道："加维长老，救命！"

　　密室大门的爆裂声，林雷响亮的呼救声，上位神怎么会听不到？

　　嗖嗖声响起，只见远处数道人影疾速飞来，为首的正是加维。

　　"别想逃！"怒喝声响起，伊曼纽尔如利箭般朝林雷飞来。

　　林雷看到了加维和数名黑袍人，连忙窜到了他们的身后，说道："加维长老，伊曼纽尔长老要杀我！"

　　加维一听，俊美的脸上满是怒气。

　　"伊曼纽尔，你在干什么?!"加维呵斥道。

　　伊曼纽尔停下，怒视林雷，随即看向加维："加维，你让开。"

　　"林雷是我们族人，你为什么要解决他？"加维很不满，"原来，你要单独和林雷谈，是想解决他。"

　　"不是！"伊曼纽尔连忙解释道。

　　在看到加维后，伊曼纽尔就知道事情有些麻烦了，同时也很震惊："我刚才一掌竟然没解决林雷。主神器果然厉害，用来保命很有用。"

此刻，林雷嘴角满是血迹，脸色苍白。

伊曼纽尔认为林雷还活着，是青龙之戒起了作用。他却不知道林雷嘴角的血迹、苍白的脸色，都是林雷特意装出来的。

"以我的防御力，那一掌根本伤不了我。"林雷在心底嗤笑，"不过现在，还是不必展露实力。"

到了四神兽家族后，林雷便决定先陪陪亲人，等修炼到了上位神境界再去战斗。到时候，他发挥的作用会更大。

他现在不能暴露实力，一旦暴露，宁静的日子估计就没了。

"林雷，告诉我，怎么回事？"加维看向林雷。

"加维长老，我根本没惹伊曼纽尔长老，他却无缘无故要解决我。"林雷说道。

为了不暴露盘龙戒指的事情，林雷已经改变了盘龙戒指的模样。

其实，林雷有些后悔过去没改变过盘龙戒指的模样。那时，一是没有人认识盘龙戒指，二是他实力提升，有自信了。没承想，他会遇到这种情况。

"伊曼纽尔？"加维看向伊曼纽尔。

"加维，你是相信我，还是相信他？"伊曼纽尔怒气上涌，脸色极为难看，"这林雷冒犯我，今天我一定要解决他。加维，你让开！"

走廊中，那些黑袍人感到惊异，因为伊曼纽尔太失态了。

"伊曼纽尔，"加维喝道，"这是天祭山脉！家族内规定不得肆意战斗，你这是干什么？"

"伊曼纽尔长老，我也很想知道你为什么要解决我。"林雷盯着伊曼纽尔说道。

"对，你为什么要解决他？"加维看着伊曼纽尔。

伊曼纽尔怒视林雷，眼中都要冒火了，对林雷不识抬举的行为十分愤怒：

"我都愿意出一滴主神之力了，他还不愿意给我青龙之戒，是他逼我的。"伊曼纽尔心底有了决定。

"伊曼纽尔长老，你怎么这么愤怒？应该是我愤怒吧。"林雷冷笑道，"大不了，我们鱼死网破！"

伊曼纽尔的心脏猛然一跳。

他现在最担心什么？不是加维他们掺和，而是担心林雷公开青龙之戒的事情。一旦公开，不管家族没不没收，他都不可能得到。

"好，林雷。"伊曼纽尔愤愤地说道，"你狠！"

"我狠？是你逼人太甚！"林雷说道。

加维和其他黑袍人十分迷惑，不知道林雷、伊曼纽尔在谈什么。

"伊曼纽尔长老，我这个小辈送你一句话——"林雷目视伊曼纽尔，嘴角带着一丝笑意，"不要贪心，贪心很可能丧命。"

伊曼纽尔怒极而笑。

"小子，这句话我返还给你。"伊曼纽尔怒道，"不要贪心，贪心很可能丧命！"

"哦？丧命？"林雷笑了起来，"尊贵的长老，你是厉害的七星使徒，我只是一个中位神。我承认实力不如你，你要我丧命不难，可你也不能太欺负人。"

"你们到底在说什么？"加维忍不住说道。

"伊曼纽尔，"加维说道，"如果林雷做了什么过分的事，你应该直接禀告长老团，长老团会对林雷进行惩罚。"

伊曼纽尔深吸了一口气，缓缓地说道："林雷，你的冒犯我无法容忍。现在，我向你提出生死战！"

"生死战？"加维以及走廊上的黑袍人都震惊了。

加维惊愕地看向伊曼纽尔，神识传音："伊曼纽尔，你干什么？不就是一个中位神吗？如果真的想解决他，禀告长老团就行了，何必生死战？"

加维怎么会知道伊曼纽尔想解决林雷是为了青龙之戒。

那些黑袍人看向林雷，眼中有一丝怜悯。

"请问生死战是什么？"林雷的声音响起。

加维和其他人十分错愕，林雷竟然不知道生死战。

加维在心中叹了一口气，为林雷感到悲哀，不过还是说道："林雷，家族中人很多，不可能完全没有一点矛盾。当矛盾完全无法调解时，家族规定只能进行生死战！"

加维正色道："生死战是家族最残酷的战斗，直至参战双方一方身死才会结束。当然，赢的一方可以饶对方一命。不过，一般参加生死战的，很少会出现这种情况。"

林雷听了恍然大悟，在心中暗道："伊曼纽尔还真不给我留丝毫余地。"

"难道他提出，我就必须接受？"林雷问道。

"你可以拒绝。"加维说道，"即使你拒绝，对方也会向长老团进行申请。一旦长老团通过，你必须参加生死战。"

"哈哈——"林雷笑了起来，"长老团？"

伊曼纽尔就是长老团一员，伊曼纽尔申请生死战，会不通过？

"林雷，现在后悔还来得及。"伊曼纽尔冷笑道，"我的条件依旧不变，我会饶你一命。"

林雷只是看着他，冷漠地看着他。

"我现在后悔还来得及？"林雷的脸上有一丝讥讽的笑意。

"对。"伊曼纽尔点头说道。

"伊曼纽尔，我告诉你，"林雷嗤笑道，"这生死战，我拒绝！"

"拒绝也没用。"伊曼纽尔说道。

林雷说道："我是现在拒绝，至于长老团是否通过这事，我懒得管了。伊曼纽尔，我告诉你一句话，现在后悔还来得及，之后，后悔都没用了。"

林雷说完转头就走，脸一沉。

"原本，我还想继续过宁静的生活，伊曼纽尔，是你逼我的！"林雷不再顾及那么多了。

看着林雷离去的背影，伊曼纽尔冷笑。

"拒绝？拒绝有用吗？"伊曼纽尔嗤笑，"到时候，你后悔也没用了。"

伊曼纽尔转头就走，也没有理会加维。

加维叹息一声："可怜一个天才就要陨落了。"

加维认为林雷根本不可能活下来。在加维看来，伊曼纽尔身为家族第四代子弟，实力比林雷强。

如今青龙一族，第二代只有两个人，是一对兄妹：一个是青龙一族的族长，老祖宗青龙的儿子；另外一个是族长的亲妹妹。

在家族中，伊曼纽尔地位不算最高的，影响力却不小。

而加维呢，他都不知道是第多少万代子弟了，虽然也是七星使徒，影响力却不如伊曼纽尔。

夜晚，紫月悬空。

林雷独自飞行在龙形通道上，回去的路他记得很清楚。

"盘龙戒指……"林雷低头看了一眼，脑海中不由得回忆起从幼年到如今的一幕幕场景。

因为盘龙戒指，他见到了德林爷爷；因为德林爷爷，他才成长为强者。

有了这枚盘龙戒指，他才不担心与上位神之间的灵魂差距；有了这枚盘龙戒指，他才敢和七星使徒战斗。

不知不觉中，他已经和盘龙戒指连在一起了。

"这枚盘龙戒指，谁都别想夺走。"林雷在心中暗道。

"如果真的参加生死战，"林雷目光冷厉，"为了盘龙戒指，我不会手下留情。"

伊曼纽尔当天回去，便立即去找了负责审批生死战的三名长老。

生死战，三位长老便可决定。

"伊曼纽尔，你这么急找我们干什么？"两名男性、一名女性，三人都穿着绣有金色花纹的青色铠甲，披着染有特殊纹路的披风。

"有一个中位神冒犯我，丝毫不将我放在眼里。"伊曼纽尔怒道，"我要解决他！我申请进行生死战，你们三个帮一下忙，答应这申请即可。"说着，他递过一张字条。

三名长老看了看字条，有些难以置信。

开玩笑吧？

一名长老提出生死战，就为了解决一个中位神？

其中的金发女子笑道："伊曼纽尔，你贵为长老，怎么和一个中位神一般见识？"

"我一定要解决他。"伊曼纽尔说道。

银发老者笑道："伊曼纽尔，如果你要解决他，将他冒犯你的原因告诉我们，我们直接派人抓他，然后以冒犯长老的罪名处死他即可。你何必提出生死战？你堂堂一名长老和一个中位神进行生死战，可笑不？"

"就算我伊曼纽尔请三位帮忙，行吧？"伊曼纽尔说道。

三名长老相视一眼："好吧，我们答应。"他们翻手取出一支翎毛笔，在那张字条上分别签下了自己的名字。

伊曼纽尔看到这一幕，笑了，在心中暗道："林雷，现在，你后悔都来不及了！"

第568章
被迫接战

朝阳初升，血色阳光透过薄雾洒向大峡谷，林雷从屋内走了出来。

"天气不错。"林雷深吸了一口气，让清新的空气进入胸腔。

嗖的一声，一道人影从上方跳下。

"老大，心情似乎不错啊！"贝贝笑着说道。

"是不错。在天祭山脉待了八十年，还没好好战斗过，马上要战斗了，心情当然不错。"林雷笑着说道。

贝贝疑惑地问道："老大，你这话是什么意思？"

"不急，你过会儿就知道了。"林雷说道。

见林雷故作神秘，贝贝不禁撇了撇嘴。

这时候，迪莉娅也从房中走了出来。

贝贝立即迎上去，说道："迪莉娅，老大说即将战斗，你知道是怎么回事吗？"

"有这回事？"迪莉娅疑惑地转头看向林雷。

林雷一笑，忽然听到风声，当即仰头看去。

天空中，数道人影飞下，都穿着青龙一族的制式铠甲。

林雷淡笑道："他们来了！"

贝贝和迪莉娅疑惑地抬头看去，只见三名青色铠甲战士飞了过来。

"林雷！"为首之人一眼就认出了林雷。作为传达命令之人，长老团显然把林雷的模样告诉了他。

"各位，有什么事情？"林雷开口说道。

为首的青色铠甲战士在心底叹了一口气，不明白一个中位神怎么得罪了高高在上的长老，但还是开口说道："林雷，伊曼纽尔大人向你提出生死战，长老团予以通过，跟我们走吧。"

"现在就去？"林雷有些惊讶。

长老团通过申请，在林雷的预料之中；立即去参加战斗，却在林雷的意料之外。

"生死战今天中午举行，现在只是让你提前过去。"为首的青色铠甲战士说道。

其实，他心里是有些同情林雷的。在他看来，林雷是家族底层成员，和他们这些巡逻战士差不多。可同情归同情，他们也不可能帮忙。

"老大，怎么回事？"贝贝急切地问道。

"林雷，这生死战是什么？"迪莉娅也急了。

林雷笑着看向他们，说道："家族中，一个叫伊曼纽尔的长老硬是要解决我，幸亏当时有加维长老在场。不过，他还是向我提出了生死战的要求，不死不休。"

"长老？"迪莉娅担心了。

"老大，你有把握？"贝贝询问道。

他们都清楚林雷的实力，可对方毕竟是家族长老。他们在这里待了八十年，也是知晓家族长老团的。要进入长老团，最起码得是七星使徒。

林雷神识传音："迪莉娅、贝贝，放心吧。若是没有经过宗祠洗礼，我没有把握；如今经过了宗祠洗礼，我还是有把握的。"

迪莉娅立即放心了，她相信林雷。

"林雷，他要解决你，难道是为了盘龙戒指？"迪莉娅神识传音。

林雷点头，神识传音："我也是到现在才知道，盘龙戒指这件主神器竟然就是我青龙一族老祖宗的，被伊曼纽尔一眼认出来了。"

贝贝和迪莉娅恍然大悟。他们都明白一件灵魂防御主神器的诱惑力有多大，难怪伊曼纽尔会这样做。

"林雷，可以走了吗？"为首的青色铠甲战士说道。

其实，这个青色铠甲战士不急，毕竟生死战要中午才开始。

伊曼纽尔长老要到那个点才会过去，可是林雷身份低，需要早早过去。

"不是中午才开始吗？急什么？"贝贝不满地说道。

"三位，你们这是？"数道人影疾速飞来，正是巴鲁克等人。他们看到青色铠甲战士过来，十分担忧。

"伊曼纽尔长老要和林雷进行生死战，长老团予以通过了。"为首的青色铠甲战士说道。

巴鲁克他们一滞，眼中满是难以置信。

"长老和林雷？"他们都无法接受。

"堂堂一个长老，怎么和林雷进行生死战？"哈泽德怒道。

自从林雷归来，他们玉兰大陆位面一脉的地位提升了不少，大家都很喜欢林雷这个后辈。

现在，长老竟然要对战一个中位神，太不公平了！

"长老团通过，无法改变。"为首的青色铠甲战士说道，"除非你们请族长来阻止。"

青龙一族地位最高的无疑就是族长。身为老祖宗青龙的儿子，青龙在世的时候，自然花费了大力气培养他，其实力可想而知。

在家族中，族长一言九鼎。

"林雷，怎么了？"塔罗沙、帝林等人也飞了过来。

在知道是怎么回事后，塔罗沙等人也是大吃一惊：家族长老竟然要和林雷进行生死战！

"大家别担心。"林雷却淡然说道，随即看向为首的青色铠甲战士，"我们走吧。"

为首的青色铠甲战士点头。

"我们可以去观战吗？"迪莉娅连忙问道。

为首的青色铠甲战士环顾众人一眼，点头说道："反正这是林雷的最后一战了，你们要去就去吧。"

随即，三名青色铠甲战士与林雷一同飞了起来，迪莉娅、贝贝、巴鲁克、塔罗沙、帝林等人也立即跟上。

家族长老和一个中位神进行生死战，知晓这个消息的家族底层成员少。不过，这个消息在家族高层中传得非常快，特别是在那一群长老中。

"伊曼纽尔这小子要和一个家族小辈进行生死战，我没听错吧？"一个青色短发壮汉皱着眉说道。

"叔叔，绝对没错。伊曼纽尔真的要和一个中位神进行生死战。"一个高大的棕发汉子说道。

这二人都穿着绣有金色花纹的青色铠甲，披着染有特殊纹路的披风，也是家族长老团的成员。

"走吧，去看看。"青发壮汉说道。

"今天去看的人不少呢。"棕发男子笑道。

"族长去了吗？"

"族长估计还不知道吧，听说族长昨天和幽蓝特使在一起。这次幽蓝特使过来，好像有比较重要的事情。"棕发男子说道。

"重要事情？不会是要和八大家族开战了吧？"青发壮汉有些担忧。

"不清楚，族长回来就知道了。"棕发男子摇头说道。

二人一边说着，一边朝青龙一族用来进行生死战的死亡谷飞去。

死亡谷，今天有不少人在这里。除了家族高层、林雷等人外，便是大量知晓这件事情的巡逻的青色铠甲战士。他们也是无事，便过来观看了。

家族长老对战中位神，这种事情，家族内可是亿年难得一见。

"那伊曼纽尔的架子还真大。"贝贝不满地说道，"我们都到了，他到现在还没现身。说不定真如那青色铠甲战士说的，他要中午才会出现。"

林雷淡笑着说道："贝贝，别着急。"

"林雷，你是信心十足啊！"塔罗沙笑道。

"回到青龙一族，我本来想过一段安静的日子。看来，不可能了。"林雷扫了一眼死亡谷，此刻已经有几名家族长老到了，更多的还是巡逻战士。

巡逻战士足有数千名，都在议论纷纷。

"听说今天被长老挑战的中位神叫林雷。那几个人中，哪一个是林雷？"

"就是那个，棕发的，旁边站着一个戴草帽的少年。"立即有人指了出来。

这次生死战的消息，很快在巡逻战士中传开了。

"可惜了，一个中位神今天要陨落了。"

"也不知道伊曼纽尔长老为什么要这么对一个中位神。他要解决一个中位神，不必这么麻烦啊。"

"长老过分了些，不过林雷也厉害，有胆子过来。"

同情弱者是天性，特别是这些巡逻战士。他们在家族处于较低的位置，本来就有些畏惧高高在上的长老，自然会同情林雷。不过，他们也只能在心中支持林雷。

"伊曼纽尔长老来了！"有人忽然喊道。

顿时，众人仰头看去。林雷他们听到那声音，也立即仰头看去。

只见半空，一个穿着长老制式服的秃顶男子和其他几名长老一同飞了下来。

"终于来了。"林雷看向伊曼纽尔。

伊曼纽尔也看向林雷，说道："还算有胆识。"他嘴角有一丝笑意，看向林雷手上的那枚戒指，不禁心中激动。

他知道那是主神器！

"幸亏他昨天晚上没逃。"伊曼纽尔昨天便下令在大峡谷上方严密监控，以防林雷逃跑。

"按照我们家族的规矩，当遇到不可调解的矛盾时，便进行生死战。战死无悔！今天，生死战双方分别是伊曼纽尔和林雷！"一名长老悬浮在半空朗声说道。

顿时，死亡谷一片寂静，没人出声。

"两位，准备一下吧。"这名长老淡漠地说道。

伊曼纽尔飘然飞起，飞到了死亡谷的中央，旋即睥睨林雷。

"老大，加油！"贝贝神识传音。

"林雷，小心点。"迪莉娅说道。

林雷淡笑着飞到了死亡谷中央，和伊曼纽尔在半空对峙。

死亡谷中，不论是观战的长老，还是巡逻的战士，都安静下来了。

"开始吧！"那名长老喊道。

林雷神色严峻。

"林雷，只要你服输，我可以饶你不死。"伊曼纽尔居高临下，淡笑着说道，不将林雷放在眼里。

"服输？"林雷冷然一笑，"今天这是生死战，不是你死就是我亡。"

下方顿时一片哗然。

无论是长老们，还是那些巡逻战士，都有些惊异。在他们看来，林雷必死无疑。伊曼纽尔能说那番话已经算仁慈了，林雷竟然拒绝了。

"哼，那是你找死了。"伊曼纽尔脸一沉。

伊曼纽尔忽然眉头一皱，因为看到了迪莉娅、贝贝、希塞等人。

"这几个人看着有些眼熟……"伊曼纽尔在心中暗道，随即不再多想，毕竟即将大战，不容分心。

咔咔声突然响起，林雷体表开始浮现青金色鳞甲，很快就覆盖了全身。尖刺从他的背部、额头部位冒了出来，闪烁着金属光泽的龙尾在他身后甩动。

"来吧！"林雷一双冷漠的暗金色眼睛盯着对方。

"是他！"一旁的加维大吃一惊。

远处观战的近十名长老也都是脸色一变。

来自泪罗岛的记忆水晶球，青龙一族的高层人员都看过，知道在地狱中有一个青龙一族的高手，龙化形态的身上有尖刺。

家族中，从来没有出现过这种龙化形态的子弟。作为四神兽家族的子弟，有几个人会跟林雷一样，通过喝九级魔兽棘背铁甲龙的龙血来引动体内的血脉呢？

原本自信的伊曼纽尔，脸色顿时就变了。

"是他！是那个现身泪罗岛隐藏实力的强大族人！"伊曼纽尔慌张了，随即瞥了一眼观战的迪莉娅、贝贝等人，"对，我想起在什么地方看到过他们几个了。就是在那个记忆水晶球上！当初，那个巨型立方体被劈掉，那几个人就在林雷旁边！"

第569章
战局奇特

天祭山脉上空，一个高大的身影划破长空，瞬间就来到了龙形通道的最高点，也就是龙形通道龙首的位置———一座巨大的金色城堡。

这个人青发飘逸，神色冷峻，直接降落在城堡前。

城堡前的巡逻战士一见到来人，立即恭敬行礼："族长！"

来人赫然是青龙一族的族长，青龙一族的最强者——盖斯雷森·雷丁！身为主神青龙的儿子，盖斯雷森的实力深不可测。

"嗯？城堡内的长老怎么都不在？"盖斯雷森眉头一皱，瞬间判断出城堡内没有长老。

"长老们去死亡谷观看生死战了。"一个巡逻战士立即回复。

"生死战？"盖斯雷森眉头一皱，"一场生死战有那么多长老去观看？怎么回事？"

"是伊曼纽尔长老，他要和一个叫林雷的中位神进行生死战。"巡逻战士说道。

"林雷？中位神？"盖斯雷森一头雾水，而后说道，"堂堂一名长老和一个中位神进行生死战，哼！"

随后，盖斯雷森化为一道光芒，朝死亡谷疾速飞去。

此刻，死亡谷内的战局有些奇特。

战斗开始，看似占据优势的伊曼纽尔长老竟然迟疑了，没有出手。此时，伊曼纽尔心中满是惊惧、懊恼、不甘！

"竟然是他，竟然是他！！！"伊曼纽尔在心中暗道，"他有青龙之戒，灵魂防御肯定强。他的身体……"

伊曼纽尔原本计划靠物质攻击取胜，因为他相信自己强悍的身体。

可是看过那个记忆水晶球后，伊曼纽尔清楚，林雷的身体比他的更强悍！

林雷竟然就是那个出现在汨罗岛的强者。

"伊曼纽尔，怎么？让我先出手？"林雷冷笑道。

顿时，死亡谷内议论纷纷。那些巡逻战士很疑惑，伊曼纽尔怎么不动手了。

"林雷……"伊曼纽尔想说些什么，又不知道说什么。

"既然长老礼让，那我就先出手吧。"林雷冷冷地说道。随即，他速度飙升，化为一道光芒划过长空。

伊曼纽尔一声暴喝，施展出自己的招式。

轰的一声，天地间猛然浪涛滚滚，无尽浪涛向林雷席卷而去。仅仅片刻，浪涛化为雾气将林雷笼罩住，令林雷一时间看不清场面局势。

嗖嗖声响起，一支支锋利的冰箭从雾气中冒出，旋转着朝林雷飞来，令空间出现条条裂缝。

"不愧是长老。"林雷在心中暗道。

林雷不闪躲，凌空而立，宛如天神。

一股股地属性神力以林雷为中心弥散开去，一个隐隐有土黄色光芒流转，直径足有五百米的光罩出现。

黑石牢狱！

伊曼纽尔来不及闪躲，被光罩笼罩住。

光罩中的可怕引力作用在那些冰箭上，令冰箭的轨迹发生了变化。

碎碎声响起，最终只有八支冰箭射在了林雷体表的鳞甲上，只留下了几个白点。

"什么！"伊曼纽尔脸色剧变。

即使他早就知道林雷的身体强悍，也没有想过会这么强悍。

"糟糕！"伊曼纽尔感觉到了作用在他身上的引力，想立即逃离开光罩。

然而，原本朝下的引力突然改变了方向——朝向林雷。

"想逃？"林雷冷笑一声，朝伊曼纽尔扑去。

此时，伊曼纽尔还得抵抗引力，速度自然不如林雷。

下方观战的数千名巡逻战士完全傻眼了，没想到局势会变成这样，占上风的竟然是那个中位神。

"这林雷怎么……"

"林雷不是中位神，肯定不是！"

不仅巡逻战士感到震惊，就连观战的长老们也十分震惊。当看到变身后的林雷时，长老们的心里就有谱了。

一些长老开始议论起来。

"伊曼纽尔这次惨了！"

"他踢到铁板了。"

还有一些长老保持沉默，静静地观看这场生死战。

"浑蛋！"伊曼纽尔在心中骂道。此时，他如同陷入泥潭中，难受得很。

"啊——"伊曼纽尔疯狂地咆哮着，只能看着林雷疾速向他而来。他不想和林雷进行近身战，可现在……

哧哧声突然响起，伊曼纽尔的身前出现了一面厚实的大型冰墙，闪烁着亮眼的光芒。在引力的作用下，这面冰墙也疾速朝林雷飞去。

其实，这面冰墙不但受到了引力的影响，还受到了伊曼纽尔的影响。

瞬间，冰墙就到了林雷的身前。

"破！"林雷低喝一声，右拳携带着无尽的力量，施展地系元素法则中的力量奥义，猛然砸在了冰墙上。

砰的一声，冰墙一震，随即化为冰块碎末。

当林雷穿过这些冰块碎末时，伊曼纽尔已经逃到了光罩的边缘。

这时，伊曼纽尔不逃了，反而回头一声低吼，一道青龙幻象出现在伊曼纽尔的身后。青龙幻象那双眼睛冷冷地直视林雷，随即发出低吟。

天赋神通——龙吟！

"不好！"林雷脸色一变，感觉脑袋微微发晕，瞬间又清醒过来。可是他发现，不管是伊曼纽尔还是远处观战的人，动作都变快了。

"时间！"林雷猛然醒悟。

刚才，林雷所处区域的时间流速变慢了。林雷的一秒钟相当于别人的十秒钟，这令伊曼纽尔有机会逃出光罩。

"终于逃出来了！"伊曼纽尔飞向远处。

"伊曼纽尔，你逃不掉的！"林雷疾速飞来。

"停！"伊曼纽尔猛然喝道。

林雷一怔，还是停下了，冷笑道："伊曼纽尔，你有话说？"

"我承认你有实力，我认输。这一场生死战就这么结束吧。"伊曼纽尔神识传音，"算我没眼光，没看出你是一个高手。这事情就这么罢了吧。"

"罢了？"林雷神识传音。

"林雷，青龙之戒我不要了。"伊曼纽尔神识传音，"我原以为你是中位神，青龙之戒在你身上发挥不出大威力。现在我知道了，你有实力让它发挥威力……我不夺了。"

林雷在心中暗道："伊曼纽尔以为我实力弱就要对付我，现在又想服软……他知道我拥有盘龙戒指，若是他告诉了其他人……"

"我认输！"伊曼纽尔突然大喊道。

"嗯？"林雷一怔，没想到伊曼纽尔竟然在生死战上直接认输。

"他不是长老吗？生死战的规矩应该比我清楚，只能胜利一方饶对方一命，他竟然……"林雷顿时有些哭笑不得，但是不打算放过他。生死战上认输，没用！

"认输？"巡逻战士们大惊，长老们也感到惊愕。

迪莉娅、贝贝他们却十分高兴。

"林雷，既然伊曼纽尔认输了，你就放过他吧。"一名长老朗声说道。即使是他，也不能破坏生死战的规矩。要饶伊曼纽尔一命，只有林雷答应才行。

"对，林雷，他都认输了，算了吧。"其他长老也开口了。

此刻，他们已经将林雷看成了和他们同一境界的强者。

伊曼纽尔虽然觉得屈辱，但是很清楚："林雷不仅身体强悍，还有灵魂防御主神器，即使那件主神器是残破的。"

伊曼纽尔看不到自己有胜利的希望，他不想死。

"饶？"林雷的暗金色双眸中闪过一丝光芒。陡然，恐怖的呼啸声响起，林雷直接划过长空，朝远处的伊曼纽尔冲去。

"逼我进行生死战，你有想过饶我吗？"林雷的怒吼声在死亡谷中回荡。

伊曼纽尔立即闪躲逃跑，但是也只能在死亡谷范围内。一旦生死战开始，他如果违规逃出死亡谷，青龙一族就会追捕他，他必死无疑。

因此，他只能在死亡谷内逃窜。

"你逃不掉的！"林雷看准机会，再次施展黑石牢狱，将伊曼纽尔困在了光罩内。顿时，伊曼纽尔速度大减，林雷冷笑着冲过去。

这时，嗖的一声，伊曼纽尔甩出一道白光。哧哧声响起，白光所过之处，空间都裂开了。

林雷不闪躲，直接一巴掌拍过去。

砰的一声，林雷感觉右手掌发麻，鳞甲碎裂，鲜血都渗透出来了，而那白光也完全碎裂开来。即使如此，林雷也不减速。

"林雷，你不能这么做！"伊曼纽尔急了，可在光罩内，他的速度远不如林雷。

"哼！"林雷冲过来了。

"住手！"一个愤怒的声音响起。

林雷感觉这声音直接钻入了他的脑海中，让他一阵眩晕，他不禁往上空看去。

上空，一个穿着绣有大量花纹的青色长袍的男子缓缓下降，青色长发肆意飘扬。

"族长！"伊曼纽尔大喜，他有活命的机会了。

"族长！"那些长老见到来人，立即恭敬地弯腰行礼。

"族长！"数千名巡逻战士也都恭敬行礼。

林雷心底一震："族长！"

不过，看到不远处已经松了一口气的伊曼纽尔，林雷还是冲了过去。

伊曼纽尔顿时脸色剧变："林雷，你——"他没想到林雷竟然敢不听族长的命令。

其实，林雷加入青龙一族不足百年，从来没有见过族长，不知道族长的实力，对族长自然也就没有多大的畏惧感。

像伊曼纽尔等长老，他们亲眼见识过族长的实力，知道族长是无敌的强者，因此不敢违抗族长的命令。

当林雷的右龙爪朝伊曼纽尔落下时，另一个龙爪突然冒了出来。

锵的一声，两只龙爪相撞，竟然发出了金属撞击的声音。

林雷感觉自己的龙爪一震，然后失去了知觉。那只龙爪一翻手，抓住了林雷的龙爪，令林雷反抗不得。

林雷抬头一看，赫然是那位族长！

"刚才他不是在那里吗？怎么这么快！"林雷没想到族长的速度这么快。

"我说过住手你还动手，好大的胆子！"族长目光冷厉，俯视林雷。

林雷第一次遇到在身体、力量方面完全超越自己的对手。

他是青龙一族的最强者——族长盖斯雷森·雷丁！

第570章
族长威信

死亡谷内寂静无声，盖斯雷森散发出的气息让在场的人感到压抑。

此时，林雷和盖斯雷森的龙爪已恢复成人类的手的形态。

"力量好强！"林雷现在右手发麻，微微颤抖。他如被老鹰抓着的小鸡，无法反抗。

这位族长的实力很强！

"族长，这场生死战是伊曼纽尔长老提出来的，长老团予以通过的。"林雷不卑不亢地说道。

"长老团通过？"盖斯雷森瞥了一眼远处的长老们。

那些长老没有一个敢吭声的，心里发苦，特别是那三名审核这场生死战的长老。

"通过又如何？你没听到我的命令？"盖斯雷森冷冷地看着林雷。

林雷一滞。

伊曼纽尔说道："林雷，在青龙一族，无人敢违背族长的命令。长老团允准的事情，族长能一言否决，你竟然敢违抗。"

林雷眼角余光注意到了远处长老团的神情，也注意到了伊曼纽尔的表情，在心中暗道："在青龙一族中，族长权威似乎极高，远超长老团。"

当一个人实力极强时，那一个家族就很容易成为一言堂。青龙一族便是一言堂。

"族长，我在青龙一族不足百年，对家族的许多事情不知道。"林雷直接说道。

"哦，不足百年……"盖斯雷森眉头一皱。

"林雷，你违抗族长命令和在青龙一族待了多久有什么关系？族长之令不可违抗，你无视族长命令便是瞧不起族长！"伊曼纽尔怒斥道。

说到这里，伊曼纽尔不接着说了，他知晓对族长不敬是多大的罪名。

林雷听得恼怒起来。

啪的一声，一个巴掌狠狠地抽在伊曼纽尔的脸上，把伊曼纽尔抽得飞了起来。

伊曼纽尔嘴角流出鲜血，落地后惊慌失措地看着盖斯雷森，他不明白族长为什么打他。

"闭嘴！"盖斯雷森看向伊曼纽尔，开口说道，"你堂堂一名长老，难道到现在还没发现自己的错？今天，你就是在这里殒命也怪不得他人。我还没惩罚你，你倒是在这里说了一堆废话。当我不会对你动手？"

伊曼纽尔吓得一激灵，不敢吭声了。

林雷在心中暗道："看来这族长也不是一味维护伊曼纽尔。以这族长的脾气，还是别得罪他好。"林雷不是莽撞的人。

老祖宗青龙唯一的儿子，青龙一族无数年来的族长，家族内说一不二的人物，四神兽家族的领头人，其威信怎能侵犯？

盖斯雷森瞥了林雷、伊曼纽尔一眼，又看了远处的一群长老一眼："你们两个，还有长老们，都跟我走！"说着，盖斯雷森腾空飞起。

"小子，你惨了。"伊曼纽尔瞥了林雷一眼，"族长最讨厌有人挑战他的威信。"随即，他也腾空飞起。

林雷看了远处一眼，那些长老一个个不敢吭声，紧跟其后。

"不知这族长是什么样的人。"林雷也只能跟在后面。

通过刚才的交手，林雷能判定族长的实力远超于他，要对付他很容易。他现在住在这天祭山脉，亲人朋友们都在，还是不要冲动行事好。

林雷不禁回头看了一眼。迪莉娅、贝贝、巴鲁克、塔罗沙等一群人都仰头看着他，眼中满是担忧。

"老大，你自己小心点。别惹那个族长啊，我觉得他不好惹。"贝贝灵魂传音，十分担忧，"那族长的目光连我都感到惊惧。"

"知道，放心吧，你带着其他人先回去吧。"林雷灵魂传音。

叮嘱了贝贝后，林雷跟上了那群长老。

盖斯雷森飞在最前面一言不发，长老们和林雷一声不吭地跟在后面，气氛压抑。

"林雷，过会儿和族长谈话小心点，可别让族长生气。"加维靠近林雷，神识传音。

"谢谢。"林雷神识传音。

"别不当回事。我告诉你，族长最见不得族人自相残杀，其次就是不容别人忤逆他。整个家族中，只有大长老才能劝说族长。"加维郑重地说道，"你如果再忤逆他，就是大长老来也救不了你。"

林雷感激地点头。

"加维长老，你认为族长会怎么处置我？"林雷心里没谱，毕竟他从来没和族长打过交道。

"如今，家族处于危机中，我估计族长不会解决你，只会惩罚你。"加维神识传音。

林雷稍微松了一口气。

片刻后，盖斯雷森等一群人便到了龙形通道龙首位置的那座巨大金色城堡前。

金色城堡的城门大开，守卫们都恭敬地行礼。

以族长为首的一群人鱼贯而入。

金色城堡大殿内。

盖斯雷森坐在大殿之上，众长老和林雷站在大殿之下。

"这好像帝王和臣子。"林雷见到这排场，越发清楚族长在家族中的地位了。有的家族，长老们的权力很大，可青龙一族不是这样的。

"哼！"盖斯雷森重重地哼了一声，而后说道，"我早就说过，如今家族处于危机中，我们要做的是对付八大家族。我们的族人不该自相残杀，即使要死，也应该死在和八大家族的战斗中！"

"家族中，两个七星使徒交战，需要整个长老团的同意或者我同意，才算通过申请。怎么？他们两个的生死战，长老团都同意了？"盖斯雷森带着怒意说道。

站在最前面的一名银发长老朗声说道："父亲，林雷隐藏得极深。之前，我们一直以为他是中位神，所以三名长老同意了。"

对他们而言，一个中位神不算什么，可七星使徒就不同了。

两个七星使徒战斗，这是家族尽量避免发生的事情。他们若要进行生死战，除非族长答应，或者整个长老团答应才行。

因此，当发现林雷、伊曼纽尔进行生死战时，盖斯雷森非常愤怒。

对盖斯雷森而言，青龙一族的族人可以在与八大家族战斗时殒命，但是不应该在自己人手上殒命。

"别说了！"盖斯雷森说道。

顿时，那名长老就不再说话了，即使他是盖斯雷森的儿子。

"这种话就不要再说了。"盖斯雷森继续说道，"现在，既然知道了林雷有七星使徒的实力，那这场生死战就不得再进行下去。"

"林雷、伊曼纽尔，你们可有意见？"盖斯雷森目光扫过二人。

"没意见。"伊曼纽尔连忙说道。

"没意见。"林雷也应道。

"很好。"盖斯雷森看着二人，继续说道，"伊曼纽尔，你事先认为林雷只是一个普通的中位神，我想知道你一个长老为什么要和一个中位神进行生死战，告诉我原因！"

林雷瞥了一眼伊曼纽尔，伊曼纽尔敢说实话吗？

伊曼纽尔的额头上顿时冒出了汗珠，紧张地说道："族长，林雷对我很不尊敬，愤怒之下，我才……"

"哼。"一声冷哼打断了伊曼纽尔。

伊曼纽尔不由得身体一颤。

"在我的面前也敢撒谎？"盖斯雷森嗤笑一声，"我给你机会说，你没抓住机会。"

伊曼纽尔顿时脸色煞白。

"不会对你动手的。"盖斯雷森冷冷地看着伊曼纽尔，"大长老那里还缺人手，从明天起，你给我去大长老那边。至于大长老怎么安排你，那是大长老的事。"

伊曼纽尔身体一颤，但还是恭敬地回复："是，族长！"

"你一边去！"盖斯雷森厌恶地呵斥道，伊曼纽尔立即站到了大殿边上。

这时，盖斯雷森把目光转向林雷，嘴角微微上翘："林雷，对吧？"

"是，族长。"林雷应道。

"这么多年来，敢直接无视我命令的人，你知道他们的结果吗？"盖斯雷森说道。

林雷一怔，感觉不妙，难道盖斯雷森要解决他？

不过，林雷还是说道："族长，我在青龙一族待的时间不足百年，对青龙一族中的事情知道得极少。"

盖斯雷森脸一沉，说道："你还真会狡辩。"

接着，林雷惊愕地看着盖斯雷森从大殿之上直接走到了他的面前。

盖斯雷森仔细看了林雷两眼，随即掉头朝大殿边上的侧厅走去："林雷跟我进来，其他人都在这里等着！"

"是，族长！"林雷立即跟上。

待族长、林雷离去，长老们才松了一口气。

"族长单独找林雷，你们说会发生什么事情？这可不是什么好事啊。"一名长老担忧地说道。

由此可见，青龙一族中的人都很敬畏族长。

"如果是过去，父亲会解决林雷。"一名银发老者说道，"不过现在，父亲应该不会这么做，应该会惩罚林雷，惩罚的程度不会比伊曼纽尔轻。"

顿时，长老们看向伊曼纽尔。

"伊曼纽尔，到大长老那里去，你可有机会为家族真正效力了。"有人笑道。

"哼！"伊曼纽尔哼了一声。

"伊曼纽尔，你说实话，到底是什么事情让你非要对付那林雷？"长老们开始询问起来，他们不相信只是因为林雷的顶撞伊曼纽尔就要进行一场生死战。

"别问了。"一名金发老者开口说道。

"父亲。"伊曼纽尔看向这名金发老者。

这名金发老者正是青龙一族第三代中的强者，在长老团中也是极有威信的人物，毕竟他的母亲是族长的亲妹妹，是长老团的大长老。

"告诉我怎么回事？"金发老者神识传音。

伊曼纽尔知晓他得不到那枚戒指了，既然他得不到，林雷也别想那么容易拥有。于是，他神识传音："父亲，林雷身上有一件灵魂防御主神器，就是老祖宗的青龙之戒。"

金发老者十分震惊："你说什么？"他不敢相信。

"就是青龙之戒，绝对不会错。林雷真的只是一个中位神。他能抵抗上位神的灵魂攻击，就是靠的青龙之戒。"伊曼纽尔神识传音。

一时间，金发老者脑中闪过很多念头。

伊曼纽尔看着自己的父亲，在心中暗道："这青龙之戒轮不到我，不过父亲只要努力一下，还是有机会得到的。"

"小子，竟然不早点和我说。"金发老者看了伊曼纽尔一眼，"现在说也不算迟。"

第571章

所谓惩罚

幽静的偏厅内，盖斯雷森坐在椅子上，林雷则站在一旁。

盖斯雷森只是看着林雷，静静地看着，一言不发，这让林雷觉得压抑。

"族长将我叫到这里不说话，他到底要干什么？"林雷心中焦虑。

许久后，林雷忍不住开口说道："族长。"

盖斯雷森从自己的思绪中回过神来，看着林雷叹了一口气，脸上没有了在大殿时的霸气冷漠，有的只是悲凉。

盖斯雷森叹气道："林雷，你来自哪里？"

"从其他位面来的。"林雷说道。

"玉兰大陆位面吧。"盖斯雷森说道。

林雷一惊。盖斯雷森怎么知道的？难道打探了他的信息？

"是的。"林雷点头说道。

"玉兰大陆位面，果然。"盖斯雷森仰头说道，然后竟然流下了眼泪。

"族长流泪了？"林雷惊呆了。

青龙一族族长，绝世强者盖斯雷森竟然流泪了？

若盖斯雷森要解决林雷，林雷能理解，可林雷不明白盖斯雷森为什么流泪。

"把你的青龙之戒给我看看，不需要解除契约。"盖斯雷森低叹一声，说道。

"青龙之戒！"林雷惊愕地看向盖斯雷森。

盖斯雷森眉头一皱，抬头看向林雷："我让你将青龙之戒给我看看。放心，我不会贪你的青龙之戒，我自己就有！"说着，盖斯雷森伸出右手。

林雷看去。果然，盖斯雷森的右手手指上有一枚和盘龙戒指相同模样的戒指，只是颜色为青色。

"当初，父亲炼制灵魂防御主神器，炼制了两件，一件是他用，另一件给了我。"盖斯雷森低沉地说道。

林雷震惊地看着族长手中那枚戒指，那枚青龙之戒可是完整的灵魂防御主神器。

"族长，你看吧。"林雷将盘龙戒指递过去。

盖斯雷森立即接过盘龙戒指，托着戒指的右手隐隐发颤，眼中隐现泪花："父亲……"

盖斯雷森闭眼抚摸着这枚戒指，喃喃道："就是这材质，对……"

林雷一直不知道盘龙戒指的材质。在玉兰大陆位面，他不知晓盘龙戒指是用什么做的；到了地狱，他还是不知晓。

"这件主神器破了吧？"盖斯雷森睁开眼睛，将盘龙戒指还给了林雷。

"是的。"林雷点头说道。

"破损情况怎样？"盖斯雷森追问道。

"由灵魂防御主神器形成的透明薄膜上有一个小豁口，除了这个豁口，其他地方无损。"林雷说道。

"一个小豁口……"盖斯雷森皱着眉头，"能让我父亲等四位主神殒命，而由主神器形成的透明薄膜只破了一个小豁口……"

盖斯雷森脑中瞬间闪过很多想法。单单凭这个豁口，盖斯雷森就能大致推断出凶手。

"肯定是那几位之一！"盖斯雷森一想到敌人便感到无力，"对方都不在乎主神，更何况是我们？再厉害的上位神，在主神和至高神面前都不值一提。"

盖斯雷森在上位神中已经是厉害的存在了，可是和主神、至高神一比，什么都不是。

林雷不知道盖斯雷森心中所想，还担忧地问道："族长，家族要没收我这枚戒指吗？"

盖斯雷森看了林雷一眼，说道："既然父亲选了你当这枚青龙之戒的继承人，那你就安心拿着吧。无论是谁，都没资格改变父亲的意愿！"

林雷终于安下心来，不过心中还有疑惑。他都已经改变了盘龙戒指的模样，盖斯雷森又是如何认出来的？

"族长，我有疑惑。"林雷忍不住说道。

"疑惑？说吧。"盖斯雷森的脸上难得露出笑容。

"族长，你怎么发现我这枚戒指是青龙之戒的？我想不通。"林雷说道。

"哈哈！"盖斯雷森笑了起来，"作为主神器，一旦气息收敛，无法从外表判断出来。你还改变了戒指的模样，我怎么看得出来？"

林雷更迷惑了："族长，那你怎么知道我有青龙之戒？"

"因为你的身体。"盖斯雷森笑道。

"身体？"林雷还是很迷惑。

"你的身体非常强悍。在我们青龙一族，你身体的强度应该能排到第四位。"盖斯雷森说道，"连第三代成员、第四代成员的身体都没你强。"

身体强就有主神器？

林雷还是不解。不过，他为自己的强悍身体而自豪。

"你是不是吸收了一滴主神之力？"盖斯雷森说道。

林雷十分吃惊，还是点头说道："是的。"

"林雷，你想想，我们青龙一族的老祖宗可是水系主神，我们家族会缺少水系主神之力吗？"盖斯雷森反问道。

林雷不禁点头。确实，青龙一族不会缺少水系主神之力。

盖斯雷森继续说道："家族中，每一个长老都拥有一滴水系主神之力，但是他们的身体都没有你的强悍。"

对此，林雷也感到不解："对啊，这些长老也是青龙一族的子弟，不仅有青龙血脉，还有主神之力，为什么他们的身体没我的强悍？"

盖斯雷森感叹道："通过主神之力来强化身体，这是父亲成为主神后创造出来的绝招。"

"父亲是主神，却没有主神器级别的铠甲，不过他身体的防御力赶得上主神器。"盖斯雷森自豪地说道。

林雷不禁感到震撼：老祖宗青龙的身体竟然强悍到这种地步了。

"要有如我父亲这般强悍的身体，必须具备三个条件。"盖斯雷森说道，"第一，青龙一族子弟；第二，有老祖宗最重要的精血；第三，有主神之力。"

"精血？"林雷十分惊讶。

"对，这精血必须是老祖宗成为主神之后的精血。"盖斯雷森感叹道，"只有青龙一族的子弟才能吸收这精血。吸收了老祖宗的精血，再去吸收主神之力，身体才能如我父亲这般强悍。"

"当然，吸收精血的次数也与吸收主神之力有关。"盖斯雷森说道。

林雷回忆起了那一滴金色血液，在心中暗道："没想到，那竟然是老祖宗的精血！"

"你身体这么强悍，肯定吸收过一滴精血。那么，你的精血从哪里来的呢？"盖斯雷森继续说道，"我父亲炼制主神器的时候，为了让主神器更有灵性，便滴入了一滴精血。因此，我确定你得到了一件主神器。除了这个，没有其他原因。"

林雷豁然开朗。

"我父亲有两件主神器，分别是攻击主神器和灵魂防御主神器。之前，我知道那件攻击主神器在哪里，但是不知道灵魂防御主神器在哪里。看到你后，我便确定灵魂防御主神器——青龙之戒，在你的身上。"

听着这一番话，林雷恍然大悟。

"好吧，我们出去吧。"盖斯雷森说道。

"是，族长。"林雷恭敬地回复。

不过，林雷还是有些哭笑不得。盖斯雷森单独见他，只是为了看看盘龙戒指，了解一下盘龙戒指的受损程度而已，至于惩罚，盖斯雷森只字未提。

大殿中。

"来了，族长来了。"那些长老一个个立即恭敬地站好。

此时，盖斯雷森又是一副冷漠的表情，走到大殿之上坐了下来。林雷则在大殿之下，和长老们一起站着。

林雷瞥了一眼伊曼纽尔，伊曼纽尔对他冷然一笑。

"伊曼纽尔定有坏主意，估计之后还会给我使绊子。"林雷在心中暗道。

"事情经过我已经清楚了。"盖斯雷森看着下方众人说道。

伊曼纽尔和那名金发老者却听得一惊。

"林雷违抗我的命令情有可原，不过我也算惩罚过他了。"盖斯雷森说道。

林雷一怔："惩罚我？他和我谈了那么多，没惩罚我啊？"

"林雷的实力，大家现在也知道了。按照家族规矩，族人一旦是七星使徒或是有七星使徒的实力，就会赐予长老之位。"盖斯雷森继续说道。

闻言，伊曼纽尔顿时就眼睛红了，大殿中其他长老不禁掉头看向林雷。

"长老？"林雷一怔。

盖斯雷森一挥手，叠得整整齐齐的披风、一套青色铠甲，还有不少令牌等东西飘向林雷。

林雷当即躬身："谢族长。"然后，他一挥手，收了这些东西。

"从今天起，林雷便是长老团第三十六名长老！"盖斯雷森宣布道。

不少长老向林雷点头示好。

加维立即神识传音："林雷，恭喜啊！不过，你现在还是先把衣服穿起来吧。一般情况下，长老们都要穿着制式服装。当然，在自己住处可以例外。"

只见林雷身上光芒一闪，他便穿好了那套绣有金色花纹的青色铠甲，披好了那件染有特殊纹路、隐隐有各色光晕流转的披风。

这样的装束，和大殿内其他长老一样。

"好了，大家都可以离开了。"盖斯雷森说道。

"是，族长。"

一群长老躬身，准备离去。

"弗尔翰、伊曼纽尔，你们父子二人留下！"盖斯雷森忽然说道。

伊曼纽尔和那名金发老者相视一眼，然后停了下来。

很快，其他人都飞了出去。

和长老们一一告别后，林雷连忙朝自己住处的大峡谷飞去。

第572章

新任长老

龙形通道蜿蜒，林雷疾速飞行。

"之前因为那场生死战，惹得族长生气，我还忐忑地跟着族长离开，以为会面临什么危险。没承想，我不但没受一点惩罚，转眼就成了家族的长老！"林雷看着身上的青色铠甲，不禁笑了。

"世事变化，的确奇特。"林雷感叹道。

"长老！"龙形通道上有大量的巡逻战士，见到林雷便恭敬行礼。

林雷看了这些巡逻战士一眼，微微点头。

在巡逻战士们的恭敬行礼中，林雷呼啸而过。

看着林雷离去的背影，一个巡逻战士皱着眉说道："那位长老好像是参加生死战的林雷。队长，你也去看了，刚才那个是林雷吗？"

"没看清楚，好像是林雷。"巡逻小队的队长说道。

"就是林雷，我看得清清楚楚。"

"什么？参加生死战的那个林雷成长老了？"不少没看过生死战的巡逻战士十分疑惑。

"这很奇怪吗？如果不是族长最后赶来，伊曼纽尔长老可能就殒命了。林雷大人绝对有七星使徒的实力！"

当时观看生死战的巡逻战士有数千名，因此有不少巡逻战士认出这个在龙形通道上飞行，穿着长老制式服装的人是林雷。

很快，林雷成为长老的消息在巡逻战士中传播开去。

"到了。"林雷看着前方的大峡谷，身体一闪，进入其中。

林雷直接朝玉兰大陆位面一脉住处飞去，在半空便看到了聚集在自己住处门口的一群人，巴鲁克、塔罗沙、奥利维亚等。

"希望林雷别出事。"哈泽德低声叹道，"我们这一脉难得出这么一个高手，如果……唉！"

自从林雷回归玉兰大陆位面一脉，这一脉的族人都将林雷当成旗帜。

旗帜怎么能倒？

"不知族长会怎么惩罚林雷。"希塞也担忧地说道。

"在死亡谷时，感觉族长很严厉。"奥利维亚皱着眉说道。

"放心，族长至少不会对林雷动手。"巴鲁克说道。他清楚四神兽家族处于危机中，族长是不会对高手动手的。

迪莉娅蹙着眉头，一直静静等着。

"老大回来了！"贝贝突然出声，同时仰头看向上方。

"林雷回来了？"一群人立即顺着贝贝的目光，也仰头朝上方看去。

只见上方淡淡的雾气中，一道身影直接从天而降，正是林雷。

巴鲁克、塔罗沙等人看着林雷，目瞪口呆。

只见林雷穿着绣有金色花纹的青色铠甲，显得古朴又高贵。他的披风上染有特殊纹路，隐隐有各色光晕流转，显得深不可测。

长老制式服！

"林……林雷！"巴鲁克、瑞恩、帝林等人都惊愕地看着林雷。

"族长。"林雷笑着看向众人。

"林雷，你成长老了？"哈泽德的双眼瞪得滚圆。

青龙一族的家族高层人员由长老组成，每一名长老都是七星使徒，获得无数族人的崇拜、仰视。

没承想，林雷也成长老了！

"大家别站在外面，到里面再说。"林雷笑着说道。

"对，都到大厅吧。"巴鲁克回过神来，连忙说道，"林雷，你随族长、长老离去，到底发生了什么事情？等会儿你可要说清楚，我现在迷糊得很。"

"族长……"林雷还没有说完，就被巴鲁克打断了。

"称呼我巴鲁克就行了。"巴鲁克看着林雷身上的长老制式服，"林雷，你现在可是长老了。能让你称作族长的，只有那一人而已。"

林雷明白巴鲁克的想法，笑着说道："好吧，不过在这大峡谷内，我还是称呼你为族长。"

巴鲁克看到林雷的表情，知道反驳无用，只能应下了。

很快，玉兰大陆位面一脉的重要成员都聚集在一起，认真地听林雷叙说着。大家都为林雷感到庆幸，也为林雷感到自豪。

林雷，青龙一族长老团第三十六名长老！

在青龙一族中，玉兰大陆位面一脉过去的地位很低，如今出了一名长老，地位就完全不同了。毕竟族人那么多，家族长老才三十六名。

玉兰大陆位面一脉出了一名长老，族人们在天祭山脉也能活得更有底气了。

第二天清晨，林雷屋内。

"迪莉娅，原本我打算静静修炼达到上位神境界的，可是现在当了这长老，恐怕不能平静地生活了，抱歉。"林雷拥着迪莉娅，带着歉意说道。

迪莉娅一笑，仰头看着林雷："你不用道歉的。"

"林雷！"一个声音在林雷的脑海中响起。

林雷一怔，而后无奈地对迪莉娅说道："没想到这么快。昨天我才成为长老，现在就有人来找我了。"

"你去吧。"迪莉娅说道。

林雷微微点头，当即飞出屋子直接朝上空飞去。

在大峡谷上空，一个穿着长老制式服的俊美男子凌空而立，正是加维。

"林雷。"加维笑着说道。

"加维，有什么事情吗？"林雷询问道。

"你昨天才成为长老，估计对长老的权力、责任一无所知吧。"加维淡笑道，"族长命令我来和你仔仔细细地说一下。"

林雷眼睛一亮："谢谢。"

"你不会就让我在这里说吧？"加维笑道。

林雷一看，此刻他和加维在大峡谷半空，当即笑道："加维，走，到我住处好好谈。"

于是，林雷、加维直接朝下方飞去。

这时候，一道人影从大峡谷下方飞起，正是林雷当初刚到天祭山脉时，欺辱玉兰大陆位面一脉的阿斯鲁。

"这日子真无聊，八大家族时刻监视我们四神兽家族，连我们这些巡逻战士休息时也不能出去，只能待在山脉内。

"幸好，还有半个月就该我巡逻了，总比待在峡谷内好。"阿斯鲁心情极好，然后扭头朝远处看去，看到了两道模糊的身影。

"长老！"阿斯鲁大惊，"两名长老怎么到我们这个偏僻地方来了？"

这条大峡谷在青龙一族区域内属于偏僻地方，平常怎么可能见到长老？

"那两个长老中，有一个长老的背影好熟悉，"阿斯鲁皱着眉，"有点像林雷。"

旋即，阿斯鲁又笑道："林雷是玉兰大陆位面一脉的，他虽然实力不错，但怎么能和长老比呢？更别说成为长老了。他那点实力，也就能在我们这条大峡谷中称雄罢了。"

阿斯鲁满不在乎地笑着，然后飞出了大峡谷。

大厅内，林雷和加维交谈着。

随着交谈的深入，林雷对家族中的事情愈加清楚了，不禁在心中暗叹："长老的权力还真大，青龙一族几乎是长老们在管事。族长虽然厉害，但是平常不管事。"

"加维，听你说这么多，族内长老要负责不少事情啊。"林雷笑道，"不知道我要负责哪些。"

"你别急。现在族内的事情都有人负责，没空缺，所以你暂时没事可做。"加维笑道，"你现在完全可以享受长老的权力，却无须做任何事情。"

"你的住处等都已经安排好了。"加维说道，"还有，你可以去申请，为你们玉兰大陆位面一脉换一个更好的居住地。"

"不用，我在这里住得挺好。"林雷说道，随即皱着眉，"加维，听你这话的意思，我现在就无所事事了？"如今家族处于危机中，他会这么悠闲？

"当然会有事情，不过不是现在，等长老集会吧。"加维说道，"长老集会每千年举行一次，每次集会会重新分配任务。你是新任长老，届时会分配到事情的。"

林雷恍然大悟。

"你现在还是享受悠闲的生活吧。等集会后，你想悠闲都没有时间了。"加维呵呵笑道，"这种悠闲的生活，别的长老都没有呢。"

林雷笑了笑："对了，加维，距下次长老集会还有多久？"每千年举行一次集会，或许他还有数百年的悠闲日子。

"十五天。"加维说道。

"十五天！"林雷感到惊愕。每千年才举行的一次集会，他怎么就碰得这么巧？

"对，所以我说你得珍惜这段悠闲日子。"加维笑着站了起来，"好了，我得走了。长老集会的时候，自会有人来通知你。"

林雷也连忙站起来，送加维离开。

大峡谷中。

"玉兰大陆位面一脉的那个林雷成长老了？不可能！"

"是真的。看玉兰大陆位面一脉那些人的样子，不像假的。说实话，他们那副模样让人看着不爽。"

"是他们吹嘘的吧？"

类似的议论在大峡谷中传播开来。

玉兰大陆位面一脉只有数百人，他们在知道林雷成为长老后，有不少族人忍不住向大峡谷其他分支的人好好宣传了一番。

毕竟，他们过去常被瞧不起。

这时候，阿斯鲁走出自己的住处，准备去值班。

"阿斯鲁大人，我听说林雷成长老了，是真的吗？"有几人来询问阿斯鲁。在他们看来，阿斯鲁是一个上位神，在这条大峡谷中算是一个厉害人物。

"你们别听玉兰大陆位面一脉的人吹嘘。林雷怎么可能是长老？"阿斯鲁嗤笑道，"昨天我还看到过林雷，他的穿着很普通。"

然而阿斯鲁不知道，林雷在大峡谷中一般是不穿长老制式服的。

"我就说不可能。"其中一人立即说道，"玉兰大陆位面一脉也想出一位长老？"

"等会儿我要去轮值，问问家族其他战士就知道了。"阿斯鲁说道。他知道这条大峡谷太偏僻，家族的一些信息要传到这里来需要一段时间。

那几人点点头，准备送阿斯鲁离开。

突然，一个声音响彻这条大峡谷："林雷长老！"

顿时，这条大峡谷中或是在修炼的、或是在玩闹的，都愣住了。

阿斯鲁也怔住了。

只见三个黑袍人恭敬地飞了下来，林雷则从自己的住处飞了出来。

"长老集会要开始了？"林雷开口问道。

"是的，长老。"三个黑袍人躬身回复。

"走吧。"林雷率先飞起，三个黑袍人恭敬地跟随在后面。

在这条偏僻的大峡谷中，很多人都目瞪口呆地看着这一幕。他们看着林雷穿着长老制式服，披着隐隐有各色光晕流转的披风消失在空中。

第573章

长老集会

踏入大厅，林雷目光一扫，在心中暗道："竟然只来了十二名长老。"青龙一族一共有三十六名长老。

其他长老也看到了林雷，笑着对他打招呼。

"林雷，这边坐。"加维招呼道。

林雷走了过去，坐在加维的旁边。

待坐下来后，林雷才注意到大厅内摆放的那张很大的暗红色圆桌，圆桌旁还摆着一把把椅子。

林雷心里疑惑："嗯？怎么只有十六把椅子？"

圆桌很大，在周围摆放四十把椅子都可以，但是只摆放了十六把椅子。

"加维，这椅子就十六把，不是有三十六名长老吗？"林雷低声问道。

"血战谷的长老们都不来。"加维解释道。

林雷感慨不已。

血战谷是天祭山脉的核心，也是青龙一族、朱雀一族、白虎一族、玄武一族最强者的聚集地。青龙一族有二十位长老在那里。

"血战谷的长老们是冒着生命危险在为家族战斗！"林雷想到了十五天前，加维与他的谈话内容。

那时候，加维谈到了血战谷，林雷对家族的危机有了更进一步的认识。

四神兽家族在天祭山脉内可以安稳度日，但他们愿意一直过这种如缩头乌龟般的生活吗？

然而一旦与外界联系，四神兽家族派出去的人马就会受到八大家族的围攻。

难道要让四神兽家族沉默？

不可能！

于是，便有了血战谷这个地方。

血战谷，四神兽家族真正精英的聚集地。这里每一个人的实力至少堪比六星使徒。青龙一族便有二十位长老在那里。

"十六名长老都到齐了。"圆桌边上一名银发长老朗声说道，"和上一次的集会相比，这回我们家族中多了一名长老，这是值得庆贺的事情。"

不少长老都笑着看向林雷。

林雷微笑着向各位长老示意，随即看向那名银发老者。林雷认识这名银发老者，是长老团的二长老，也是族长盖斯雷森的儿子。

"关于各位的任务，暂且不谈。"二长老正色道，"我先说一下我们青龙一族在血战谷的二十名长老这一千年来的功绩。"

所有长老开始严肃起来。

"千年来，我们青龙一族的二十名长老在战斗中，解决了对方两个七星使徒，三十六个六星使徒，还有不计其数的上位神。"二长老铿锵有力地说道。

这么多？林雷一惊。

对神级强者而言，一千年很短暂。就这短短一千年，单单青龙一族就让对方那么多高手殒命。那整个血战谷的人到底解决了敌人多少高手？

"四神兽家族和八大家族的战斗还真是惨烈。"林雷在心中暗道。

"不过，我们的二十名长老中，有两名长老实力大损，分别是十一长老邦顿和九长老基弗思。邦顿最强的水系神分身被灭，不再拥有七星使徒的实力，如今正在闭关修炼。基弗思也是最强的水系神分身被灭，好在他的本尊从未炼化过神格。如今，他的本尊炼化了水属性神格，实力恢复了。可是，他之后的修炼估计很难进步。"二长老郑重地说道。

顿时，整个大厅的气氛变得压抑。

"两名长老，一名不再拥有七星使徒的实力，一名很难再进步。"林雷感慨。

通过之前与加维的谈话，林雷还知道了血战谷的规矩。那些在外战斗的长老会将实力弱的神分身留在血战谷，即使在外的身体没了，也好歹还留有一个神分身。

估计对方也会这么操作。即使四神兽家族一方解决了对方两名七星使徒，估计那两个七星使徒的神分身还留在他们的大本营。

那名基弗思长老，他的最强水系神分身没了，他的本尊之前从没炼化过神格，那他可以用本尊不断炼化水属性神格，直至成为上位神。这样，他的实力可以恢复，只是以后不能运用其他元素法则的奥义。

假设林雷的地系神分身被灭了，无法再施展地系元素法则中的奥义，他完全可以让之前从没炼化过神格的本尊，依次炼化地属性下位神神格、地属性中位神神格、地属性上位神神格。

到时候，林雷依旧能运用地系元素法则中的奥义，只是不能运用其他元素法则的奥义了。

这种方法不到万不得已绝对不能使用。

"这次，除了上述两名长老退出血战谷外，在外战斗了三千年的六长老也会退出血战谷。因此我们十六人中，必须补充三人进去！"二长老朗声说道。

顿时，在场的长老们都安静下来了，他们或是在神识传音或是在思索。

"补充三名长老去血战谷……"林雷清楚进入血战谷意味着什么。

"之前族长惩罚伊曼纽尔去大长老那里，因此伊曼纽尔必须去血战谷。现在，要在我们之中再选两名。"二长老继续说道。

林雷不禁瞥向不远处的伊曼纽尔。伊曼纽尔只是沉默着，没什么表情，显然，他早就知晓这事了。

"大家选一下吧，哪两名长老过去。"二长老看向众人。

"我！"一个声音在林雷身边响起，正是加维。

加维笑着说道："上一次我想去，可是我的实力比其他几人弱，被排除了，这次该轮到我了吧。"

"还有我！"另外一名长老开口说道，"其他长老为了家族在战斗，我留在山脉内，心中难安！"

"加维，这次轮不到你。"又有一名长老开口说道，"算我一个。"

长老团中，实力有强有弱，加维显然是比较弱的一个。要想进入血战谷，当然是实力越强越好。

"我也去！"十六名长老中，三名女性之一的碧发女子笑着说道，"我想追随大长老，一同为家族战斗。"

"为了家族，我也去。"

林雷原以为会出现互相推诿的场景，现在看着眼前这幕，他十分惊讶。没想到大多数长老会自告奋勇，将生死置之度外。

"好了！"金发老者喊道，皱着眉头。

这名金发老者是四长老，也是大长老的儿子，名叫弗尔翰。他还有一个身份——伊曼纽尔的父亲。

弗尔翰低沉地说道："我明白各位都想为家族战斗，不过去战斗的人实力越强越好。我心中有两个人选，第一个是……"他陡然指向林雷，"林雷长老！"

林雷微微一惊。

"弗尔翰，谁去战斗不是靠指定的，而是靠自愿。"二长老说道。

弗尔翰正色道："身为家族一员，家族面临危机，怎能置身事外？看看在血战谷的二十名长老，他们中绝大多数在血战谷数千年了。

"按照规矩，一千年轮值一次，他们完全可以退下来，可他们没有！他们都是为了家族，为了让我青龙一族声威不坠！"

弗尔翰看向林雷："我之所以选择林雷，是因为林雷通过重力空间奥义施展出的招数很特殊。就是七星使徒，面对他那一招也会速度大减。在战斗中，林雷如果和几名长老配合，绝对能发挥极大作用。"

顿时，大厅内的长老都明白了。

确实，林雷施展黑石牢狱，再配合几名长老的进攻，效果会很好。

"至于林雷的实力，通过上次那场生死战，大家也知道了，他的实力完全超过了伊曼纽尔。在我看来，就身体强度而言，林雷在我们家族中能排第四，连我都自认不如。"弗尔翰看向林雷，"林雷，你可愿意去？"

林雷笑着看向弗尔翰，说道："四长老，我想知道你说的另外一个人选是谁。"

弗尔翰正色道："这两个人选，一个是你，另外一个就是我。论实力，在座的各位估计没人敢说一定比我强。上次我没去血战谷，之后懊悔了许久，这次我一定要去！"

林雷眉头一皱：弗尔翰竟然打算自己去。

"林雷，"二长老看向林雷，"你的意思呢？"

如果论单打独斗，其他长老不一定比林雷差；可如果论群战，其他人发挥的作用还真不一定比得过林雷。在群战中，林雷施展出的黑石牢狱将对己方很有用。黑石牢狱一出，自己人速度不减，对方速度大减，战斗很快就会出现一边倒的局面。

"我去！"林雷点头说道。

"林雷，不错。"弗尔翰笑着说道。

林雷回以一笑，心里却怀疑："弗尔翰似乎在逼我去血战谷。刚才那种形势，我如果说不去，恐怕会被其他长老瞧不起。他逼我去干什么？难道和他儿子伊曼纽尔有关？"

　　"好，人选定了下来。弗尔翰、伊曼纽尔、林雷，等集会结束，你们就直接去血战谷吧。"二长老看着林雷他们，"三位，好好保重！"

　　"好好保重"这四个字让林雷不禁感到了压力，同时也让他有些期待起来。

　　自从知道家族危机，林雷就明白有朝一日他将为家族奋战，只是没想到这一天来得这么快。

　　林雷、弗尔翰、伊曼纽尔已经被选定去血战谷了，自然不会再被安排其他任务。待长老集会结束，其他十三名长老开始送林雷、弗尔翰、伊曼纽尔。

　　"林雷，"加维笑道，"记得，帮我多解决一些敌人。"

　　林雷微笑着点头。

　　加维忽然严肃地说道："记住，第一是保住性命，第二才是杀敌。"

　　"嗯。"林雷点头说道。

　　"好了，三位，出发吧。去血战谷后，听大长老的指令。"二长老说道。

　　于是，林雷、弗尔翰、伊曼纽尔当即和各位长老告别，朝天祭山脉核心处飞去。

　　天祭山脉分为四块大区域，分别为四神兽家族占据。

　　四块大区域核心的一条峡谷便是血战谷，四神兽家族精英的聚集处。

　　"戒备还真森严。"林雷看到峡谷半空有大量的巡逻战士，有青龙一族的青色铠甲战士，有朱雀一族的金色铠甲战士……巡逻战士分别来自四神兽家族。

　　这些人见到林雷他们三人飞来，立即行礼。

　　随即，林雷、弗尔翰、伊曼纽尔直接飞入那条峡谷中。

第574章

大长老

血战谷深幽寂静。

三道人影疾速坠落，很快就到了地面。

林雷环顾周围，没看到什么人，朝前方看去，能看到一座耸立的石碑。至于其他的，在薄雾中显得模糊，无法辨清。

"在峡谷半空巡逻的四神兽家族战士有很多，在峡谷内巡逻的倒是少。也对，毕竟能进来的最起码有六星使徒的实力。"林雷仔细地观察血战谷，而弗尔翰、伊曼纽尔已经大步朝前走了。

伊曼纽尔走了一会儿，掉头看向林雷："林雷，你没来过这里吧？"

"没来过。"林雷不是很想搭理伊曼纽尔。

突然，一阵寒风呼啸而过。林雷不禁打了个寒战，在心中暗道："血战谷的风竟然冷到了这个地步。"

弗尔翰也回过头看向林雷，笑着说道："林雷，血战谷是天祭山脉的核心，也是最寒冷的地方。谷内的寒风会让下位神难以前进，不过对你而言，这点寒风算不了什么。"

"弗尔翰长老，我们还是先进去吧。"林雷说道，并不想和眼前的父子二人多说，当即朝谷内深处前进。

血战谷内有不少凌乱的石头和杂草，中央却是用圆润石头铺成的一条石道。

在他们的前面，石道的一侧竖立着一座高大的石碑，上面是龙飞凤舞的两个暗红大字"血战"。

林雷看着这两个大字，感觉体内血液沸腾起来，心中忍不住升起战意。

"弗尔翰、伊曼纽尔，这次竟然是你们来了。哈哈——"爽朗的大笑声响起。

林雷看过去，只见一个和蔼可亲的中年男人笑着走了过来。男人有络腮胡子，修整得很整齐，给人一种很清爽的感觉。

"索尔豪斯，"弗尔翰笑着迎上去，和对方来了个拥抱，"好久不见！"

"是有很久没见面了。"索尔豪斯笑着看向伊曼纽尔，随即看向林雷，疑惑地说道，"我知道这次有三位长老来，可这位我从来没见过……"

片刻后，索尔豪斯一副恍然大悟的表情，笑对着林雷说道："我听说我青龙一族多了一位长老，就是你吧。"

"我，索尔豪斯。林雷长老，对吧？"索尔豪斯笑着伸出手说道。

"是的，索尔豪斯长老，你好。"林雷也笑着伸手回握，觉得这个索尔豪斯还不错。

"热烈欢迎三位。走，随我去见大长老吧！"索尔豪斯笑道。

"母亲？"弗尔翰不由得眼睛一亮。

林雷瞥了一眼弗尔翰、伊曼纽尔，这二人显然很期待见大长老。

大长老和族长盖斯雷森是亲兄妹，在家族中她的实力仅次于族长。

"林雷，我们家族已经很久没有出新长老了。"索尔豪斯热情地开口说道，"我听说你和伊曼纽尔切磋过了，实力很强啊！等以后出去为家族征战，你一定要给我们青龙一族争光。"

"一定！"林雷笑着点头。

弗尔翰见索尔豪斯总是和林雷说话，只能打断道："索尔豪斯，如今我们四神兽家族和八大家族的战斗情况怎么样？"

"能怎么样？"索尔豪斯摇头叹息一声，"八大家族根本就是靠数量在伤人。他们八大家族的七星使徒加起来的数量，是超过我们的。像现在这样拼下去，估计再过个一两万年，我们四神兽家族拥有七星使徒实力的长老就会不足十个了。"

林雷听得大惊。

"一两万年会损失这么多？"林雷忍不住开口说道，"现在，我们四神兽家族实力强的长老有近百个吧。"

青龙一族就有三十六名长老，每一个不是七星使徒就是拥有七星使徒的实力。按道理，四神兽家族的长老加起来应该有上百名。难道短短一两万年只能存活十个？

"林雷，我听说你回归家族的时间并不长，"索尔豪斯说道，"对这里的情况还不是很熟悉。不过在长老集会上，你应该知道了这一千年来我们的损失。"

林雷点头。一千年的时间，四神兽家族解决了对方的两个七星使徒，而己方损失了两个七星使徒。

"单单我们青龙一族，一千年便损失了两个七星使徒。基弗思即使用本尊炼化神格，可以恢复实力，也再没有进步的机会了。"索尔豪斯说道，"一千年，四神兽家族的长老加起来，少则损失五六个，惨烈的时候甚至会损失十余个。你算算，一万年得损失多少个长老？"

林雷一算，心下一惊：一万年，至少有五六十个长老殒命。

"所以我说这样下去，一两万年后，我们家族的长老就没几个了。"索尔豪斯苦涩地说道，"没办法，毕竟八大家族的人很多。即使我们的长老都牺牲了，他们估计还有过半的七星使徒。"

林雷点头。

他之前就听说过，八大家族中的任何一族都不比青龙一族弱，而且七星使徒或是拥有七星使徒实力的人的数量也比四神兽家族多。

"林雷，你知道在老祖宗陨落前我们青龙一族有多少个长老吗？"索尔豪斯说道。

"多少？"林雷追问道。

"超过六十个。"索尔豪斯说道。

闻言，林雷忍不住在心底惊叹："怪不得四神兽家族能纵横各大位面，不但后台硬，自身实力也很惊人啊。"

"当我们从各大位面撤退的时候，各方敌人开始追杀我们。林雷，你要知道，追杀到地狱的家族只是少数，在之前的位面，我们有更多的敌人。"索尔豪斯无奈地说道。

林雷不禁感慨，四神兽家族过去树敌太多了吧。当初，四神兽家族势力遍布各大位面时，估计敌人的数量要比现在多得多。现在，只有八大家族还在追杀四神兽家族。

"我们现在只能拼。"弗尔翰开口说道。

"对，只能拼！"索尔豪斯也说道，"如果我们龟缩在天祭山脉不反抗，估计会被地狱中的其他大家族取笑。我们四神兽家族丢不起那人！"

血战谷内，建筑错落有致。

林雷他们一边交谈着，一边行走着。

途中，林雷还见到了一些战士，最起码是六星使徒。

"这就是大家族的底蕴，还是衰败后的大家族！"林雷在心中暗道。

"青龙殿到了！"索尔豪斯说道。

林雷抬头看去，前方有一座足有三十米高的建筑，通体呈暗红色，最上面的塔尖隐隐散发出青色光芒。和青龙殿类似的建筑，血战谷内有五座。

"大长老在青龙殿五楼，一楼大殿是平常我们集会的地方。"索尔豪斯说道。

接着，索尔豪斯直接带着林雷、弗尔翰、伊曼纽尔来到了五楼。

这一层的大厅竟然连一个用人都没有，显得比较空旷。

"大长老人呢？"林雷疑惑地看着大厅。

突然，林雷朝大厅边上看去，只见一道全身笼罩在黑色长袍中的高挑人影走了出来。那人有着一头长至臀部的飘逸碧青色长发，脸上戴着一张银色面具，上面流转诡异光芒。

这个人出现后，索尔豪斯等人不禁安静下来。

"她就是大长老？"林雷在心中猜测。

嗖的一声，这个神秘女人坐在了大厅的主位上，冷厉的目光扫过几人，在林雷的身上停顿了一下，随即一个声音响起："你们几个都坐下吧。"

"是，大长老！"林雷他们四人恭敬地回复。

不过，林雷疑惑地看了一眼弗尔翰：听说弗尔翰是大长老的儿子，怎么也要称呼对方"大长老"？

林雷带着疑惑，和弗尔翰等人并肩坐下。

"林雷。"大长老突然开口，同时看向林雷。

"大长老。"林雷微微躬身。

"听说你是击败伊曼纽尔后成为长老的。"大长老说道。

"是的。"林雷连忙说道。

不过，他很疑惑："这位大长老是什么意思？是想警告我吗？伊曼纽尔毕竟是她的孙子。"他虽然不解，但心中还是很平静。

"我知道你和伊曼纽尔彼此心存芥蒂，可是我希望你们能够团结，能够同心协力。"大长老说道。

林雷一怔，不由得朝伊曼纽尔看去，而伊曼纽尔也看向林雷。

"和他同心协力？"林雷觉得这有点难。

大长老的声音铿锵有力："自父亲陨落，我们四神兽家族便面临前所未有的危机。我们即使聚集在幽蓝府，也不断被八大家族挑衅。不过，我们是四神兽家族，是不容侮辱的四神兽家族！

"为了保护族人，我们可以暂时龟缩在天祭山脉，但是外人别想让我们屈服，也别想轻易挑衅我们。凡挑衅者，一律予以惩罚！"

大长老的目光扫过林雷、伊曼纽尔："我们四神兽家族的高手不如八大家族多，所以内部必须团结。不管是林雷还是伊曼纽尔，不管你们之前有什么过节，从今天起，你们不允许互相战斗！若是被我发现你们私下战斗，我第一个解决你们！"

"是，大长老！"林雷、伊曼纽尔响亮地回应道。

"我们青龙殿一共有二十支小队，现在有三支队伍没有队长，分别是第十三小队、第十五小队、第十九小队。"大长老说道，"现在我安排一下，林雷——"

林雷上前一步。

"从今天起，你便是我们四神兽家族青龙一族血战谷第十三小队的队长！"

"是！"林雷恭敬领命。

大长老看向弗尔翰，冷冷地说道："弗尔翰，从今天起，你便是我们四神兽家族青龙一族血战谷第十五小队的队长！"

"是。"弗尔翰也上前一步，恭敬领命。

"伊曼纽尔，从今天起，你便是我们四神兽家族青龙一族血战谷第十九小队队长！"

伊曼纽尔也上前领命。

"很好。"大长老微微点头，随即看向索尔豪斯，"索尔豪斯，你现在带林雷去第十三小队。之后你再过来，我有任务交给你。"

"有任务了？"索尔豪斯眼睛一亮。

"先带林雷去他的地方。"大长老吩咐道。

"是。"索尔豪斯当即回头看向林雷，林雷点头跟随索尔豪斯离开。

就在林雷要离开的时候，大长老的声音响起："弗尔翰、伊曼纽尔，你们留在这里，我有事情和你们谈！"

第575章
第十三小队

"大长老留下弗尔翰、伊曼纽尔干什么？"林雷心中疑惑，"大长老嘴上说必须团结，可弗尔翰是她的儿子，伊曼纽尔是她的孙子，不太可能不偏袒他们。"

此时，林雷、索尔豪斯行走在石道上，都在想自己的事情，二人之间没有交谈。

呼呼声响起，一阵寒风吹过，打断了两人的思绪。

"啊，林雷！"索尔豪斯说道，"不好意思，刚才我在想任务的事情，怠慢了。"

"没事。"林雷打趣道，"只要你不带错路就行。"

"血战谷就这么大，我怎么可能走错？"索尔豪斯笑道，"你的第十三小队一共有十名队员，都是族内高手，有六星使徒，有的堪比七星使徒。"

索尔豪斯提醒道："林雷，你别小瞧他们，六星使徒和七星使徒的差别不大。"

林雷点头，他想到了在紫荆大陆遇到过的里尔蒙斯。里尔蒙斯虽然只是一名六星使徒，但是实力已经接近七星使徒了。

"战斗中，有人擅长灵魂攻击，有人擅长物质攻击。每个人的手段也不同，有的人靠声音，有的人靠毒液……总之，六星使徒不一定比七星使徒弱。只要你带领好他们，搭配好了，就能抓住敌人的弱点，以弱胜强并非不可能。"索尔豪斯说道。

"说得对。"林雷点头赞道。比如他，在经受宗祠洗礼之前，可以击败擅长物质攻击的七星使徒，却畏惧擅长灵魂攻击的六星使徒。

使徒等级并非判断实力的唯一标准。

"索尔豪斯，那些战士的气势不一般啊。"林雷看向远处三名赤袍战士。

那三人即使面带微笑，也让人感到心悸。

"血战谷的战士，一个个都经历过无数战斗，自然会有这种气势。"索尔豪斯赞道。

片刻后，索尔豪斯突然说道："第十三小队到了。"

林雷也看到了。他的面前有一根石柱，石柱上端刻有"十三"两个字，中间部分则刻有一个个名字，不少名字都是红的。

"这一万余年来，第十三小队所有成员的名字都在这上面。"索尔豪斯正色道，"一支小队由十人组成，若有队员殒命，就会补新的队员进来。殒命的队员，名字是红色的。"

林雷仔细地看着那一个个名字。

"第十三小队！"索尔豪斯猛然喊道。

顿时，有人从石柱后的一栋栋楼房中飞了出来，他们身穿赤色战袍。一眨眼的工夫，十名六星使徒队员便集结完毕。

林雷仔细地看了看，八名男性、两名女性。

"这十人的气势不一般，好像有十个里尔蒙斯在这里。"林雷在心中暗道。

看着眼前的十人，林雷有些感慨。当初他刚到地狱，从来没有想过他能够率领十名六星使徒，那时他连使徒是什么都不知道。

"索尔豪斯长老，"一名碧色短发女子说道，"你旁边这位是？"其他队员也疑惑地看向林雷。

"这位便是我们青龙一族的新任长老林雷，"索尔豪斯朗声说道，"也是你们第十三小队的新任队长。"

"队长？"十名队员相互看了看。

"他真是长老？"一名男子询问道。

林雷笑着一翻手，手中出现了一枚令牌，这是他成为长老后得到的长老令牌。

见到这枚令牌，十名队员不再怀疑，立即恭敬地喊道："队长！"

血战谷的战队，任何一支小队的队长都由长老担任。

"队长，我叫梅丽娜。"那名碧色短发女子笑道，"不知道队长能不能给我们演示一下你的绝招呢？"

林雷微微一怔，旋即瞥了一眼其他队员。其他队员没说话，可眼里也满是期待。

林雷在心中暗道："看来，无论是在普通的玉兰大陆位面，还是在至高位面之一的地狱，要当好首领，还是得先露一手镇住手下人啊。"

这十名队员都是六星使徒，多少是有些傲气在身上的。不看看林雷的实力，他们怎会甘心？

"你们这些人啊。"索尔豪斯笑道。

"那你们就感受一下吧。"林雷淡笑着说道，"黑石牢狱——"

顿时，迷蒙的土黄色光芒弥散开来，一个光罩出现，直接笼罩住了这十名队员。

面对这突如其来的光罩，十名队员都有些站不稳，其中三名队员甚至要靠手撑住地面才能站起来。他们即使是六星使徒，在光罩内也不能自由行动。

"怎么样？感受如何？"林雷淡笑着说道。

这十名队员感受着这惊人的引力，互相看了一眼，都笑了。

"队长！"十人同时单膝跪下，恭敬行礼。

他们从心底接受了林雷。

林雷手一挥，光罩不见了，笑着说道："都起来吧。"

"队长，实在太好了！有了你这黑石牢狱，我们和敌人战斗的时候就方便多了。"一个壮硕汉子激动地说道，"在那个光罩内，若敌方受束缚，我方不受束缚，这样，即使对方是七星使徒，我也敢和对方斗一斗。"

在一支战斗小队中，如果只是队长实力强，那很有可能让队员们发挥不出自己的优势，那他们就不是一个真正的团体。然而，如果一支战斗小队中的队长不光自己实力强，还能让每个队员在战斗中发挥出自己的优势，那他们就是一个真正的团体。

林雷这一招黑石牢狱就可以帮助到队员，让他们可以尽情地对付敌人，甚至能让他们和七星使徒战斗。

因此，第十三小队的队员此时都很兴奋。

"你叫什么？"林雷笑着看向眼前的壮硕汉子。

"我叫山挞！"那个壮硕汉子笑着回答。

"你们一个个自我介绍一下吧。"林雷笑着看向手下的队员。从今以后，只要他在这里，那他将会一直带领这支小队一起战斗，同生共死！

林雷十分看重这些队员，而这些队员也很激动，为有一个擅长辅助绝招的队长而激动。

"林雷。"一旁的索尔豪斯终于开口了。

"哦，抱歉。"林雷连忙说道，"和他们说话，都忘记索尔豪斯长老了。"

索尔豪斯摇头笑道："没事，不过我不能再待下去了。大长老有任务交给我，我必须得去一趟。"

于是，索尔豪斯与林雷拜别，然后离开了。

从今天起，林雷就要带领手下这十名六星使徒，时刻准备着与八大家族战斗。

时光流逝，转眼就过去一年多了。

天祭山脉的一条大峡谷中。

迪莉娅依偎着林雷，两人一同散步。

林雷看着身侧的迪莉娅，感觉心中有股暖流缓缓流淌，觉得很温馨。

"林雷，我一开始以为你去当那个血战谷小队队长，马上就要去战斗，没时间陪我呢。现在看来，战斗次数并不多。"迪莉娅格外珍惜和林雷在一起的时间。

迪莉娅也知道家族危机，因此她不会要求林雷一定要陪着她，珍惜当下便足够了。

"我当队长的这一年多，还没有经历过战斗呢。"林雷淡笑着说道，"其实，血战谷队伍碰上战斗的次数并不多，可是每一次战斗，都是和对方的顶尖高手对决，在生死间徘徊。我们有七星使徒，对方也有，甚至更多，我们是处于劣势的。"

自从成为血战谷第十三小队的队长，林雷就感受到了压力，同时也觉得有些对不起迪莉娅。

无论是在玉兰大陆位面，还是在地狱，迪莉娅一直默默地支持他。即使他到处闯荡，面临一次次危机，迪莉娅也从来没有抱怨过。

"没有任务的时候，我会陪着你的。"林雷在迪莉娅的耳边温柔地说道。

迪莉娅的脸上顿时染上了一丝红晕。

林雷笑了。只要和迪莉娅在一起，林雷就感觉格外轻松，迪莉娅就是他心灵的港湾。

林雷担任第十三小队队长的第二年。

血战谷小队队长可以居住在天祭山脉的其他地方，如果有任务了，自然会有人来通知小队队长。普通队员则长期住在血战谷，每年只有一个月的出谷时间。

"长老。"

"长老。"

血战谷石道上，不少赤袍战士看到林雷连忙恭敬行礼。这些战士有青龙一族的，有白虎一族的，有朱雀一族的，还有玄武一族的。

时间久了，这些战士自然也认识了林雷。

"索尔豪斯！"林雷惊讶地看向远处。

远处正是老熟人索尔豪斯，只是索尔豪斯的脸色很差。林雷连忙走过去，索尔豪斯也看到林雷了。

"林雷。"索尔豪斯挤出一丝笑容。

"索尔豪斯，一年多没见到你，任务结束了？"林雷笑道。

"任务结束了。"索尔豪斯叹了一口气。

"怎么了？"林雷有一种不祥的感觉。

索尔豪斯看了林雷一眼，苦涩地说道："林雷，你没发现我这身体是风系神分身？"

闻言，林雷仔细看了看。

索尔豪斯叹息道："这次任务，敌人太厉害。我的第六小队的十名队员只存活了四个，我最强的水系神分身完了。"

林雷一怔。

青龙一族成员，绝大多数最强的神分身是水系神分身。如果林雷从小生活在四神兽家族，很早就经过宗祠洗礼，那他最厉害的也是水系神分身，而不是地系神分身。

"那你……"林雷不知道该说什么。

"水系神分身都完了，还能怎么样？"索尔豪斯摇头说道，"以后我也不再是长老，已经没那个实力了。今天我来这里，准备向大长老禀报这件事情。"

长老出去战斗时，会将实力弱的神分身留在血战谷。这样做有两个好处：一是可以及时向血战谷提供情报，二是可以留下一条命。

"索尔豪斯，别太气馁。"林雷安慰道。

索尔豪斯深吸了一口气，说道："气馁什么？我回去继续修炼。哪天我将风系神分身的实力提升上去了，还会去找那群浑蛋的！"索尔豪斯的眼中满是戾气。

林雷看到索尔豪斯的神色，忽然意识到一个问题：在这样的战斗中，四神兽家族和八大家族的仇怨只会越来越深……

"林雷，战斗的时候你可别手下留情。那不是普通的战斗，我们四神兽家族和那八大家族没有和解的一日。一旦有机会，他们会毫不留情地对付你。"索尔豪斯提醒道。

"放心。"林雷回道。

林雷是从玉兰大陆位面一路闯过来的，知道什么时候该留情，什么时候不该留情。他若是对八大家族留情，就是对他的亲人、族人不留情。

"林雷长老！"一个赤袍战士从远处跑来。

林雷转过头看去："什么事？"他并不认识这个赤袍战士。

这个赤袍战士恭敬地说道："大长老让林雷长老你过去。"

林雷惊得一激灵，这是他当第十三小队的队长以来第一次被大长老召见。

第576章

接受任务

"任务终于要来了吗？"林雷转头看向索尔豪斯，带着歉意说道，"索尔豪斯，我先去见大长老了。"

索尔豪斯神色严肃，说道："林雷，大长老不会无缘无故召见你。这次让你过去，十有八九是让你去和八大家族战斗。林雷，你可得小心，那八大家族真的很强。"

八大家族将四神兽家族逼迫到只能龟缩在天祭山脉，怎么不强？若非幽蓝府主出面，四神兽家族可能早就被灭了。

"我会小心的。"林雷认真地回答道，然后立即转头朝大长老的青龙殿疾速赶去。那个赤袍战士立即跟上。

看着林雷离去的身影，索尔豪斯轻声说道："林雷兄弟，一定要活着回来，一定！"

不管是四神兽家族，还是八大家族，在地狱的大家族中都能排到前二十名。这些古老的家族从各大位面迁移过来，聚集在一起，进行着一场场疯狂的战斗。

这种规模的战斗，亿万年来，在四大至高位面中都是极为罕见的。

强强对决！

在一场场战役中，双方的七星使徒和六星使徒接连陨落，光是数量就让人震惊。毕竟在地狱中，一个家族能出一个七星使徒，就算厉害的了。

四神兽家族和八大家族的激烈战斗，令地狱中的其他大家族十分震撼，包括独占汨罗岛的巴格肖家族。他们只能观望，不敢掺和进来，毕竟战斗太惨烈。

像林雷这种有七星使徒实力的人，就会被四神兽家族派上战场，与敌人对决。

青龙殿第五层大厅。

一袭黑色长袍、一头披散着的青发、一张银色面具戴在脸上，这便是青龙一族的大长老。大长老身材修长，静静地站着一动不动，不知道在想些什么。

许久，大长老缓缓叹了一声："也该让他去历练了。"

忽然，脚步声响起，大长老转头看向门口，只见林雷正大步向她走来。

见到大长老，林雷立即恭敬行礼："林雷见过大长老。"

"林雷，坐。"大长老淡然说道。

林雷随即坐下。

"林雷，自你担任第十三小队的队长，已经有一年多了吧。"大长老说道。

"是的，大长老。"林雷应道。

大长老声音温和，说道："在你击败伊曼纽尔，被族长任命为长老后，我便和族长认真地谈过你的事情。"

林雷一怔。大长老此刻语气温和，和平时冷漠的样子完全不一样。

"大长老今天为何会这样？难道也是因为盘龙戒指吗？"林雷在心中暗道。他虽然感到纳闷，但还是认真聆听。

"当时，族长想让你继续修炼下去。以你现在的水平来看，若你达到了上位神境界，绝对能够成为我们家族的又一张王牌。"大长老感叹道，"现在的你，只能算是有七星使徒的实力，还称不上王牌。"

"王牌……"林雷看着大长老。

确实，他若达到了上位神境界，灵魂就会变得更强大。到时候，不仅他的灵魂防御变强了，连黑石牢狱、龙吟等各种招式的攻击力也会变强。

"家族的王牌，实力超越了一般的七星使徒，堪比地狱修罗、炼狱统领这种高手。"大长老说道。

林雷点头赞同：地狱修罗、炼狱统领的实力的确远超一般七星使徒。

他不禁想到了那只紫色幼兽雷斯晶，也曾是一名炼狱统领。当时，他被雷斯晶困于洞穴，被迫领悟，然后摸索到了雷斯晶绝招的门槛，便有了黑石牢狱这一招。这一招的威力很大。若是雷斯晶施展他的绝招，这威力得有多大？

不管是炼狱统领，还是地狱修罗，都快到上位神的巅峰境界了，实力强得可怕。

"我们青龙一族能称为王牌的，无数年来只有三个。"大长老说道，"除了我和族长外，也就那位天才长老布鲁。"

"布鲁长老。"林雷也知晓这人。

林雷的身体强度在青龙一族排第四。排在第一的自然是族长，排在第二的是大长老，至于排在第三的，便是那位天才长老布鲁。布鲁的强大，毋庸置疑。

"家族真正的王牌，不管是物质防御，还是灵魂防御都很强，没有弱点。在没有弱点的基础上，还要有一项足以纵横地狱的绝招。

"你现在只是中位神，靠青龙之戒能弥补灵魂上的差距。不过，那枚青龙之戒是残破的，对你还是有影响的。"大长老说道。

林雷点头。

"所以，你的弱点是灵魂防御。"大长老继续说道，"你若达到了上位神境界，才算没缺点。"

"当族长见到你时，"大长老的声音满含喜意，"他就知道我们家族将会有第四张王牌！"

林雷不禁笑了，受到夸赞自然会感到开心。不过他也清楚，他只是"将会"成为第四张王牌罢了。

大长老看了林雷一眼，叹了一声，说道："可惜，你不是上位神。"

林雷在心中暗道："大长老，如果不是你的孙子伊曼纽尔，我要修炼到上位神境界才会出去战斗。"

他当初会来血战谷，也是被弗尔翰那番话给激的。

"林雷，你的灵魂防御到底怎么样？"大长老询问道。

"遇到一个一般的七星使徒，可以一拼。"林雷自豪地说道，随即又无奈地说道，"如果遇到一个擅长灵魂攻击的超级强者，那就不行了。"

比如汨罗岛的真正掌控者——曾经的炼狱统领墨思。他连七星使徒的灵魂都能轻易控制，灵魂攻击之强，可想而知。

"既然如此，那也就够了。"大长老说道，"安全起见，你去攻打巴巴里家族的人马。其实，也只有对上他们家族的人马，你才有九成以上的希望活下来。"

巴巴里家族？九成以上？

林雷不明白。他觉得自己身体强，灵魂不算弱，能对付他的人应该很少才对。

"林雷！"大长老眉头一皱，呵斥道，"你必须小心！不能自负，不能懈怠！别说是你，就是我去和八大家族的高手战斗，也不敢说百分之百能赢。"

"诚然，你的实力在地狱中算是强的了。"大长老正色道，"可是你要明白，四神兽家族和八大家族中任何一个参与战斗的七星使徒，在地狱中都是超级强者！我们这边有王牌，八大家族也有！"

"我和族长都能轻易解决你。"大长老冷冷地说道，"八大家族中，像我和族长这样的超级强者也是有的！"

林雷心一颤，豁然醒悟！

在进行过宗祠洗礼后，他似乎有些过度自信了，忘记了"一山还有一山高"的道理。

他未来的对手是谁？那是从其他位面追杀过来的超级家族，加上本土的一个家族，足足八个！

巴格肖家族背后有曾经的炼狱统领墨思；青龙一族背后有族长、大长老这种超级强者。难道八大家族背后会没有这样的强者？

能将四神兽家族逼迫到龟缩在天祭山脉，让幽蓝府主出面的地步，八大家族背后恐怕也有厉害的强者。

"你潜力很大，所以我不想让你去做太危险的事情。八大家族中，只有来自水系神位面的巴巴里家族不擅长灵魂攻击。"大长老说道，"其他家族，如来自天界的波林家族，来自火系神位面的圣纳尔家族，来自冥界的阿什克罗夫特家族，这些家族的高手大多数都极擅长灵魂攻击。"

林雷听得额头上冒出了汗水。

波林家族的强者大多数修炼命运规则。林雷初到幽蓝府时，就已经见识过波林家族高手的厉害了。

"不能大意、不能大意，这次的对手很强。"林雷提醒自己。

若只是在地狱的一个普通家族中，林雷的实力确实是很强的了。可是和四神兽家族、八大家族比起来，他的这点实力还算不上什么，比他强的人有很多！

"巴巴里家族来自水系神位面，擅长水系元素法则。他们不擅长灵魂攻击，可是他们的灵魂防御、物质防御很厉害。"大长老说道，"与他们对战，你是占有优势的。"

林雷点头，只要对方不擅长灵魂攻击，他便有些把握。

"可你也不能大意。如我们青龙一族出了你这种擅长地系元素法则的人物，巴巴里家族说不定会出现擅长灵魂攻击的强者。"大长老又提醒道。

"明白。"林雷此刻哪敢大意。

大长老一翻手，手中出现了一张大型地图。她一边在地图上指指画画，一边告诉林雷他的任务。

"林雷，你将神分身留在血战谷，以防万一。"大长老说道。

"嗯。"林雷点头说道，"那大长老，我去召集我的人马了。"

"去吧。"大长老点头。

林雷直接从青龙殿第五层的窗户飞了出去，朝第十三小队的居所赶去。

看着林雷渐渐消失的背影，大长老轻声说道："家族没时间等啊，只能让你去参加战斗了。在战斗中，你或许会突破得快一些。"

"第十三小队，所有人集合，有任务了！"林雷在第十三小队的住宿区域上方喊道。顿时，一道道人影飞了出来。很快，第十三小队的所有人就到齐了。

远处，看到第十三小队集合的其他战士在心中默默为他们祝福。每一次出去战斗，就是在生死间徘徊。

现在，第十三小队加上队长有十一个人。等任务结束，第十三小队还会有十一个人吗？

"队长，有任务了？"碧色短发女子梅丽娜惊异地问道。

"嗯，准备一下，马上出发。"林雷说道，同时体内飞出了另外一个林雷，进入了队长的小楼内。小楼内的神分身看上去只有一个，其实这个神分身里还有两个神分身。

林雷此次去执行任务，除了本尊，只带了一个神分身。

"又要开始了。"十名队员神色严肃，体内较弱的神分身飞了出来，回到了住处。

林雷环顾这十人，平静地说道："记住，一路上完全服从命令。我希望，去的时候是十一个人，回来的时候还是十一个人。"

"是，队长！"十名队员应声道。

"出发！"林雷率先腾空而起，直接朝南方飞去，他的十名队员立即跟上。

这是林雷在接任第十三小队的队长后，接手的第一个任务！

第577章

战前布局

一身天蓝色长袍的林雷在空中飞行，长袍被劲风吹得猎猎作响。他身后的十名队员穿着各色服装。在外面战斗，如果穿统一的衣服，太显眼，反而容易被敌人发现。

"大家小心，我们此次的目标是巴巴里家族的一支小队。千万别被其他家族发现了，靠近地面飞行吧。"林雷吩咐道，同时向下贴着地面飞行。那十名队员立即照做。

"放心吧，队长。我们不主动进攻，他们都找不到我们。"梅丽娜笑着说道。

主动进攻？

林雷不由得想起大长老安排任务时告诉他的一些信息。无论是八大家族还是四神兽家族，都在等待对方主动进攻。

四神兽家族如果不想战斗，全部龟缩在天祭山脉，八大家族拿他们没办法；八大家族如果在自己的地盘不出来，四神兽家族也不会逞能过去。

可是，八大家族恨四神兽家族，四神兽家族也恨八大家族。因此，他们都会故意挑衅对方，引起战斗。一旦战斗，双方都不会退缩。双方都知道这就是一场消耗战，但都不愿意停手。

"这八大家族也有意思，每次都走固定路线，纯粹是在挑衅。"林雷在心中暗道。

八大家族中，有四个在幽蓝府的东边，还有四个聚集在幽蓝府的西边。他们很团结，也担心分散开来被四神兽家族一一击破。这样分布，四神兽家族确实没办法一一击破他们。

位于幽蓝府两端的八大家族相互之间经常往来，不过每次派出的都是强者队伍，走的也是固定的两条路。途中，他们若是发现了四神兽家族中的人，就会毫不犹豫地动手。有时候，他们还会在天祭山脉的外围偷袭。

"人家都走固定线路了，四神兽家族要是再退缩，就要被取笑了。"林雷明白，四神兽家族和八大家族的战斗，八大家族是占据主动地位的，毕竟对方高手多。

大概飞行了三天，林雷这支小队便抵达了目的地——固定线路旁边的一个据点，这是大长老提供的。

林雷瞥了一眼远处的沙丘，淡然开口道："出来吧。"

沙丘突然扭曲起来，一道人影从里面冒了出来，是一个精瘦的黄袍青年，疑惑地看了林雷一眼。

林雷笑着一翻手，手中出现了长老令牌。

黄袍青年立即恭敬地说道："见过长老。"

黄袍青年是情报站的人员。他们通过一些特殊本领，或是神分身分散在两地等方法，快速传递情报。当敌方还在亿里之外时，他们的行进消息就可能被己方知道了。

"巴巴里家族的人马什么时候到？"林雷问道。

"准确地说，是疑似巴巴里家族的人马。"黄袍青年说道，"他们距离这里还有数百万里。按照他们的行进速度，估计一天半后就能抵达这里。"

林雷点头，而后忧虑地询问道："你说疑似，难道无法完全确定是巴巴里家族的人马？”

“无法完全确定。根据情报，那支队伍中，绝大多数是水系强者，可有两个不是。因此，我们猜测可能是两个家族联合的队伍。”黄袍青年说道。

林雷眉头皱起：混合队伍？这种情况极少发生。

思索了一会儿，林雷吩咐道：“你退下吧。”

“你们跟我来。”林雷直接飞起，十名队员立即跟上。

黄袍青年仰头看着几人飞离开去，喃喃道：“族人们一定要赢啊！”

这些情报人员也是行走在生死边缘的，一旦被敌方发现，就会没命。不过，大多数的情报人员实力弱，只能期盼像林雷这样的强者给予敌方狠狠一击。

在距离刚才据点数千里的地方，林雷他们停了下来，埋伏在一座山林内。所有人的表情都很严肃，大家都明白，一旦战斗，便很可能殒命。

“队长，敌人来了，我们怎么应对？”山挞询问道，其他队员也看向林雷。

“首要目标，解决敌方的七星使徒。”林雷说道，“其实，埋伏根本没用，对方只要展开神识就能察觉到。你们先在这里待着，等敌人过来后，再飞入光罩中，你们就可以攻击了。”

“我们飞入？”一名队员察觉到林雷话中有话，“队长，你不和我们一起攻击？”

如果林雷和他们在一起，到时候光罩自然会笼罩住他们，无须他们飞进去。

“对，我打算先去偷袭。”林雷笑道。

“什么！”十名队员大吃一惊。

“队长，你可不能冒险！我们还是一起攻击好。你一个人怎么能冲过去？太危险了。即使我们十个都殒命了，队长你也不能殒命。”一个消瘦男子连忙说道。

在这十名队员看来，林雷是七星使徒，是家族中珍贵的存在。

"放心，我独自偷袭，有九成把握。"林雷笑道。

"嗯？"十名队员一愣。

"我隐藏气息，对方只会认为我是一个中位神，不会在意我的。"林雷说道。

和其他府一样，幽蓝府随处可见大量的部落，还能碰到不少中位神和下位神。

"他们不会在意我的。当离他们很近的时候，我会突然发动袭击，打他们个措手不及。"林雷自信地说道。

"队长，"梅丽娜担忧地说道，"在我们看来，你的确是一个中位神，你隐藏气息的能力很强。不过，对方也有七星使徒，说不定能感知到你的真实实力，发现你是一个上位神。"

其实，林雷就是一个中位神。这件事情在青龙一族中，只有少数人知道，比如族长、大长老，他们都是自己发现的。至于其他人，包括伊曼纽尔，都认为林雷是上位神，认为林雷隐藏了实力。

"对方发现我的真实实力？发现我是上位神？"林雷不禁笑了。

他本来就是中位神，何须隐藏气息？

"放心吧，对方发现不了的。"林雷自信地说道。

一名队员急了，说道："队长，不能冒险啊！我们还是联手一起上，大家配合好了，还是能……"

"好了！"林雷打断了那名队员的话，眉头一皱，"我意已决，你们别说了！"

十名队员相互看了一眼，只能无奈地答应。不管怎么说，林雷是队长，在这个时候他们必须服从队长的命令，这是最基本的要求。

"你们就在这里待着，我去一个离你们十里的地方。"林雷吩咐道，"一旦战斗，你们就能马上发现，快速赶过去。那时候，他们应该还没有展开神识，是发现不了你们的。"

一个上位神若展开神识，一般能覆盖方圆千米；若是七星使徒展开神识，覆盖范围也就方圆数千米。平时，很少会有人随时展开神识探察周边的情况，毕竟这样很费精力。即使是一支战斗队伍，领头的七星使徒也只会偶尔展开神识罢了。

"记住，战斗一开始，你们立即冲过去。在这之前，不得靠近。"林雷再次提醒道。

然而，十名队员还在担忧林雷。

"听到没有？"林雷大声说道。

"是，队长！"十名队员应道。

林雷当即朝前面飞去。

"队长，小心！"队员们的声音响起，林雷听了不禁笑了。

很快，林雷就到了一个离他队员十里的地方，这里有一座小矮山。他直接在崖壁上挖了一个洞穴，然后坐了进去。

林雷坐在洞穴中，透过洞口看向外面的天空，笑道："我就做一回普通的中位神吧。"

其实，对于这次偷袭，林雷很有自信。他的实力能被人看破那才奇怪，毕竟他真的只是一个中位神。

一转眼就过去一天多了。

嗖——

林雷发现远处一道人影疾速飞来，正是那名情报人员——黄袍青年。在这短短一天多的时间内，黄袍青年已经向他汇报过好几次敌方位置了。

"长老，敌人现在距离这里不足万里。"黄袍青年连忙说道，"长老，敌人乘坐的是一个绿色的蛇形金属生命。"

"不足万里！"林雷感到讶异。

他立即推断出，八大家族这支小队的金属生命的行进速度比较快，一天能前进四五百万里。不足万里的距离，他们很快就会到。

"你赶快去告诉其他人。"林雷连忙吩咐道。

"是，长老！"黄袍青年知道大战即将降临，连忙去通知其他人。

林雷立即飞出了洞穴，在山林间行走起来。

其实，在地狱中行走是比较危险的，因为很容易碰到强盗团伙。不过，林雷此刻很欢喜，这样正好让他显得不起眼。

一个绿色的蛇形金属生命在空中飞行，里面有十余人。

"队长，你说四神兽家族这次敢来偷袭吗？"有人问道。

"偷袭？"回话的是一个光头壮汉，巴巴里家族这支小队的队长。

这个队长身形高大，足有三米高。他的队员也很高，没有低于两米五的，这是他们巴巴里家族血脉引起的。

此时，这个队长双眸泛着绿光，笑着说道："这次有摩斯里先生陪我们，我擅长物质攻击，他擅长灵魂攻击。不管四神兽家族来的是谁，都不可能活着离开。"

"科洛，我相信你们巴巴里家族，估计不需要我出手，你们就能解决。"说话的是一名穿着朴素的灰色长袍的秃顶老者，他的耳朵上还缠绕着两条绿色的小蛇。

"小子，你一个中位神也敢闯地狱？快点，将空间戒指交出来！"此时，林雷的面前出现了十余个强盗。果然，地狱中的强盗太多了，林雷还是碰到了。

"空间戒指？"林雷故作胆怯，"嗯，好，我给你们。"

"啧啧，不错。"那些强盗见林雷听话很开心，其中一个更是笑着说道，

"我们现在发善心，饶你一命。不过，你要加入我们，否则……"

"我加入。"林雷连忙点头。

就在这时，天空远处一个绿色的蛇形金属生命疾速飞来。林雷不禁心中大喜，这正是敌方的金属生命。

"嗯？空间戒指还不拿出来？"一个强盗喝道。

嗖——

林雷突然冲天而起。

强盗们一时错愕，随即大怒，也立即飞了起来。

面对飞来的一群人，蛇形金属生命内的人都很不满。

"一群强盗闹起来，竟然冲向了我们。"一个人不满地说道。

他们发现那些人都是中位神，没有丝毫警惕。

"各位大人，救命啊！他们要杀我，麻烦带我一程！"林雷直接飞到了蛇形金属生命一侧，满脸惊慌失措。

"滚！"一名六星使徒呵斥道。

第578章
措手不及

蛇形金属生命上的强者们都皱着眉，面对一个来求救的中位神，感到厌恶。他们怎么会把这种小人物看在眼里？

"救命！"林雷惊慌地喊道，目光却透过透明金属看清了里面的人。

"再靠近这里，就杀了你。"一个六星使徒呵斥道。

"哈哈，小子，你逃不掉的！"那一群强盗也飞了过来。

不过，他们不敢靠近那个蛇形金属生命，唯恐里面的高手迁怒于他们。

"走吧，别管他们。"蛇形金属生命内，光头队长冷冷地说道。

砰——

蛇形金属生命猛然爆炸开来，同时，迷蒙的土黄色光晕弥散开来，一个直径五百米的光罩出现。

黑石牢狱！

巴巴里家族这支小队的强者已经全部在这个光罩内了，在里面强大引力的作用下，他们被迫向林雷的方向移动。

嗖嗖声响起，在引力的作用下，金属碎片也朝林雷疾速飞去。

爆炸发生得太突然，原本在蛇形金属生命内的众位强者还没反应过来，就发现他们已经在对方的控制下了。

特别是那个光头队长，惊愕地看着一只覆盖鳞甲的利爪到了他的眼前！

"不好，是青龙一族！"光头队长反应过来了。

然而扑哧一声，他从空中坠落下去，眼中满是不可思议。

林雷立即收回利爪，他的手中多了一枚上位神神格。

瞬间，一个七星使徒殒命了。

这个七星使徒也是倒霉，根本没怀疑过这个求救的中位神。

在林雷靠近蛇形金属生命一侧时，这个七星使徒，也就是巴巴里家族这支小队的队长距离林雷只有五六米。对林雷而言，这种距离解决一个敌人是分分钟的事情。

"第一个。"林雷的暗金色双眸看向其他人。他之前透过透明金属看到了里面的众人，只能判断出光头壮汉是负责人，无法辨清其他人。

因此，林雷第一个解决的便是此人。

光罩内，巴巴里家族这支小队的其他人还在拼命抵抗引力，然后惊愕地发现，他们的队长竟然瞬间就被解决了。

"队长！"不少队员惊呼道。

"原来是队长！"林雷心中大喜，他猜得没错。靠偷袭便解决了一个七星使徒，这次的任务一下子便完成了一大半。

"原来他是四神兽家族的高手。"巴巴里家族这支小队的其他人终于知道林雷的身份了。

"摩斯里先生。"他们连忙神识传音，联系另外一个七星使徒。

摩斯里来自阿什克罗夫特家族，擅长灵魂攻击，是巴巴里家族这支小队中的另外一个七星使徒。原队长科洛已经殒命，现在自然由摩斯里统领他们。

"对方隐藏气息竟然能到如此地步！"摩斯里也是大惊，"连我都没发现他是一个超级强者。"

其实，摩斯里想岔了。他没有感知到林雷身上有上位神的气息，便认为林雷隐藏了气息，实力强，灵魂也强。

"用物质攻击对付他！"摩斯里连忙神识传音。

"是！"众六星使徒应命。

轰——

惊人的能量波动传递开来，距离林雷十里的第十三小队的队员瞬间反应过来。

之前，他们得到了情报人员的通知，因此注意力一直高度集中。

"战斗了！"十人脸色一变。

"队长！"梅丽娜急了。

"快，冲！"山挞大喝一声，率先飞起，其他队员也快速冲过去。

"队长，你一定要坚持住。"十名队员在心中默默祈祷。

对这十名是六星使徒的队员而言，十里路程，一眨眼的工夫就能到。但是在这短短的时间内，对超级强者而言，足以进行好几个来回的战斗了。

"用物质攻击对付他！"

巴巴里家族这支小队的队员得到命令后，都相信摩斯里的判断。

在他们看来，四神兽家族中，身体防御最强的是玄武一族。青龙一族的身体防御不算太强，身体防御厉害的也就青龙一族的族长、大长老、三长老布鲁这三人。

显然，他们眼前的这个人不是那三人中的一个，也不在他们需要小心防范的人员名单内。因此，他们断定对方的身体不会太强。

巴巴里家族这支小队的队员们不再迟疑，一个个一边抵抗引力，一边蓄势准备施展自己最强的物质攻击。

只见光罩内，白色雾气突然弥漫开来。

"啊——"

伴随着一身暴喝，一个壮汉的衣服爆裂开来。他手持巨型冰刀，从空中劈向林雷。冰刀刀刃上还有光芒流转。

哧哧——

与此同时，一根根细如绣花针、十分透明的冰针撕裂空间，从后方向林雷射来。若不仔细看，都注意不到这些冰针。

林雷看向对方，不禁嘴角上翘。

"第二个！"林雷直接飞向持着巨型冰刀的壮汉，毫不在意后方射来的冰针。

砰砰声接连响起，冰针刺到林雷的鳞甲上后直接崩裂，只在鳞甲上留下一些白点。

"不好！"那些围攻林雷的巴巴里家族的队员脸色一变，那持着巨型冰刀劈下的壮汉更是心一颤。

"你逃不掉的。"一个声音在这个壮汉的脑海中响起。

很快，这个壮汉就看到了一双暗金色的眼睛。他知道自己逃不了了，咆哮着全力劈下一刀。巨型冰刀所过之处，空间震荡，并且出现了裂缝。然而，一条龙尾狠狠地抽在了巨型冰刀上面。

壮汉顿时感觉双手发麻，手掌更是被震得裂开，鲜血直流。他手里的巨型冰刀早就被龙尾抽飞了。

"随你的队长去吧！"一个声音在他的脑海中响起。

"不！"壮汉怒吼一声，身上出现股股水流，环绕包裹着他。

林雷的龙尾呼啸而过，再次抽向那个壮汉。

砰——

壮汉身体爆裂开来，一枚神格从半空飘落，一个六星使徒殒命。

之前还想抓住林雷的那一群强盗，此时都目瞪口呆地看着眼前这一幕。他们虽然也在光罩内，但很快就逃离了，因为林雷并没有让他们受到引力的影响。

在林雷看来，这些强盗在光罩内会影响他办事，还不如让他们赶快出去。

强盗们离开光罩后，被眼前的战斗惊得愣住了。

战斗速度太快了！

威力太可怕了！

"那是空间裂缝，空间裂缝！"一个中位神强盗惊呼道。

一招就撕裂地狱的空间，施展者最起码是一个六星使徒，而且是擅长物质攻击的。

这些强盗平时怎么可能见过这种场面！

"那些冰锥刺在那个中位神的身上，他竟然没事！"强盗们傻眼了。

身体能硬扛撕裂空间的物质攻击，这身体强度太可怕了吧。

"他……他……"那些强盗看着龙化形态的林雷，眼中满是难以置信。

"那个中位神，我们刚才还……"

"什么中位神，他可是高手，是六星使徒，不，是七星使徒！真正的超级高手！人家刚才是隐藏了实力。"强盗首领连忙说道，"快，我们快退到远处看，别被波及了。这种战斗若波及我们，我们就完蛋了。"

"是，是！"

强盗们赶紧朝远处逃去。

一眨眼的工夫，林雷就解决了巴巴里家族这支小队的队长和一名队员，完全震慑住了其他人。

"摩斯里大人，他的身体很强，我们的物质攻击根本伤不了他。"存活的那些队员连忙神识传音。

林雷刚才只是略微闪躲，他连七星使徒的物质攻击都不惧，还会怕这些六星使徒的物质攻击吗？

"没想到，他的物质防御这么强。"摩斯里感觉情况不妙，随即在心底决定，"物质攻击对他没用，那就只能用灵魂攻击了。我要看看他是否能扛得住我的灵魂攻击。"

摩斯里没得选择。

"灵魂攻击，围攻！"摩斯里下令道。

摩斯里认为，对方即使灵魂防御再强，如果遭到大量强者的灵魂攻击，也要完蛋。

就在摩斯里计划对付林雷时，林雷也盯住了摩斯里："第三个！"

根据对方队员的反应来看，林雷判定那个耳朵上缠绕着绿色小蛇的诡异男子应该是一个狠角色。

嗖——

林雷直接飞了过去。

光罩内，摩斯里看到林雷向他而来，也不逃，一边奋力地抵抗着那股惊人的引力，一边伸出右掌，眼中竟然泛着黑光，嘴里还念念有词。

这时候，梅丽娜等人疾速飞来："队长！"

林雷心中一喜，当即右手一翻，耀眼的紫光亮起，紫血神剑直指摩斯里。

这一剑蕴含了风系元素法则中的速度奥义，再加上他自身的强大力量，快到了极致。

紫血神剑所过之处，空间出现了裂痕。

摩斯里向林雷击出右掌时，一个泛着黑光的透明手印袭向林雷。摩斯里一方的其他队员也开始施展灵魂攻击。

林雷脸色一变，连忙改变光罩中的引力方向。

向下！

一瞬间，那些施展灵魂攻击的敌方队员往下坠，他们的灵魂攻击也受到了一定影响。

林雷连忙拉开自己与对方的距离，同时去抵挡那些向他袭来的灵魂攻击。然而，那个泛着黑光的透明手印进入了林雷的体内，他来不及阻挡。

很快，那个泛着黑光的透明手印进入了林雷脑中的灵魂海洋。

砰——

泛着黑光的透明手印撞击在由残破的防御主神器形成的透明薄膜上。就这么一下，黑光竟然弥散开来，覆盖了透明薄膜，并发现了弱点。

原本弥散开来的黑光瞬间凝聚在一起，化为一根黑色细针，刺向透明薄膜上的补丁处。

第579章
首战胜利

透明薄膜上的这块补丁毕竟是林雷用自己的精神力补上的，其防御效果自然比不上其他部位。很快，那根黑色细针刺破了这块补丁，进入了林雷灵魂海洋中有林雷灵魂的重要区域。

顿时，灵魂海洋澎湃起来，与青色光晕融合在一起，扑向黑色细针。黑色细针无处可逃。

哧哧声响起，带有青色光晕的灵魂海洋与黑色细针僵持着，在消耗彼此的能量。

此时，摩斯里和他的十四名队员都仰头看向林雷。

"摩斯里大人，现在怎么办？"一名队员问摩斯里。

"继续攻击，他的灵魂防御不算强，否则，不会花费这么长时间抵抗我这一招。"摩斯里连忙下令，"记住，对他进行灵魂攻击。"

"是！"

十四名队员当即冲天而起。

过了一会儿，林雷清醒过来，但脸色苍白。青龙一族的梅丽娜、山挞等十名第十三小队的队员已经聚集过来。

"队长，你没事吧？"梅丽娜连忙问道。

"没事。"林雷摇头回复。

不过，他心中却是一阵后怕："幸亏我经过了宗祠洗礼，使得青龙一族的本源能量变强了。本源能量与灵魂融合，抵挡住了对方的攻击。"

青龙一族的本源能量，也就是那青色光晕，很特殊，与灵魂结合后可以施展天赋神通，同时也能让灵魂防御变得更强。

"他们冲过来了！"一名队员突然急切地说道。

林雷低头看着疾速飞来的人，神识传音："那个秃顶灰袍人是七星使徒，擅长灵魂攻击。等会儿，山挞你们六个最擅长物质攻击的对付他，其他四人陪我一起对付其他人。"

"队长，就山挞他们六个，能行吗？"梅丽娜担忧地问道。

"放心，我还有一张底牌没用呢。"林雷自信地说道。

他刚才没用，是因为自己的人马没来，也是担心对方会吓得逃跑，才一直没用那一招——灵魂混乱。

灵魂混乱，要结合灵魂海洋中那颗黑石才能施展出来。

在汨罗岛的时候，林雷这一招让大量上位神处于浑浑噩噩的状态。当时，他还没有给这一招命名，后来便想了这个名字。

即使是七星使徒，也会被灵魂混乱影响。高手交战，一方被影响了，战局就有可能立刻改变。

另一边——

摩斯里眯起双眼，喃喃道："十一个人……"

"其他人先别管，先解决那个领头的！"摩斯里神识传音，"解决掉那个七星使徒，也算为你们队长报仇了。"

"冲——"

在摩斯里的率领下，巴巴里家族的这十四名队员直接冲入了林雷的光罩中。

这时候，他们没人退缩，自从加入家族战队，他们就不会退缩了。

十五人宛如一个整体，朝林雷飞去。

青龙一族一方，第十三小队的十名队员站在林雷的身旁，等待林雷下令。

林雷神识传音："上！"于是，林雷和他的队员按照计划朝上方冲去。

双方相距不过数百米，瞬间短兵相接！

林雷一方不顾生死，摩斯里一方也同样不顾生死。

林雷突然目光冷厉，灵魂海洋中，精神力开始围绕那颗黑石旋转，一股诡异的能量瞬间从他体内散开，充满了整个光罩。

摩斯里一方十五人突然觉得听到了一阵风声，感觉脑袋有些发晕。

趁此机会，林雷的第十三小队快速行动起来。

砰砰声不断响起，巴巴里家族这支小队的队员不断从空中落下。

山挞等六名擅长物质攻击的队员直接攻击摩斯里。

此时，摩斯里虽然脑袋微微发晕，但意识还是清醒的。作为擅长灵魂攻击的强者，这灵魂混乱对他的影响并不大。可是看到自己一方这么多人殒命，他怒了。

摩斯里暴喝一声，一道透明的扇形波纹从他体内快速弥散出去，目标是山挞等六人。

山挞等六人只发出一道凌厉的物质攻击，便身体一震，随后其中三人直接坠落下去。

"山挞！"梅丽娜惊呼道。

"哥！"另一名女性队员大声喊道。

"不好！"林雷看到这一幕大吃一惊，"这人竟然不受影响。"

林雷在汨罗岛上曾和七星使徒对战过，当时对方受到了影响，可眼前这个七星使徒并没有受到什么影响。

显然，现在的这个对手灵魂防御更厉害。

不过，摩斯里灵魂防御厉害，物质防御不太行。

山挞等六人当初发出的物质攻击在光罩中引力的作用下，纷纷袭向摩斯里，令摩斯里铠甲碎裂、身体受损。

面对这数道物质攻击，摩斯里来不及闪躲，只能尽量避过要害，护住自己的头部。

"啊——"摩斯里突然怒吼道，身后顿时出现一道蜿蜒的黑色大蛇的幻象。这道黑色大蛇幻象散发出令人心悸的气息，全身漆黑，只有一只竖着的红如血的眼睛。

"死吧！"摩斯里盯着林雷。他背后那道蜿蜒的黑色大蛇幻象的血红独眼也盯着林雷。

"不好！"林雷赶紧改变光罩中的引力方向，欲影响对方。

嗡——

一道透明光线从摩斯里的眉心位置射出，直指林雷。

天赋神通——魂灭！

"队长！"第十三小队的队员大惊。

"来不及了！"天赋神通的攻击速度太快，林雷来不及闪躲，打算硬扛。

嗖——

一只手臂突然出现在林雷的身前，挡住了那道透明光线，但是那道透明光线直接射入了那只手臂中。

林雷转头一看，不禁喊道："斯卡尔！"

斯卡尔，青龙一族第十三小队队员之一。斯卡尔平常很少说话，但是会认真执行林雷下达的任务。林雷从没想过斯卡尔会舍身救他。

仅仅片刻，斯卡尔从半空坠落。

"冲！"第十三小队的其他队员化为数道流光，冲向摩斯里，分别使出各自的最强一招。

"啊——"摩斯里再次发出怒吼声。

然而，还没等他发出灵魂攻击，砰的一声，他整个人爆裂开来，一枚神格飘落下来。

　　摩斯里殒命！

　　天地间突然安静下来，林雷等人站在地面上沉默了许久。

　　这一战，青龙一族第十三小队解决了对方的两名七星使徒，十二名六星使徒。

　　"还有三个逃掉了。"梅丽娜不甘心地说道。

　　"是我的原因，没想到摩斯里竟然会不受影响。"林雷开口说道。

　　在林雷等人和摩斯里拼命的时候，对方幸存的三个六星使徒知道没希望了，便立即逃了。

　　"斯卡尔，谢谢！"林雷转头看向旁边的一名队员，正是救林雷的斯卡尔。

　　斯卡尔一共有三个身体，一个神分身留在血战谷，出来的是他的本尊和另一个神分身。

　　前不久，摩斯里施展天赋神通魂灭时，斯卡尔立即分离了本尊和神分身，神分身伸出手，替林雷挡下了那道攻击。

　　"队长，我失去一个神分身没什么，但你作为七星使徒，是我们家族真正的支柱，不能轻易殒命。"斯卡尔说道。

　　林雷环顾周围低叹一声："我们来的时候是十一个人，现在有三个人的最强神分身完了，是我计算失误。"

　　如果摩斯里受灵魂混乱的影响，山拶他们就不会殒命了。

　　"队长，我们已经取得大胜了！"

　　"对，是大胜！"

　　"我们虽然损失了三名六星使徒，但是他们还有神分身在血战谷。更何况，我们解决了对方十二名六星使徒以及两名七星使徒！"

"是啊，我们竟然解决了对方的七星使徒啊，还是两个！队长，你也还在这里，我们的损失不算大。"

"用我一个神分身换对方七星使徒的一个最强神分身，值了！"

听着队员们兴奋的话语，林雷的心情平复了一点。如果按照四神兽家族的战绩来说，他们这次的确是大胜。

"我们和八大家族战斗时，损伤比例一般是一比一，像现在这种情况是很少的。"梅丽娜开心地说道。

林雷深吸了一口气，说道："我们回去吧。"

第一次参与四神兽家族和八大家族的战斗，林雷感受到了残酷。他一边注意着其他队员，一边在心中暗道："三个队友的最强神分身没了，他们一点都不伤心。显然，这种事情发生过很多次。"

林雷想起了第十三小队住宿区域那根石柱上的那些红色名字。

那些名字代表已经殒命的队员。

"四神兽家族和八大家族的战斗，根本就是一场持久的消耗战。我们家族殒命的人多，他们殒命的人也不少。"林雷感慨，同时和其他七名队员腾空飞起。

"队长，你的偷袭还真厉害，一下子就解决了一个七星使徒。"一名队员说道。

"偷袭？那也只有一次机会。以后，敌人就不会给这么好的机会了。"林雷明白，无论是摩斯里还是一开始被他解决的七星使徒，估计都有神分身在他们的大本营。

他今天偷袭的这一举动，八大家族肯定已经知晓了，之后他们肯定会警惕中位神的。

远处一片山林中，一群强盗看着林雷等人飞离而去，愣了许久才回过神来。

"首领，刚才那条黑色大蛇是怎么回事？好可怕！"

"那是神兽的天赋神通，我曾见过一个神兽施展过。不过，刚才那条黑色大蛇散发的气息更可怕。"

刚才一战对这些中位神强盗的震撼太大了。

"我们之前竟然还想去抢劫一个超级强者。"强盗们现在后怕不已。看过刚才一战，他们知道林雷若要解决他们，那只是一眨眼的事情。

他们估计一辈子都不会忘记今日。

林雷带着七名队员朝天祭山脉悄然前进，一路上非常小心，唯恐被八大家族发现。飞行许久，林雷一行八人终于抵达了天祭山脉。

当他们飞到天祭山脉上空时，发现下方有许多人。

"怎么有这么多人？"林雷十分惊讶。

下方人群中有族长、大长老等，族长盖斯雷森的脸上更是有一丝笑容。

第580章
庆贺宴席

血战谷的悬崖边上站着一大群人，为首的正是族长、大长老。

"他们来干什么？"林雷感到疑惑，连忙飞了过去，准备行礼。

盖斯雷森咧嘴笑道："欢迎回来，林雷！"

族长身侧是穿着黑色长袍、戴着银色面具的大长老。

"林雷，干得不错。"大长老也开口说道。

"林雷，厉害啊，解决了两个七星使徒，佩服、佩服！"站在不远处的加维哈哈笑道。

"林雷长老一出手就了不得！"弗尔翰朗声笑道。

面对族长和一群长老的夸赞，林雷有些蒙，在心中暗道："我和队员留在血战谷的分身还没去向族长、大长老禀报这个消息吧。"

因为路途不远，林雷计划回来后再禀报。没承想，族长、大长老竟然已经知道了。

这种令族人振奋的好消息，四神兽家族的情报人员自然会以最快的速度传回来。

"好了，大家别待在这里了。走，我已经命人准备好了庆贺宴席。"盖斯雷森朗声笑道，随即看向林雷，"林雷，过来，跟我一起走。"

林雷连忙飞到盖斯雷森的身旁。

盖斯雷森拍了拍林雷的肩膀，脸上满是笑意："干得不错！"

"运气好而已。"林雷连忙说道。

如果是正面对战，那两名七星使徒绝对比他强。他也是趁对方队长没把他这个中位神放在眼里，才有机会解决那个七星使徒队长的。之后，在队员的帮助下，他们一起解决了另外一个七星使徒。

"还谦虚？"盖斯雷森笑着说道。

"我这次还有些担心他，没想到，这任务完成得比我想象得还要好。"大长老赞叹道。

随后，盖斯雷森、大长老和林雷并肩飞行，身后是一群长老以及第十三小队队员，一起朝天祭山脉深处飞去。

过了一会儿，林雷他们飞进了一座豪奢的大殿。大殿很宽敞，有数十米高，九根巨大石柱支撑着整个大殿。

大殿内，青龙一族的不少侍女正捧着餐盘来回行走。

族长和大长老直接飞到了大殿的最上方，并列坐着。

青龙一族中，族长的地位略高于大长老。族长和大长老是最高层次的人物，长老们仅次于他们。

"一个个都入席吧。"盖斯雷森挥手笑道。

"林雷，你就坐在左边第一个位子吧。"盖斯雷森笑着说道，"今天的庆功宴会可是为你开的！"

"我？"林雷一怔。长老中比他强的有不少，他的资历是最低的。

"林雷，既然族长让你坐，你就坐吧！"一个银发青年走了过来，平时冷冰冰的脸上露出了一丝笑容。

"布鲁长老。"林雷点头，然后坐了下来。

布鲁直接坐在了林雷的旁边，左边的第二个位子。布鲁坐在这个位子上，没人会说什么，毕竟布鲁是青龙一族的天才长老。

传闻，布鲁实力仅次于族长、大长老，远超其他长老，是青龙一族三大王牌之一。

老祖宗青龙在世的时候，极为宠溺布鲁，更是花费了大力气强化布鲁的身体，使得布鲁的身体也非常强悍。

"我们四神兽家族和八大家族已经战斗了万余年，难得取得大胜。"大殿之上，盖斯雷森感叹道。

在平时的战斗中，一旦一方认为不敌对方就会逃命。若想对付打算逃命的七星使徒，很难。然而，林雷这支小队解决了两名七星使徒，自身的损失也并不大。这样的情况是很少发生的。

"如果我们每次都能解决他们两个七星使徒，八大家族即使有再多高手，也耗不下去啊。"一名长老笑着说道。

大殿上顿时笑声一片。

"林雷，你怎么了？"布鲁发现林雷没笑。

"我只是想到了索尔豪斯长老，还有过去那些已经牺牲了的许许多多的长老。"林雷低叹道。

闻言，不少长老沉默了。

这一万余年来，战斗不断。八大家族的高手数量在减少，四神兽家族的高手数量也在不断减少。不管是哪一方，都在不断消耗家族积累下来的力量。

"一个个什么样子！"大长老呵斥道。

所有人不禁看向大长老。

大长老愤愤地说道："我们是四神兽家族，就算都没了，也不容那八个小丑玷污家族威名！老祖宗在时，那八大家族敢反抗吗？老祖宗陨落后，他们就开始报复了。哼，这种小丑，怎么可能让我们四神兽家族屈服？"

"为了家族，死又如何？"布鲁激动地喊道。

"为了家族！"

"为了家族！"

"为了家族！"

宁为玉碎，不为瓦全！

此时，林雷感受到了大殿中众位长老宁死不屈的精神，也感受到了四神兽家族的骄傲。

"为了家族吗？"林雷在心底暗道。

年轻的时候，林雷只想着要为巴鲁克家族找回传承之宝战刀屠戮。对巴鲁克家族，林雷自然有归属感。

自从知道巴鲁克家族属于四神兽家族的青龙一族，在这里见到了无数有相同血脉的族人后，林雷自然也有了归属感。

不过，林雷有时候无法理解他们。如果是他执掌家族，估计会让族人都待在天祭山脉，等有九成把握时才会出去和敌人大战。

"或许是我没经历过四神兽家族的那段光辉岁月吧。"林雷在心中暗道。

四神兽家族的骄傲，那是无数年的辉煌铸就的。家族的荣耀，早就根植于每位长老的心中。

"好了。"盖斯雷森朗声笑道，"看看你们都什么样子了？今天是庆贺的日子，怎么提那些事情？来，举杯，大家现在敞开胸怀好好庆贺一番，庆贺林雷的胜利！"

"对，庆贺！"其他长老举起酒杯，同时看向林雷。

林雷此刻感觉到体内的血液在沸腾，举起了酒杯。坐在大殿边上的第十三小队成员也一个个举起了酒杯。

"干！"盖斯雷森朗声说道。

"干！"

大殿内所有人都应道，然后一口饮尽杯中酒。

之后，在宴席上，大家再也没有提扫兴的事情了。这些年来，经历的残酷事情太多了，也该好好开心一番。

在这种开心的氛围里，林雷感受到了原本强盛的四神兽家族背后的凄凉，一个古老家族没落的凄凉。

然而，这个家族即使没落了，也依旧骄傲。即使面临绝境，也绝不妥协。谁想趁他们衰弱时来攻击，要付出大代价！

在欢庆的气氛中，宴会终于结束了。众位长老一个个离开，林雷和第十三小队的队员也准备离开。

"林雷，你留一下。"大殿上传来族长的声音。

林雷有些疑惑，随即吩咐身侧的第十三小队队员："你们先回去吧。"

"是，队长。"梅丽娜等人回复，然后飞离开去。

林雷回到了大殿上，看到侍女们正迅速地收拾着大量的餐盘。

盖斯雷森从大殿之上走下，说道："林雷，到里面谈。"

"是，族长。"林雷随着盖斯雷森来到了大殿旁边的一个侧厅。

侧厅不大，林雷步入侧厅，只听到嘎吱一声，厅门竟然自动关闭了。

"坐。"盖斯雷森的脸上露出一丝笑容。

林雷坐下，开口问道："不知道族长有什么事？"

"我让你当长老，没想到在长老集会上，他们竟然让你去血战谷。等我知晓，也不能让你立马回来。"盖斯雷森叹息道，"你现在才中位神境界，去血战谷不太好。"

盖斯雷森很看重林雷，一方面是他父亲青龙的关系，一方面是林雷表现出来的实力。

"我本以为我妹妹不会安排任务给你，没承想她竟然给你安排了任务。"盖斯雷森说道。

"长老们都在为家族奋战，我怎么能例外？"林雷说道。

盖斯雷森眼睛一亮，笑着点头："其实，我和我妹妹都弄错了。我以为她不会让你去战斗，而她以为我将主神之力给你了，认为你有自保能力了，便给你安排了任务。"

"主神之力？"林雷疑惑地说道。

"对。"盖斯雷森点头说道，"成为我们四神兽家族的长老，不久后就会得到一滴主神之力。不过要得到这滴主神之力，必须得有个说法，至少你得立了功劳。当初，你和伊曼纽尔那一场生死战是惹事，即使后面你成了长老，我也不好赐予你主神之力。"

"可是这次，你立下了大功。"盖斯雷森一翻手，手中出现了一滴青色水滴，里面蕴含着让人心悸的可怕能量。

"我今天就把这滴水系主神之力赐予你。"盖斯雷森说道。随后，那滴主神之力飘向林雷。

看着飘过来的这滴主神之力，林雷有些蒙。

主神之力？

林雷的盘龙戒指中还有两滴主神之力，不过此刻他也不可能拒绝。

"谢族长。"林雷连忙将这滴主神之力收下。

盖斯雷森笑着点头，说道："现在你有了这滴主神之力，即使遇到生死危机也能保命。不过林雷，不到关键时刻，这滴主神之力可不能使用。即使要使用，也是为了解决敌人。"

林雷低头看着这滴主神之力，思考起来：主神之力真的能保命？别人的灵魂攻击也能防住吗？

他突然想起了袭击八大家族中巴巴里家族那支小队的事情，特别是摩斯里施展天赋神通的情景。

"族长，难道主神之力也能防御灵魂攻击？"林雷问道。

在林雷看来，主神之力应该和灵魂没多大关系。

"当然能防御。"盖斯雷森笑了。

"怎么防御？"林雷疑惑地说道，"防御灵魂攻击，普通的物质力量是防不住的吧？"

盖斯雷森笑得更厉害了："林雷，你是不是认为主神之力是神力的进阶力量？"

"难道不是吗？"林雷疑惑地问道。

"错了。"盖斯雷森摇头说道，"主神之力很特殊，强化我们的身体只是其中一个功能。"

盖斯雷森深吸了一口气，郑重地说道："林雷，我父亲当年和我说过，成为主神后，体内就只有一种力量——主神之力！"

"什么意思？"林雷疑惑地说道，"主神拥有的当然是主神之力。"

"我的意思是说，主神连灵魂也没有。"盖斯雷森说道。

"嗯？"林雷不解。

灵魂是最根本的，难道主神不需要灵魂吗？

"准确地说，主神之力就是灵魂！"盖斯雷森笑道，"因此，主神之力不但可以当作一种物质能量，还可以当成灵魂能量。"

"啊？"林雷大吃一惊。

"你可以靠它发出物质攻击，也可以靠它发出灵魂攻击，当然也能靠它抵挡灵魂攻击。"盖斯雷森说道。

第581章
都想出去

林雷过去对主神之力的认识很浅薄，认为主神之力只是进阶的神力，现在看来完全不一样，主神之力竟然可以当灵魂能量使用。

"主神之力还有一个好处。"盖斯雷森笑道，"当你使用主神之力时，身体和灵魂都会得到一些提升。"

"嗯？"林雷感到惊讶。

"这是事实。"盖斯雷森感叹道，"不过，提升幅度不算大。如果舍得，连续使用千百滴主神之力，灵魂和身体就会蜕变到极强的地步。"

"千百滴主神之力，谁有？"林雷笑道。

"即使有，也没人舍得用。"盖斯雷森说道。

"和八大家族相比，我们四神兽家族的唯一优势就是我们有不少主神之力。"盖斯雷森感叹道，"靠着主神之力，我们才能在被围攻时反击，才能保持一比一的死亡比例。"

林雷点头。

经过之前的任务，林雷发现八大家族确实很强，比如摩斯里的天赋神通，那一招就很可怕。

"父亲陨落后，主神之力越用越少。"盖斯雷森提醒道，"林雷，主神之力不到必要时刻可不能用，浪费了，太不值得。"

"是，族长。"林雷应道。

不光是青龙一族，四神兽家族其他三脉的主神之力的储量也在不断变少。

"好了，你回去吧。这段日子，我妹妹应该不会安排任务给你。毕竟经过这次战斗，八大家族会对你格外小心。以后，你可没那么容易就解决两个七星使徒了。"盖斯雷森笑道。

林雷点头，当即退去。

幽蓝府东方边境，八大家族中有四个家族在这里，其中就有从水系神位面迁移过来的巴巴里家族。

一座府邸深处，一个巨汉站在花园中。

这个巨汉身高足有三米五，脸上有如钢针般的绿色胡须，身上穿着一套古朴的铠甲，还披着一件有黑色大蛇花纹的长袍。此时，他正盯着身前的科洛。

"科洛，你的最强分身都来不及还手就被解决了？"巨汉皱着眉问道。

"族长，我……我没想到……"科洛满肚子怒火，"表面上看，他就是一个中位神。没承想，他竟然隐藏了气息。在距离我极近的时候，他突然偷袭，我没来得及还手，就……"

科洛如今只剩下一个风系神分身了。

"不光是我，连摩斯里也没察觉到那人在隐藏气息。"科洛连忙说道。

巴巴里家族的族长眉头皱得越来越深。

"摩斯里也没有察觉到。我听说了，他最强的死亡属性神分身在这次战斗中也被灭了。"巴巴里家族族长说道，"看来这人应该擅长灵魂攻击。"

"族长，根据我手下的神分身所说，解决我最强神分身的那人，灵魂防御并不算强。"科洛说道。

"嗯？"巴巴里家族族长不禁有些疑惑，当即看向园外。

顿时，一道黑影从园外蹿了进来，恭敬地站在一旁。

"速速去查探，看青龙一族是否多了一个长老，是否喜欢隐藏实力。"巴巴里家族族长直接吩咐道。

"是，族长！"回复后，黑影瞬间就消失了。

任务结束后，大长老短时间内不可能再让林雷出去战斗，林雷便开始在大峡谷内悠闲地生活起来。

他和贝贝、迪莉娅、希塞他们在一起，享受着难得的宁静生活。

很快，两年就过去了。其间，没发生什么重大的事情。

这天，林雷和迪莉娅一起用餐。

林雷看着迪莉娅一副心不在焉的样子，在心中暗道："迪莉娅似乎心里有话啊。"

"林雷。"迪莉娅踟蹰许久，终于开口了。

林雷笑着说道："迪莉娅，有什么事？"

迪莉娅斟酌一下，说道："林雷，我们在这天祭山脉待了很久，有八十多年了吧。"

"嗯。"林雷点头说道，"怎么了？"

"林雷，我们一路闯过来，来到了幽蓝府，进入了这天祭山脉。对，我们是回到了家族，可是，我们难道要一直待在这天祭山脉中？"迪莉娅反问道。

林雷不由得皱起眉头："迪莉娅，你想出去，想离开天祭山脉？"

"不、不是的。"迪莉娅连忙说道，"我只是想随家族人马去城内一趟。"

"不行！"林雷不答应，"太危险了，不行！"

"不危险的。"迪莉娅连忙说道，"不单单是我，贝贝、帝林他们都想出去一趟。林雷，我们总是待在一个地方，又不能出去。你还好，可以修炼，可以去战斗。我和其他人却只能待在大峡谷中，时间长了，都有些压抑。"

林雷一怔，随即就明白了迪莉娅的感受。

待在一个不和外界接触的地方，一开始还好，可随着时间的流逝，就会让人闷得难受。如果长时间这样，会让一个人习惯孤独，也会改变一个人的性子。

这一路，迪莉娅是陪着林雷一起闯荡过来的，林雷自然了解她，知道她有一颗向往自由的心，受不得束缚。

"迪莉娅，我明白你的感受。"林雷点头说道。

当年在玉兰大陆位面，他曾进入魔兽山脉修炼三年，只有贝贝陪着。那种感觉很压抑，他差点坚持不下来，好在有贝贝陪着。

"迪莉娅，对不起。"林雷伸手握住迪莉娅的手。

此刻，林雷发觉自己太自私了，一直都在为自己考虑。

迪莉娅、贝贝他们跟着他来到了血峰大陆，到了幽蓝府，到了这天祭山脉。在这里，他静心修炼提升自己的实力，想着家族的事情，为家族外出战斗，可是他从来没想过迪莉娅、贝贝他们的情况。

他可以一直待在这天祭山脉内，过着安逸沉闷的生活，偶尔为家族出去战斗，可是他们呢？贝贝生性活泼、爱热闹，迪莉娅也喜欢去外面看看。现在，为了他，他们只能压抑自己的本性一直待在这天祭山脉内。

想到这里，林雷忍不住说道："迪莉娅，对不起！"

"不用说对不起。"迪莉娅笑着摇头说道，"没事的，我只是想出去散散心，这样就没事了。"

"我也想让你出去散散心，可是外面真的很危险。"林雷担忧地说道。

"林雷，没有危险的。"迪莉娅说道，"其实青龙一族中有不少人经常去最近的城池看看、购买物品，真的没有危险。"

"没有危险？"林雷不解。

"林雷，你不相信可以去询问长老们。"迪莉娅连忙说道。

"嗯……"林雷说道，"迪莉娅，你先在这里等我，我去问问别的长老。如果真的没有危险，我会让你去的。"林雷也不想让自己的妻子太过沉闷。

林雷在龙形通道上飞行着，脑海中还在想着迪莉娅说的话。他越想越觉得自己对不起迪莉娅、贝贝他们。他们陪着他来到了天祭山脉，可是结果呢？

他们只能待在大峡谷中，根本不敢出去。这种类似坐牢的生活，就是他带给迪莉娅、贝贝他们的。

就在林雷沉思时，突然看到远处飞来一人，正是老熟人加维。他连忙喊道："加维长老。"

加维笑着飞了过来："林雷，真巧啊，在这里碰到你。"

林雷笑着说道："加维长老，我有重要的事情想问问你。走，我们到旁边谈。"

于是，林雷、加维飞向一旁的半山腰。

"林雷，有什么事？"加维疑惑地询问道。

"我们族内经常有人去最近的城池吗？"林雷询问道。

"哦，的确有。"加维笑道，"一来，我们家族需要去购买一些东西；二来，许多族人在天祭山脉待久了，就想出去散散心。不过，每次出去的人数是限定的。"

"危险吗？"林雷询问道。

"没什么危险。"加维笑道，"一万余年来，没发生过一次危险的事情。"

"我们不是和八大家族战斗吗？为什么族人出去没危险？"林雷不解。

"林雷，地狱那么大，是那么容易碰到的吗？我们和八大家族的战斗，因为双方都有心，所以才会在固定的路线上行走。即使是这样，也要通过情报人员才能得到确切的信息。"

林雷点头。

"不过，若是我们家族一群人集体乘坐金属生命去城池，那就不会走固定路线了。"加维说道，"这样就难得碰到八大家族了。即使碰到了八大家族的人，他们也不一定认得出哪个金属生命是我们青龙一族的。"

林雷有些明白了。

"他们也不可能安排七星使徒在外乱跑。即使他们的情报人员发现了我们族人们乘坐的金属生命，也不能确定金属生命会飞去哪里。"加维笑道。

林雷再次点头。这么说来，被对方碰到并认出来的概率简直是亿分之一。

"最重要的是，我们族人每次集体出去，都会有长老护送。"加维笑道，"这是以防意外。假使真的运气差，碰到了对方的七星使徒，那也只能一战了。"

这下，林雷终于放心了。

"你的亲人朋友想出去散心？"加维询问道。

"对。"林雷忽然想到了出去的人数是限定的，又问道，"每次能出去多少人？"

"一次最多五百人。"加维说道，"放心，你身为长老，安排一些亲人朋友出去很简单的。你如果不放心，还可以一起护送。有两名长老护送，出问题的概率就更小了。"

林雷眼睛一亮。和迪莉娅他们一起去城池逛逛，他也想这么办："血战谷内，长老们是轮着接任务的，我现在也是闲着……"

于是，林雷立即飞往血战谷，求见大长老。

青龙殿第五层，大长老一双眼睛透过面具盯着林雷。

"什么？你想出去？"大长老冷然说道。

"大长老，我准备随家族队伍去一趟城内。"林雷说道。

"暂时不行。"大长老摇头说道，"最近一段时间，我们和八大家族战斗得比较激烈，我随时都可能安排任务给你。林雷，以家族为重吧。等过了这一千年，你想出去尽管出去。"

林雷一怔。他知道战斗激烈，但这两年大长老没安排过任务给他，他以为自己是空闲的，现在看来并不是这样。

"你最近就待在天祭山脉，按照情势发展，我很快便有任务交给你。"大长老说道。

"是，大长老。"林雷回复。

"碰到对方的概率小，对方也不一定能认出我们的人，还有长老护送……"林雷想了想，最终还是决定让迪莉娅他们去城池，即使他不能去。

天祭山脉深处上空悬浮着一个巨型黑色凤凰形状的金属生命，犹如一座小山。此刻，有不少人陆续进入金属生命内。

一处悬崖上站着一大群人。

塔罗沙、帝林、奥布莱恩、贝贝、迪莉娅等人都站在林雷的身前。

"塔罗沙、帝林、奥利维亚，你们路上小心，在密尔城安顿好后，有时间要过来看看我，我会想你们的。"林雷看着眼前一群人笑着说道。

自从那日从青龙殿回来，林雷告诉迪莉娅他们可以前往城内，他才知道塔罗沙、帝林、希塞他们打算直接移居到密尔城。而迪莉娅、贝贝只是去城内逛逛，还会再回来。

"嗯，一定！"帝林满怀歉意地说道，"林雷，我们本来也想和你待在这里的，可是天祭山脉管得严。我们不是你们的族人，平常都不能离开大峡谷四处乱走，所以……"

"我明白，不用多说。"林雷笑道，却不得不在心中叹息。

四神兽家族为了防止敌人的奸细混入天祭山脉，一直守备森严。若非一些特殊事情，一般不允许族人四处乱跑。

塔罗沙、帝林他们不是四神兽家族的人，巡逻战士们对他们看管得更严。在这里，他们无事可干，又不能乱跑，如同坐牢。

"是我思虑不周。"林雷不好意思地说道。

"林雷，别这么说。"塔罗沙连忙说道。

在塔罗沙、帝林看来，如果不是林雷，他们现在还在汉帝赛堡主的控制下当汨罗岛的巡逻战士。因此，他们对林雷心存感激。

"林雷，以后有时间，去密尔城看看我们吧。"

"一定。"

"那我们就先出发了。"

塔罗沙、希塞、奥利维亚、帝林一家子、奥布莱恩，一一和林雷告别，朝空中的金属生命飞去。迪莉娅和贝贝却还站在林雷的身旁。

"林雷。"迪莉娅看向林雷。

林雷笑着看向迪莉娅，将其拥在怀里，轻声说道："路上小心。"

迪莉娅觉得心中流过一阵暖流，靠在林雷怀里，轻轻应了声，随即扬起脑袋看着林雷："林雷，你别担心我，我不会有危险的。反而是你，我们家族和八大家族斗得那么激烈，你为家族战斗的时候，要记得我还在等你。"

林雷看着盯着自己的迪莉娅，笑道："放心吧，你丈夫很强的。"

"臭美。"迪莉娅笑了。

"哎呀，我看不下去了，我先走了！"贝贝咋咋呼呼地叫道。

林雷不禁瞥了一眼贝贝，贝贝却是一脸坏笑。

"好了，迪莉娅、贝贝，你们一路上小心，我已经和此次负责护送你们的长老打过招呼了。"林雷说道。

迪莉娅和贝贝点点头，当即和林雷告别，朝上空的金属生命飞去。

林雷仰头，看着高空中那巨大的金属生命启动，随即一道幻象在空中划过，消失在天际。

林雷转头朝血战谷飞去。途中，他看到龙形通道上有大量的巡逻战士，他们神态坚毅，谨慎地注意着每一处地方。

"族内的气氛太紧张了，巡逻战士不断巡逻，唯恐有奸细混进来。"林雷在心中暗道。

如此紧张的气氛，难怪塔罗沙、帝林他们待不下去。

"怪不得他们，毕竟家族正处于危机中。"林雷感慨。

要是双方一直这么下去，一万年后，四神兽家族会是什么光景？

宁静的天祭山脉大峡谷内，林雷正在自己的书房内阅读着介绍地狱情况的书。

忽然，林雷合上书，透过窗户看向外面："迪莉娅他们已经离开一个多月了，我总有些不安。"随后，他又摇摇头，"想得太多了。"

按照密尔城和天祭山脉的距离，来回需要三四个月，距离迪莉娅回来还早着呢。即使他们遇到了危险，也会有情报部门传递消息回来。

"这条大峡谷反而是天祭山脉中最宁静的地方。"林雷透过窗户，看到远处草地上，玉兰大陆位面一脉的一些子弟正聚在一起谈笑着，很悠闲。

他们之所以悠闲，是因为不知道家族如今面临的困境。家族也不打算将那些事情提前告诉下位神、中位神。

知道家族困境的上位神们都很担忧，一直在努力修炼，希望能进入血战谷为家族而战。

"林雷长老。"一个声音忽然在外面响起。

"进来吧。"看到来人，林雷眉头一皱。

来人穿着赤色长袍，是血战谷战士的制式服装。

"有什么事情？"林雷问道。

"林雷长老，大长老有令，让林雷长老你速速赶往青龙殿。"这名赤袍战士恭敬地说道。

"大长老召唤我。"林雷连忙站起来，直接朝外面走去。那名赤袍战士跟在林雷的身后。

随即林雷、赤袍战士腾空而起，飞出了大峡谷，引得大峡谷中不少人看向他们……

呼呼——

寒风呼啸，血战谷的风依旧寒冷。

血战谷中，或是能看到三五成群的六星使徒，或是能偶尔碰到七星使徒。

林雷面无表情，朝青龙殿疾速赶去，直接进入了第五层。

第五层大厅内，一袭黑色长袍、戴着银色面具的大长老高坐在大厅之上。

大厅内除了大长老，还有一人——秃顶的伊曼纽尔，恭敬地站在一旁。

林雷见到伊曼纽尔，不禁在心中暗道："他怎么也在这里？"

"林雷长老。"伊曼纽尔向林雷微笑示意。

"伊曼纽尔长老。"林雷也向他示意，随即向大长老恭敬行礼，说道，"大长老！"

大长老说道："林雷，我们四神兽家族和八大家族战斗，八大家族有时会派人在固定的线路上行进，我们就会去偷袭。一般来说，偷袭的一方略微占优势。"

林雷点头赞同，偷袭那是出其不意的，自然占优势。

"不过，我们四神兽家族岂能总是做偷袭这等事情？"大长老继续说道，"我们四神兽家族也会派出队伍在固定线路上行进，等候对方偷袭。"

林雷不禁想到了索尔豪斯。

当初，索尔豪斯就是带着一支队伍在固定线路上行进。那次，和对方战斗得十分惨烈，索尔豪斯的最强神分身被解决了。

"又是因为家族的荣耀！"林雷在心中暗道。

四神兽家族因为家族荣耀，都不愿意持续偷袭、占便宜，其高傲可想而知。

"我这次原本安排伊曼纽尔带队出去，在固定线路行进。"大长老说道，"不过伊曼纽尔是第一次做这任务，他没有把握，便向我推荐了你。"

林雷一怔。

这叫什么话？安排给伊曼纽尔的任务可以转给别人？

"向大长老推荐我，什么意思？"林雷有些恼怒，同时瞥了一眼旁边的伊曼纽尔。

伊曼纽尔连忙解释道："林雷，我知道你厉害，所以我向大长老推荐你和我一起去执行这任务。"

"一起？"林雷不解。

大长老点头说道："是的。平常执行任务只有一个长老带队，偶尔会有两个长老。这次，我想让你和伊曼纽尔一起去。"

林雷看了一眼伊曼纽尔，依旧感到不满，毕竟这任务原先是伊曼纽尔的。

"林雷，你有两年没出去了，也差不多该出去了。"大长老说道。

林雷感到无奈，出去战斗不要紧，可是这任务来得憋屈。

"怎么，你不愿意？"大长老反问道。

伊曼纽尔感叹道："林雷，如果你不愿意和我一起去，那就算了。即使只有我，我也不会让八大家族的人好过，最多损失我的水系神分身罢了。"

林雷又瞥了一眼伊曼纽尔，这时候他能拒绝吗？

"大长老，我愿意去。"林雷开口说道。

伊曼纽尔眼睛一亮，脸上有了笑容。

"大长老，我还有一事。"林雷说道。

"说。"大长老道。

林雷恭敬地说道："大长老，我们外出执行任务，平时都是一个七星使徒带领一支小队的模式。这次，我想我们可以伪装一下。"

"伪装一下？"大长老疑惑地看向林雷，"林雷，经历过上次的事情，我想八大家族的高手不会再大意地让一个中位神靠近了。"

林雷笑了笑，那种战术施展一次就行了。

"大长老，我的意思是，伊曼纽尔长老和他的队伍乘坐金属生命前进，而我只带一个上位神乘坐金属生命装作普通人前进。"

林雷解释道："一个上位神和一个中位神乘坐金属生命赶路，这在地狱中很常见，并不会引起对方情报人员的猜疑。"

"嗯。"大长老有些明白了。

"执行任务时，伊曼纽尔长老在前面，我在后面，彼此隔开一段距离。对方就会以为只有伊曼纽尔长老这支小队，派遣的人马或许会少点。当对方偷袭伊曼纽尔长老时，我就能突然出现。"林雷笑道。

闻言，伊曼纽尔的脸色变得难看，林雷这是将他当成诱饵了。

"平常，家族只派出一支小队，这次我们若这么做，对方不会怀疑的。"林雷说道。

"好，就这么办。"大长老点头。

伊曼纽尔也不好反驳了。

"你们准备一下，马上出发。"大长老说道。

"是，大长老！"林雷、伊曼纽尔都躬身说道，随即退去。

"林雷。"一个声音在林雷的脑中响起。

林雷疑惑地转头看向大长老。

那个声音十分清晰："林雷，你如今只是一个中位神，还有很大的进步空间。这次如果真的遇到危险，就立即使用主神之力。你的生命要比一滴主神之力珍贵得多。"

林雷顿时感觉心中一暖，可是也有些疑惑：大长老安排的这项任务，明显偏向伊曼纽尔，但为什么又这么嘱咐他？

"是，大长老。"林雷不再多想，神识传音。

"林雷，这次我们可要联手了。希望在战斗的时候，我们别互相猜忌。"伊曼纽尔对林雷神识传音。

林雷瞥了一眼伊曼纽尔，笑了笑，神识传音："那是自然。"

说着，林雷直接朝自己的第十三小队飞去。

伊曼纽尔看着林雷离去，冷冷一笑，朝自己的小队飞去。

第583章
就是他

幽蓝府境内，一个龙形金属生命在高空飞行，一个豹形金属生命在它身后飞行，二者隔了一段距离。

龙形金属生命内一共有十二人。准确地说，是伊曼纽尔等十一人和一个死神傀儡。

伊曼纽尔看向那个死神傀儡，心里有些不舒服。

这个死神傀儡是林雷的，它在这里就能让林雷确定伊曼纽尔他们乘坐的金属生命的位置。

"林雷长老，你的金属生命别和我隔得太远，否则战斗起来，你赶不过来就糟糕了。"伊曼纽尔低沉地说道，眼中黄光闪动。

死神傀儡睁开双眸，看向伊曼纽尔。

"伊曼纽尔长老，你放心。我乘坐的金属生命虽然飞行位置会改变，但是不会和你隔得太远。一旦战斗开始，我会立即赶来的。"死神傀儡发出林雷的声音。

"赶来最好。"伊曼纽尔应道。

只要死神傀儡在伊曼纽尔乘坐的金属生命内，林雷就能轻易确定它的位置，也就能随意控制自己的金属生命与伊曼纽尔乘坐的金属生命的距离，有时候在后方十里左右，有时候在右方十里，有时候在左方十里左右。

总之，尽量不让对方怀疑。

嗖——

龙形金属生命瞬间飞过一条宽阔的河流。

河流湍急，里面竟然冒出了个人头。一个人仰头看着金属生命飞离开去：“哼，青龙一族的人真是有胆，竟敢这么嚣张地走固定线路，这是找死啊！”

当要诱惑敌人战斗的时候，四神兽家族就会让金属生命变成四神兽的模样。八大家族的情报人员只要看一眼，再展开神识感知一下，就能确定了。

“赶快把这消息传回去！”这个人只看到了龙形金属生命，根本没注意到那个豹形金属生命。

此时，林雷乘坐的豹形金属生命距离河流还有七八里，也不在固定的线路上。

八大家族的情报系统效率极高，消息当天就传回去了。

八大家族虽然分布在幽蓝府边境的两端，但是并不影响他们之间信息的交流。很快，他们就做出了决定。

这次，攻击青龙一族小队的任务交给了阿什克罗夫特家族和巴巴里家族。上次，这两大家族各损失了一名七星使徒，这次，他们算是来报仇的。

嗖——

二十余人低空飞行。

“上次，我们损失了两名七星使徒，青龙一族没任何损失，这次，一定要解决一名青龙一族的七星使徒。”为首的高大绿眉男子低声说道。

“大哥，这次布罗长老跟我们一起去，绝对不会出问题的。”一个消瘦的绿眉男子说道。

这对兄弟都有三米高，典型的巴巴里家族族人。与其他巴巴里家族族人不同的是，他俩都长有绿色眉毛。两兄弟在巴巴里家族是很出名的七星使徒，实力极强。

至于他们口中的布罗长老，在冥界也是声名远播，是阿什克罗夫特家族的超级高手。此次，八大家族派遣这三人带领队伍出马，明显有一雪前耻的意思。

上回的战斗，八大家族有两名七星使徒殒命，四神兽家族的七星使徒没有一点事。八大家族可受不了这个！

高大绿眉男子转头看向旁边一人，忍不住心一颤。

这人也就一米七左右，在巴巴里家族族人眼中是小不点，可是，没人敢瞧不起此人。

这人全身笼罩在灰色长袍中，秃顶，枯萎泛黄的弯曲头发贴在头皮上，一点生命力都没有。他满脸褶皱，显得很苍老，耳朵上也挂着两条绿蛇。

咝咝——

两条绿蛇吐着蛇信。

"希望青龙一族这次派出的是那个叫林雷的！"布罗睁开眼睛，眼中偶尔有黄光流转，沙哑地说道，"上次就是他解决了我孙子的最强神分身。"

"如果林雷去了，一定把他留给布罗长老你解决。"消瘦的绿眉男子连忙说道。

上次战斗中的摩斯里就是布罗的孙子。

"嗯。"布罗点头。

绿眉兄弟二人在巴巴里家族虽然厉害，但是在八大家族长老团中实力只是中等。布罗则不同，他在阿什克罗夫特家族地位极高，实力在八大家族长老团中排前三。阿什克罗夫特家族派他出马，显然是想将青龙一族的人都解决掉。

"不知林雷和青龙一族的那个天才长老布鲁相比如何。"布罗长老喃喃道。

"肯定比不上的。"高大绿眉男子说道，"林雷虽然身体强悍，但是灵魂防御好像不怎么样，比那个天才长老差很多。布罗长老你出手对付他，是他的荣幸。"

布罗出生于阿什克罗夫特家族，生来就擅长灵魂攻击，他的身体也极为强悍。当年，布罗和天才长老布鲁一战，都不能解决对方。

如果林雷和伊曼纽尔知道八大家族这次派遣了这么厉害的高手，恐怕早就退却了。可是林雷和伊曼纽尔都不知晓，依旧按原计划前进。

豹形金属生命内，林雷正和自己的队员喝着酒水。

"都半年了，这八大家族的效率还真低。"林雷感叹道。

"队长，八大家族分布在幽蓝府边境两端，距离我们足有数亿里。即使他们效率高、速度快，也要大半年才能赶过来。如果慢，一两年都有可能。"一名队员说道。

林雷看了这名队员一眼。这名队员叫伊萨多，是第十三小队新补充的一员。

在上次的战斗中，林雷的第十三小队损失了几人。虽然山挞他们还有神分身，但是神分身实力不够，便退出了血战谷。

"伊萨多，战斗的时候小心点。"林雷笑着说道，不禁想起了当初他和第十三小队说任务的情景。当他说只带一个人的时候，伊萨多是最积极的，还说服了其他人，然后就跟着他过来了。

"知道，队长！"伊萨多双眼放光，"一万多年了，我一直在等这一天。八大家族的人当年对我们穷追不舍。我们四神兽家族强大的时候，他们臣服于我们；老祖宗陨落了，他们就和疯狗一样，对我们四神兽家族毫不留情！"

伊萨多心中尽是怒气、仇恨。

林雷忍不住在心中暗道："这仇恨的确结大了！"

当年，各大家族疯狂追杀四神兽家族一事是很轰动的。就连林雷初到幽蓝府时，卖书的服务人员都知道这事。

龙形金属生命内。

"大家警惕点，敌人随时可能出现。"伊曼纽尔低喝道，"记住，不能让任何人靠近我们这个金属生命。凡是有人靠近，不管是中位神还是下位神，都不放过。"

林雷上次靠近金属生命的偷袭行为，也令伊曼纽尔有所警觉了。

"哈哈——"旁边的死神傀儡笑了起来。这个死神傀儡由林雷控制，可以算林雷的一个分身。

"没什么好笑的。林雷长老，你能隐藏实力，说不定对方也能，小心点为好。"伊曼纽尔说道。

"对，小心为好。"死神傀儡发出林雷的声音。

"不好，敌人来了！"伊曼纽尔突然脸色一变，瞬间就将龙形金属生命收入了空间戒指中。伊曼纽尔等十一人和死神傀儡都悬浮在半空。

林雷通过死神傀儡，看到地面上有二十多个人冲天而起。

"这么多？"伊曼纽尔十分诧异。

"林雷长老，"伊曼纽尔连忙催促道，"快点过来！"

"放心。"死神傀儡应道。

"哈哈，青龙一族的小子们，纳命来吧。"大笑声中，两名身材高大、模样相似的绿眉男子手持双刃巨剑冲天而起，身后的二十五名六星使徒也冲了过来。

伊曼纽尔的脸色变得越发难看，双方实力差距太大了。

"啊——"

伊曼纽尔低吼一声，体表立即冒出了青色的鳞甲，瞬间进入龙化形态。同时，他周围弥漫白色的雾气，隐隐显现各种幻境。

"水系元素法则，我们可不比你差！"绿眉兄弟二人大笑着，冲向伊曼纽尔。

扑哧——

砰——

爆炸轰鸣声不断。

八大家族二十五名六星使徒攻击青龙一族十名六星使徒，数量相差太大，只见一道道人影从半空坠落。

砰——

伊曼纽尔左臂断裂，被攻击得飞了出去。

"纳命来！"一道迷蒙的光芒亮起。

关键时刻，伊曼纽尔张开嘴巴，他的身体周围浮现出一道蜿蜒的巨大青龙幻象，犹如一座山。此时，青龙幻象的双眸紧盯着那两名七星使徒。

"不好！"绿眉兄弟二人脸色一变。

"退！"两人分别朝两侧疾速后退。

迷蒙的青色光晕仿佛水面波纹一样弥散开去，瞬间就波及了绿眉兄弟二人，这两名强者身体一震。

天赋神通——龙吟！

"队长！"

八大家族的数名六星使徒见到自己的队长有难，一个个连忙冲向伊曼纽尔。

虽然六星使徒和七星使徒之间有差距，但是几个六星使徒联手，七星使徒也不敢大意。

伊曼纽尔只能后退，却在心中暗道："这林雷怎么还不来？"

绿眉兄弟二人缓过神后，继续快速朝后退。

那个高大绿眉男子还笑着说道："青龙一族的天赋神通果然厉害。"

突然，他的脑海中响起一个焦急的声音："队长，小心！"

高大绿眉男子连忙转头看去，只看到一道龙化形态的人影在疾速冲来，一双暗金色的眼睛死死地盯着他。最让他吃惊的是，那人背上竟然有尖刺！

"他是林雷！"高大绿眉男子瞬间反应过来。

林雷独特的龙化形态，在他解决了八大家族的两名七星使徒后，被八大家族的高手知晓。

"逃！"高大绿眉男子转头就逃。

这时候，一道土黄色光芒弥散开来，形成了一个光罩，笼罩住了距离林雷只有百米的高大绿眉男子。

可怕的引力作用在高大绿眉男子的身上，他的速度锐减！

"啊——"高大绿眉男子知道自己逃不掉，便转身朝林雷全力劈出一剑，一道迷蒙的透明剑影脱离长剑，射向林雷。

林雷也不闪躲，依旧朝那高大绿眉男子冲过去。

当那道透明剑影进入林雷体内时，林雷也狠狠一拳砸在了高大绿眉男子的脑袋上。

砰——

高大绿眉男子从空中坠下，神格也在往下坠。

"哥！"已经退到远处的消瘦绿眉男子见到这一幕，不禁大声疾呼。

远处的一片山林内，原本不准备出手的布罗一抬头，眼睛一亮："原来他就是林雷。哼，巴巴里家族的那群笨蛋，遇到身体强的就不行了。"

布罗当即嘴唇微动。

顿时，一道巨大的黑色大蛇幻象浮现在布罗的身后，覆盖了整个山林，一股可怕的气息弥散开来。

这股气息令林雷感到心悸。

林雷转头看向下方，看到一个秃顶老人在冷漠地盯着他。那道蜿蜒的黑色大蛇幻象让林雷想起了之前的那次战斗。

"不好，是天赋神通魂灭。"林雷脸一沉。

上一次他的队员救了他，现在他的身边没有其他人。

第584章
怪物对战

地面上，苍老秃顶的布罗神色冷漠，嘴唇微动，身后是蜿蜒的黑色大蛇幻象。黑蛇幻象那只竖着的血红独眼正死死地盯着林雷。

此时，布罗的眉心部位裂开，从里面射出一道透明光线，瞬间划过长空，穿透林雷的光罩，直接射在了林雷的身上。速度之快，令林雷根本无法躲避。

阿什克罗夫特家族的天赋神通——魂灭！

"林雷长老！"幸存的青龙一族的六星使徒见到这一幕都惊呆了。

"浑蛋！"那个消瘦绿眉男子咬牙切齿地看着林雷，心中燃烧着熊熊怒火，刚才就是林雷解决了他的哥哥，"不能亲手解决你，算你好运！"

远处的伊曼纽尔见到这一幕，眼中一亮："青龙之戒！"然后，他疾速朝林雷飞来。

林雷的灵魂海洋中。

由灵魂防御主神器形成的透明薄膜覆盖了灵魂海洋的表面，包括悬浮在灵魂海洋上方的七彩剑形灵魂以及一个神分身。

不过，因为这件灵魂防御主神器是残破的，所以透明薄膜上有一个小豁口，这便是弱点。

七彩剑形灵魂的下方，是一身淡青色长袍的林雷——风系神分身。

这次执行任务，林雷只携带了一个神分身。

现在，风系神分身手中有一滴青色水滴——水系主神之力。

"看你这一招会不会进入灵魂海洋。若是穿透进来，我就只能使用水系主神之力了。"林雷早就准备好了，把一滴主神之力放在了风系神分身上。

一旦遇到危险，风系神分身就会第一时间使用这滴水系主神之力，保护好灵魂并且进行反攻。

扑哧——

那道透明光线很快就进入了林雷的灵魂海洋，如针尖般狠狠地刺在了透明薄膜上。速度之快，攻势之猛，绝对是林雷遇到过的最强攻击。

然而砰的一声，那道透明光线接触到透明薄膜后，完全消散了。

"呃，这就是魂灭？"林雷一怔，"怎么一点伤害都没有？"

当初，林雷与摩斯里对战，摩斯里发出的魂灭这一招被他的队员挡住了，因此林雷并不知道魂灭的厉害之处在哪里。

"这一招似乎没有一点灵性。"林雷在心中暗道。

其实，天赋神通是很僵化的一种攻击方式。如作为吞天兽的帝林，当他施展天赋神通吞噬时，只能朝一个方向施展，在那个范围内的东西就会被他吞噬掉，不在那个范围内的东西就不会受影响。魂灭也是这样，这一招施展出来，也是朝固定的一个方向，不会灵活地改变方向。

从攻击力来说，魂灭这一招确实厉害。若是这一招对准了林雷灵魂防御主神器的那个弱点——透明薄膜上的小豁口处，那林雷真有可能完蛋。

可惜，这一招对准的是正常的透明薄膜区域。不管怎么说，这透明薄膜是由灵魂防御主神器形成的，防御力自然很厉害。

一个七星使徒的攻击就想破开灵魂防御主神器的防御，那是做梦！

因此，八大家族这位超级强者布罗的这一招失效了。

空中，林雷立在一个直径五百米的光罩中央；地面上，布罗仰头看着林雷，表情从原本的冷酷阴狠渐渐变为错愕。

嗖——

伊曼纽尔疾速飞向林雷，在心中暗道："这次八大家族派出的人这么厉害，林雷多半会扛不住……"

"林雷，若你不幸殒命，你的东西可归我了。"伊曼纽尔一边思考着一边前进，当看到光罩时，还是感到十分诧异，"这个东西怎么还没消散？"

这意味着林雷还活着。

"伊曼纽尔。"一个冷冷的声音响起。

伊曼纽尔一怔，映入眼帘的是林雷那双暗金色眼睛。

"你过来干什么？要帮我？"林雷盯着伊曼纽尔。

他看着伊曼纽尔错愕的表情，在心中暗道："看来伊曼纽尔对我的盘龙戒指一直没死心啊。"

伊曼纽尔瞬间反应过来，干笑着说道："林雷长老果然厉害。我……我见林雷长老遇到危机，所以就想来帮忙。现在看来，林雷长老似乎不需要我帮忙。那我就先去对付另外一人了，下面那个老家伙交给你了，相信林雷长老肯定能轻易解决的。"

伊曼纽尔说着飞往另一个方向。

"哼，小人！"林雷心底不屑，随即低头看向布罗，"轻易解决？要解决他好像没那么容易啊。"

林雷感受到了威胁，不过他也不惧。他现在拥有三滴主神之力，风系神分身就在灵魂海洋中，可以随时使用。

"哈哈——"布罗大笑，满脸的皱纹如同蚯蚓，"林雷，现在看来，上次你解决摩斯里他们两个还隐藏了实力！佩服，佩服！"

林雷看着布罗，脑海中浮现出他的相关资料。

在血战谷时，青龙一族对八大家族中一些特别危险的人物进行了详细介绍。他们的实力远超一般的七星使徒，堪称八大家族的王牌。

眼前这人便是其中之一。

不过，林雷不知道，因为上次的战绩，他的相关资料也被八大家族知晓，他也被列入了对方的危险人物名单中。

"如果我猜得不错，你应该是阿什克罗夫特家族的布罗长老吧。"林雷居高临下，朗声说道。

"不错。"布罗咧嘴一笑，满是皱纹的脸庞显得越发狰狞，"能够抵抗我的天赋神通，你的灵魂防御很强。之前，你还故意装成灵魂防御不强的样子，佩服啊。"

苍老的声音在天地间回荡着。

"不过，今日我倒要看看，和你们的天才长老布鲁相比，你身体的防御力如何！"布罗说着，体表哧哧地冒出了黑色的密集的细小鳞甲，身后出现了一条细长的蛇尾……

阿什克罗夫特一族是自冥界神兽冥蛇传承下来的，实力堪比青龙一族。

"林雷！"一个愤怒的咆哮声响起，一道白影撕裂长空朝林雷冲来。

林雷转头看去，看清了那道白影，正是那个消瘦绿眉男子。

消瘦绿眉男子瞬间就冲入了光罩中，林雷赶紧改变里面的引力方向。

引力朝下！

消瘦绿眉男子努力抵抗引力，让自己不往下面坠去，可因此速度大减。

一声怒喝突然响起："黑尔斯，林雷交给我，你去对付另外一个！"

黑尔斯转头看向已经是蛇化形态的布罗，愤愤地说道："好，布罗长老，林雷就交给你了。你一定要解决他，为我哥报仇！"

"放心。"布罗信心十足。

黑尔斯狠狠地看了林雷一眼，哼了一声转头朝远处的伊曼纽尔冲去。

伊曼纽尔原本在一旁看戏，看到黑尔斯冲向林雷，别提有多开心了。没承想，布罗的一句话，黑尔斯就向他冲来了。

"背时！"伊曼纽尔低骂一声，只能对上黑尔斯。

林雷看着前方光罩之外的怪物。

此时，布罗的眉心部位有一只竖着的红色眼睛，体表大部分覆盖着黑色的细小鳞甲，胸膛部位是紫色的鳞甲，细长的蛇尾在身后微微甩动。

"这就是冥蛇一族的蛇化形态！"林雷在心中道。

实际上与布罗相比，林雷的龙化形态有过之无不及。林雷的龙化形态，背部有一根根尖刺，臂肘、膝盖也有尖刺，宛如一个人形兵器。

怪物对怪物！

"林雷，今天你必死无疑。"布罗沙哑地说道，"我想看看你能撑到哪一步！"

"布罗，你今天也别想活。我也想看看你能撑到哪一步！"林雷冷漠地说道。他早就计划好了，先靠身体战斗，若不行再使用一滴主神之力。无论如何，他都要解决这个布罗。

面对这样的高手，消耗一滴主神之力是值得的。

嗖——

布罗猛然冲入光罩中，速度瞬间锐减。

"在这里面，你会吃大亏的。"林雷朝布罗冲去。

然而，林雷震惊地发现，布罗就如他的本体——冥蛇——轻轻地滑动起来，速度并不慢，动作也很灵活。

"这……这怎么可能？"林雷大吃一惊。

布罗是第一个受黑石牢狱影响较小的人。

"哈哈——"布罗猖狂笑着，化为一道黑影瞬间划破长空，直接到了林雷的身前。

错愕之下，林雷反手就是一掌，蕴含了速度奥义的一掌朝那道黑影狠狠拍过去。

砰——

可怕的力量撞击在一起，产生的空间波纹朝四周传递，令空间出现了裂缝。

林雷被震得往后飞，感觉右掌在发颤，掌心很痛。

"身体力量果然不错。"布罗嗤笑一声。

"得意什么？"林雷一咬牙，"在这光罩内，你多多少少也会受到影响。"

随即，林雷如同一道闪电朝布罗飞去。

布罗也不示弱，当即迎上。

"灵魂混乱！"林雷立刻通过精神力控制灵魂海洋中的那颗黑石，同时毫不留情地挥出双拳。

布罗虽能抵抗灵魂混乱，但是也得分神抵挡林雷的双拳。

砰——

林雷的拳头狠狠地落在布罗的身上。

"嗯！"林雷诧异地发现布罗的身上很滑溜，以至于他的攻击力只有原来的一半了。

布罗一个翻身，旋即凌空站立，怒极而笑："你的灵魂防御果然厉害，不过……"

只见布罗的身体竟然开始变长，四肢在变长，蛇尾也在变长，身体似乎柔软无骨。片刻后，原本只是普通身高、蛇化形态的布罗，此刻足有数十米长。

"哈哈——"不远处忽然传来猖狂的大笑声，一股可怕的力量爆发，令处于战斗中的林雷、布罗不由得转头看去。

"想要我的命？做梦！"那个声音还在响着。

只见伊曼纽尔被青色光芒笼罩着，散发出让人心悸的气息，而黑尔斯已然殒命，尸体和神格都在地面上了。

"伊曼纽尔使用了主神之力！"林雷一惊。

"主神之力！"布罗脸色剧变。

第585章
普斯罗出现

"好！"震惊过后，林雷心底大喜，"虽然伊曼纽尔和我有些矛盾，但他和我毕竟是同一族的。"

伊曼纽尔在使用主神之力后，实力大增，很快就解决了黑尔斯。

现在，八大家族这支队伍的队长，两名绿眉男子，已经殒命，只剩下布罗了。

局势显而易见。

布罗猛然一声低吼，眉心部位竖着的眼睛红得似血滴。他手臂一甩，变长的手臂瞬间就划过长空，直接抓向林雷。手臂所过之处，空间震荡起来。

耀眼的紫色光芒突然亮起，所过之处，空间裂开。紫血神剑直接劈在了覆盖有黑色鳞甲的手臂上。

哧哧——

刺耳的声音响起，布罗手臂上的黑色鳞甲裂开。紫血神剑已经刺入了肌肉中，却不能再进一步。很明显，布罗的肌肉坚韧无比。

林雷猛然朝那挥舞过来的长臂挥出右拳，然而那手臂竟然绕了个弯，向林雷抓去。林雷根本来不及闪躲，被布罗抓住了右臂。

布罗手指指甲泛黑，如匕首般锋利。他左手猛然用力，欲将那锋利的指甲刺入林雷的右臂。

"啊！"林雷一声低吼，右臂肌肉猛然鼓起，然后迅速向那手臂踢出一腿。然而，这一脚如同踢在棉布上，软绵绵的。

布罗的手臂只是微微一震，就卸去了林雷的攻击力。

嗖——

布罗疾速冲过来，一股腥气也朝林雷而来。

"布罗的身体不但防御力强，还跟蛇一样柔软无骨，真怪。"林雷感到棘手。能够和青龙一族不相上下，冥蛇一族的确有其独特之处。

"伊曼纽尔快过来，和我联手解决他。"林雷连忙神识传音。

伊曼纽尔已经使用了一滴主神之力，现在实力很强。

可是，伊曼纽尔竟然装作没听见，朝那些逃逸的六星使徒冲过去。

"和你联手？"伊曼纽尔在心底冷笑，"做梦吧。布罗解决了你，我就去取青龙之戒。就算你还有神分身，青龙之戒一时间不能为我所用，但只要解决了你的神分身，那不就行了？"

在伊曼纽尔看来，林雷因为实力强才能保住盘龙戒指。若他的最强身体殒命，他怎么保住青龙之戒？

见伊曼纽尔故意装听不见，林雷只能在心底怒骂他，同时，也在骂眼前的布罗。

林雷从没想过自己强悍的身体竟然会碰到对手。面对布罗时而坚硬、时而柔韧的身体，他一时间也只能用身体硬撞。

砰——

二人身体相撞，再次分开。

"这林雷还真难缠。"布罗也感到头疼。只论身体，他确实比林雷强，可是在这光罩中，他还是受到了影响。

林雷时不时会改变引力的方向，一会儿朝上，一会儿朝下。有时候，林雷还会把引力变成斥力。这些都影响了布罗对林雷的攻击。

"伊曼纽尔，过来，我们一起解决他！"林雷突然朗声说道。

"伊曼纽尔！"布罗大惊。

"嗯！"伊曼纽尔不得不转过身看来。

林雷刚才神识传音，伊曼纽尔可以装作没听到，可现在林雷大声喊了出来，家族幸存的六星使徒以及远处观战的情报人员估计都听到了。如果他不出手，林雷殒命了，一旦情报人员回去禀报，他就麻烦了。

"这布罗真是个笨蛋！"伊曼纽尔在心中骂道。

按理来说，战斗激烈时，林雷是根本没有机会大声喊的。如果布罗能解决林雷，那伊曼纽尔的计划就成功了。

不过，林雷和布罗目前斗得不相上下，还是有机会大声喊的。

"好，林雷，我们一起解决他。"伊曼纽尔也朗声说道。

这句话让布罗决定走出最后一步——使用主神之力。

"想解决我？哈哈——"苍老的笑声响彻天际。布罗的身体恢复成正常大小，被一片黑光笼罩着，弥漫出一股可怕的气息。

"主神之力！"林雷大惊，"族长说过，我们四神兽家族的优势就是主神之力多一些。没想到，布罗也有主神之力，糟糕了。"

四神兽家族的老祖宗都是主神，自然能让每个长老几乎人手一滴主神之力。

八大家族的老祖宗就没有那么厉害了。在八大家族中，主神之力很稀有，只有厉害的长老才会有一滴主神之力。

布罗就拥有一滴主神之力！

"伊曼纽尔，快过来啊！"林雷神识传音，十分焦急，可伊曼纽尔竟然立在半空，根本不急着过来。

林雷瞬间就明白了："伊曼纽尔竟然打这般主意！"

此时，伊曼纽尔在心底冷笑："使用主神之力？很好，那就先解决了林雷吧。"

"林雷！"

一声低吼，布罗陡然冲向林雷。

林雷脸色一变，立即将光罩中的引力变为斥力，把布罗推向远离自己的地方。

然而，主神之力太强了。布罗即使被斥力影响，还是能快速追向林雷。

林雷一个转头，朝伊曼纽尔疾速冲去。

"你不过来，那我就过去！"林雷在心中暗道。

布罗看到林雷冲向伊曼纽尔，在心中暗道："哼，先解决他也好。"毕竟，伊曼纽尔也使用了主神之力，于是，布罗的进攻对象变成了伊曼纽尔。

此时，林雷在心中暗道："布罗实力太强，黑石牢狱这一招对他的影响不大。他施展的天赋神通，正好被我的灵魂防御主神器防住，他才会认为我灵魂防御强。若是他多施展几次灵魂攻击，就会发现我不是他的对手。"

一个错误的判断，让布罗没有对林雷继续施展灵魂攻击。

不过，林雷看出来了，即使他使用主神之力，恐怕也敌不过对方，毕竟他在正常情况下比对方弱。

"逃！"林雷直接朝北方飞去。

轰——

可怕的爆炸声响起，两个使用了主神之力的强者之间的对战是非常可怕的。

嗖——

林雷疾速飞行，感受到了身后的剧烈震动。

"这动静太大了。"林雷在心中暗道。

嗖嗖——

两道身影竟然一前一后从林雷上方疾速飞过。

一个声音在林雷的脑海中响起："林雷，赶快使用主神之力，我们两个联手一起解决他！"

林雷仰头看去，只见上空青色光团在逃命，黑色光团在追击。

"林雷！"青色光团猛然一顿，又朝林雷飞来。

伊曼纽尔现在的做法和之前林雷的做法一样。

"林雷，我这水系神分身一旦殒命，我一定会去告诉大长老的！一定会！！！"伊曼纽尔神识传音，显然十分着急。

一滴主神之力蕴含了非常惊人的能量。在一般的战斗情况下，这股能量可以维持一段时间。不过，伊曼纽尔先使用了主神之力，还战斗了一会儿，一旦主神之力耗光，他必死无疑。

"快点，林雷！"伊曼纽尔着急地喊道。

砰——

青色光团和黑色光团再次猛烈撞击，青色光团猛地砸向地面，伊曼纽尔明显处于劣势。

"嘿，打得这么精彩？"一个爽朗的声音突然响彻天地。

伊曼纽尔、布罗以及林雷都转头朝声源处看去。

只见一个足有三米高的壮汉身上穿着火红色铠甲，赤红色长发随意飘扬，一双眼睛四处看，脸上满是笑容。

"哦，林雷，"赤红长发壮汉笑着看向林雷，"好久不见！我听说你现在当了四神兽家族的长老，啧啧，我们分别好像还不足千年吧，你都这么厉害了。"

林雷看着眼前人，怔了许久，而后道："普斯罗！"

"哈哈，你还记得我。"普斯罗大笑起来。

眼前这个人，赫然是那个火焰巨人，那个因为主仆契约不得不变成一只金色小猫，承受亿万年委屈的超级强者普斯罗。

即使是七星使徒，面对普斯罗也只能选择逃命。

嗖——

青色光团窜到了林雷的身侧。

林雷转头看向伊曼纽尔，只见伊曼纽尔身上的青色光芒越来越弱，最后完全消散。

"我的主神之力耗光了。"伊曼纽尔盯着林雷，"现在靠你了。"

全身笼罩在黑色光芒中的布罗悬浮在不远处："主神之力耗光了？哈哈，你们两个受死吧。"说着，他化作一道黑光，朝林雷冲去。

砰——

一道火光砸在黑光上，把黑光砸得倒退回去。原来，那道火光是一把火红色的大锥子。

只见普斯罗手一伸，收回了那把火红色的大锥子。

布罗凌空而立，震惊地看向普斯罗："你……你……"刚才就是普斯罗一锥子将他砸飞了。

他都已经使用一滴主神之力了，就是修罗也不可能这么容易击飞他啊！

"这是怎么回事？"普斯罗皱着眉头看向布罗。

"你是谁？"布罗愤愤地说道。

"你管我是谁！林雷算是我的朋友，你想对付他……"普斯罗咧嘴一笑，"我这件武器到手后，还没使用过呢。"

普斯罗手中的那把火红色锥子足有两米长，一端尖一端粗，宛如一个巨型牛角。

一旁的林雷看呆了。他知道普斯罗强，但是没想到这么强。布罗可是使用了主神之力啊。按道理，就是修罗来了，也不可能如此轻易击退布罗。

"林雷，他……他是谁？"伊曼纽尔也看得震惊。

"我的一个朋友。"林雷只能这么回答。不过，他很疑惑，普斯罗的武器过去是一柄巨斧，现在怎么是这把火红色的锥子了？

这锥子似乎不一般。

"那你就别怪我了！"布罗愤怒地咆哮着。

他手中出现了一根散发着主神之力气息的黑色长鞭，朝普斯罗甩去，所过之处，空间裂开。

普斯罗直接一扔，仿佛扔匕首一样，火红色大锥子化作一道火光，直接飞了出去。

咻的一声，那根黑色长鞭竟然被熔断了，同时，布罗的胸口上出现了一个大窟窿。

一眨眼的工夫，火红色大锥子又飞回了普斯罗的手中。

"还不滚？这次只是伤你，下次就是要你的命了。"普斯罗握着那把火红色大锥子说道。

"那……那是……"布罗盯着那把火红色大锥子，一副难以置信的表情，"主神器？"

"嘿嘿，不错，有眼光。"普斯罗得意地笑了。

对主神而言，主神之力多得很，而主神器不同。主神器是主神耗费心力、耗费精血，用主神之力滋养出来的。

主神器的强大程度远超主神之力，特别是具有攻击性的主神器，用来解决上位神，那是轻而易举。

事情发展到这个地步，布罗很不甘："黑尔斯两兄弟殒命了，我们这一方失去了两个七星使徒，我还使用了一滴主神之力，可四神兽家族的七星使徒都活着！"

对他而言，这是耻辱！

这个结果要是传回去，他绝对会被族内其他人瞧不起，族长也定会不满。

"可这人有主神器！"布罗看向普斯罗，虽然心中怒到极致，但是也只能就此罢手，毕竟他毫无反抗之力。

"看你变身的样子，你应该是冥界阿什克罗夫特家族的。"普斯罗居高临下，随意地说道，"你回去的时候告诉你们家族长一声，就说这次我给你们族长面子，不解决你，可如果下次你们还敢动我的朋友林雷，啧啧，后果你们自己去想吧。记住，别动林雷，至于其他人，我懒得管。"

布罗不禁心一颤。

伊曼纽尔脸一沉，瞥了一眼普斯罗："这个大块头看来是和林雷有交情，而不是和我们家族有交情。"

很明显，普斯罗只管林雷，不会管八大家族和四神兽家族。

林雷却满心疑惑："说起来，我过去和普斯罗的交谈次数不多，与他的交情并不深。为了救我，他犯得着和八大家族翻脸？"

林雷不解，难道自己有如此魅力？

普斯罗顺手救他，他还能理解，可是普斯罗威胁对方的家族族长，他就难理解了。

"是，我一定把话带到。"布罗心中满是怒气，但还是屈服地低下了脑袋。

此刻，布罗已经完全变回人类形态，连他耳朵上的小蛇也不敢吐芯子了。

"滚吧！"普斯罗挥手说道。

布罗瞬间化为一道光线飞向山林深处，飞了二三十里才停了下来。他那满是皱褶的苍老面孔开始抽搐起来，双眸中更是闪过阴狠、愤怒的光芒。

"我回去说自己没解决一个七星使徒，我们这一方却损失了两个七星使徒吗？"布罗愤愤地吼道。

八大家族中，若是其他长老任务失败不算大事，可他是布罗，是家族中的王牌人物！他要是任务失败了，肯定会被其他家族议论纷纷。他丢不起这脸面！

当拥有了长久的生命，这些超级强者就会极度看重脸面。

"对了，那普斯罗很可能会离开，一旦他离开，我完全可以再返回去偷袭。"布罗眼睛一亮。他即使不能解决林雷，也是可以解决伊曼纽尔的。

嗡——

以布罗为中心，主神之力弥散开来，犹如神识展开一样，最终覆盖了普斯罗、林雷、伊曼纽尔。不过，普斯罗、林雷、伊曼纽尔并不知晓。

主神之力不仅可以进行物质攻击、灵魂攻击，还能像神识一样探察周边情况，而且探察效果更好，探察范围也更广！

当然，一般的超级强者很少用主神之力探察，毕竟主神之力很珍贵。

"嘿，小家伙，你先回去吧。"普斯罗满不在乎地对伊曼纽尔挥手说道，"我和林雷那么久没见，有一些话要谈。难道你要听我们谈话？"

"林雷，那我就先回去了。"伊曼纽尔不敢对普斯罗多说什么，只能对林雷说道，同时对普斯罗恭敬行礼。

可普斯罗只是哼了一声，让伊曼纽尔有些难堪。

"伊曼纽尔长老，路上小心。"林雷淡笑着说道。

"林雷长老，你独自一人回去，也要小心敌人。"伊曼纽尔显得很友好，当即飞离开去。

"独自一人？"用主神之力探察到这一幕的布罗，苍老的脸上不禁露出了笑容，随即眯起了眼睛，"主神之力快消耗光了，抓紧时间解决那个叫伊曼纽尔的家伙。"

布罗当即化为一道光芒，朝伊曼纽尔飞去。

此时，伊曼纽尔正独自飞向四神兽家族所在的天祭山脉，脸色阴沉。

这次外出执行任务，他本想让林雷的最强身体被毁，可是这个目标没实现。不仅如此，他还消耗了一滴主神之力。

"一滴主神之力，我只有这么一滴啊！"伊曼纽尔很不甘。

既然用了主神之力，就应该有点收获，可他什么收获都没有。

"自从老祖宗陨落，族内的主神之力越用越少。主神之力由族长保管，可族长对我一向有意见，怎么可能再给我一滴主神之力？"伊曼纽尔一边飞行，一边思索着。

"都怪林雷，要是他使用了一滴主神之力，就能和我一起解决那个布罗。如果解决了布罗，就凭这个大功劳，族长肯定会赐予我一滴主神之力的。"伊曼纽尔心中愤愤不平。

就在这时——

"嗯？"伊曼纽尔突然感到心悸，不禁转头。一道黑色光芒带着一种可怕的气息如闪电般直接袭向他，令他的脸色瞬间变得煞白！

"主神之力！"伊曼纽尔的眼睛瞪得滚圆。

砰——

伊曼纽尔爆裂开来，一枚神格从半空落下。

仅仅片刻，半空浮现出一道人影，秃顶、苍老，正是那个布罗。

"哼，总算解决了一个七星使徒，至少回去我也有话说了。"布罗原本心有不甘，现在解决了伊曼纽尔，心里顿时好受多了。

他回去禀报时，完全可以说林雷还活着是因为有普斯罗，他没办法对付持有主神器的普斯罗。但不管怎么说，他还是解决了对方的一个七星使徒。

布罗一翻手，将地上的那枚空间戒指收了过来，哼了一声，说道："果然还有分身在天祭山脉，这戒指给我也没用。"他当即手上用力，空间戒指就碎了。

至于地面上的一枚神格和一件神器，布罗懒得拿，也不在乎那点玩意。

"嗯？"布罗低头一看，发现身上的黑色光晕几乎没有了。

"快走！"布罗赶紧朝东方飞去。

布罗刚离开，两道人影便划过长空，出现在了这里，正是林雷和普斯罗。

刚才，林雷和普斯罗在闲聊着，忽然感知到了惊人的能量波动，便立即赶过来了。

"还是迟了，"林雷说道，"伊曼纽尔的七星使徒分身已经没了。"林雷一翻手，将那枚神格和神器收了起来。

"没了就没了，有什么大不了的。"普斯罗满不在乎地说道。

"他的神分身没了，我回去还是有些麻烦的。"林雷眉头一皱，"只能到时候再说了，解决他的毕竟是布罗。"

当感知到周围的主神之力时，林雷就猜到是布罗动的手，不过他现在也确实没有什么办法，只能继续之前的话题。

"对了，普斯罗，你刚才的话还没有说完。"林雷转头看向普斯罗。

"嗯，当年我到了穆亚大陆，我的主神器就是在那里得到的。"普斯罗说着说着，笑得眼睛都眯了起来，显然得意得很。

林雷知道，穆亚大陆是地狱五大陆地之一。

"林雷，你见过主神吗？"普斯罗故作神秘地说道。

林雷摇头说道："没见过，只见过记录了主神战斗情景的记忆水晶球。不过，那也只能看到一张由能量形成的巨型人脸。"

"那只是主神幻化的而已，不是主神本体。"普斯罗得意地说道，"林雷，你不知道，当年我在穆亚大陆遇到了一个超级强者，还跟他比试了！"

"比试？"林雷一怔。

"我比试什么就输什么。"普斯罗无奈地说道，"比物质攻击，我输了；比灵魂攻击，我输了；比速度，我输了。就连比我引以为豪的身体强度，我还是输掉了。"

"都输了？"林雷心中不禁有了猜测。

"我后来才知道，"普斯罗笑了，"他就是主神！"

林雷即使猜测到了，听普斯罗说出来也还是大吃一惊，旋即大笑起来："哈哈，普斯罗，你竟然和主神比试？哈哈！"

"我一开始怎么知道他是主神？他隐藏了实力，让我认为他只是一个上位神而已。"普斯罗无奈地说道，"他没展露过一点主神威势。后来，他问我是否愿意成为他的使者，同时展露了主神威势，我才知道他是一位主神。"

"什么系的主神？"林雷询问道。

"火系主神！"普斯罗笑道，"我是火系强者，我和他比试时，用的都是火系元素法则的招式。林雷，我发现和你见过面后，我的运气还真好。"

"第一次和你见面，我便脱离了亿万年的束缚。几百年后，我又成了主神使者。"普斯罗得意得很，"这把锥子就是主神赐予我的主神器。我的实力本来就赶得上修罗，现在有了这件主神器，啧啧，地狱中能超过我的就更少了。"

"超过你的更少？你的意思是，还有比你厉害的？"林雷笑着问道。

"当然有一些。"普斯罗说道，"在地狱中，主神使者可不止一个。除此之外，还有一些特别罕见的神兽，天赋神通很强。其实，最厉害的还是达到大圆满境界的上位神。"

林雷点头赞同。达到大圆满境界的上位神已经将某种元素法则中的所有奥义都融合了。

对上位神而言，融合某种元素法则中奥义的多少，决定了实力的强弱。比如，地系元素法则蕴含了六大奥义，一个上位神融合了五种奥义，另一个上位神融合了六种奥义，二人融合的奥义虽然只差一种，但是二者实力悬殊。

"我在地狱待了这么久，还没见过一个达到大圆满境界的上位神。"林雷感慨道。

"我也没见过。"普斯罗摇头，无奈地说道，"按照主神所说，达到大圆满境界的上位神实力肯定不如主神，而且，数量也不如主神。"

林雷赞同这一点。

"不知道融合了某种元素法则中的所有奥义，达到大圆满境界，会是怎样的实力……"林雷在心中暗道。

"林雷，我还有事情，就先走了。"普斯罗笑道，"你在四神兽家族，别傻傻地只为他们战斗。记住要保住小命，现将实力提升上去再说。"

普斯罗说着便飞走了。

林雷笑了笑，目送普斯罗离开。

"该回去了。"林雷低头瞥了一眼地面上伊曼纽尔的尸体，随即直接飞向天祭山脉。

第587章

八大族长

嗖——

伊曼纽尔在血战谷内疾行，其他战士不禁疑惑地看向伊曼纽尔。

"这不是你们青龙一族的伊曼纽尔长老吗？怎么这么急匆匆的？"

"不知道，可能有什么急事吧。"

战士们议论纷纷。

此刻，伊曼纽尔哪里还顾得了别人的议论？他心中有一团火在熊熊燃烧，直接冲到了自己父亲弗尔翰的住处。

砰——

门被猛地推开。

正在屋内喝着茶水的弗尔翰惊愕地抬起头，问道："伊曼纽尔，你怎么来了？"

伊曼纽尔不说话，回头砰的一声关上了屋门。

砰——

伊曼纽尔猛地跪下，硬是把坚硬的地面砸开了一条缝。

"伊曼纽尔，你这是？"弗尔翰连忙站起来。

"父亲！"伊曼纽尔悲愤地喊道。

"到底怎么回事？"弗尔翰感到情况不妙。

"我……我的水系神分身没了！就是因为林雷，就是因为他！！！"伊曼纽尔吼道，身体微微发颤，"他先是故意不出手，后来直接和我分成两路！"

"水系神分身没了？"弗尔翰有些蒙。他的儿子一共就两个身体，一个是水系神分身，一个是风系神分身。风系神分身的实力一般，还没有融合法则奥义。

现在，伊曼纽尔的水系神分身没了，连炼化水属性神格，恢复实力的机会都没有。

"到底是怎么回事？说清楚！"弗尔翰连忙说道。

"是，父亲！"伊曼纽尔满心愤怒，开始详细叙说起来。只是事情到了伊曼纽尔的嘴里就变了味，似乎都是林雷在陷害他。

青龙殿第五层偏厅内。

大长老正盘膝坐在蒲团上，静静地修炼着。忽然，大长老眉头一皱，睁开眼睛："他们两个怎么来了？"大长老当即起身，朝大厅走去。

"大长老！"弗尔翰的声音响起。

随即，弗尔翰、伊曼纽尔进入了第五层大厅。

"急匆匆的，干什么！"大长老不满地喝道。

"大长老，伊曼纽尔的水系神分身没了。"弗尔翰急切地说道。

"嗯？"大长老一惊，不禁看向伊曼纽尔，"伊曼纽尔，你不是和林雷一起去执行任务的吗？而且，你和林雷都有一滴主神之力。"

砰——

伊曼纽尔重重地跪下。

"大长老，我和林雷遇到了三名七星使徒，他们实力极强，其中有一名更是阿什克罗夫特家族的布罗。"伊曼纽尔连忙说道。

大长老脸色一变："竟然是他！以他的地位，应该有一滴主神之力。"

"不过，假使你和林雷都使用主神之力，二人联手，即使布罗有主神之力，你们还是可以逃命的啊。"大长老说道。

"林雷见死不救！"伊曼纽尔连忙说道，"危险时刻，他根本没出手。后来，一位强者突然出现，令布罗暂时停止了攻击。那位强者呵斥走了布罗。后来，林雷说和那位强者有事情要谈，让我先离开。"

"我当时没多想，便先单独离开了，没承想……"伊曼纽尔愤愤地说道，"大长老，我离开不久就遇到了布罗。大长老，肯定是林雷安排好的。他肯定偷偷和布罗神识传音了，让布罗来偷袭我，否则布罗怎么会离开后又返回来偷袭？"

大长老听得眉头一皱。

"之前林雷不出手，害你之心的确有。不过，后面布罗偷袭你，是不是林雷神识传音和布罗勾结，这无法确定。"大长老低沉地说道，"虽然林雷之前没有出手，但是你毕竟没事。你的水系神分身殒命是因为布罗偷袭，算不到林雷的头上。"

"大长老！"伊曼纽尔急了。

其实，大长老是伊曼纽尔的奶奶，可是大长老太古板、冷漠，即使是她儿子弗尔翰也需要称呼她为"大长老"。

"大长老，你想想，如果林雷没有害伊曼纽尔之心，伊曼纽尔的水系神分身怎么会殒命？"弗尔翰急切地说道，"他为什么不和伊曼纽尔一同回来？为什么非要分成两路？即使他和那位强者要谈话，为什么不让伊曼纽尔在一旁等待？"

"还有，布罗被那神秘强者呵斥走，怎么敢回头袭击？他肯定与林雷勾结了。"弗尔翰急切地说道。

他们说得义愤填膺，却忘记了一点——布罗可以使用主神之力探察周围动静。

"大长老！"弗尔翰急切地喊道。

大长老不由得看向伊曼纽尔。

砰——

弗尔翰猛地跪下："母亲！！！"

大长老身体一震，自从她让弗尔翰称呼她为大长老，弗尔翰已经很多年没这么称呼过她了。

"母亲，我就伊曼纽尔一个儿子！他的水系神分身没了，风系神分身想要有大成就，就是有亿万年也很难！母亲，你孙儿的前途都被林雷断送了啊！你怎么一点都不……"说着，弗尔翰的眼中有泪花了。

大长老一滞。如果她要治林雷的罪，的确可以治罪……

"母亲！！！"弗尔翰急切地喊道。

大长老看着跪着的两人，一个是她的儿子，一个是她的孙子。她舒了一口气，低沉地说道："孩子，起来吧。"

在家族中，大长老一直给人一种冷酷无情的感觉。然而，她毕竟是一个母亲，心灵深处也有柔软的地方，并不是铁石心肠。

弗尔翰、伊曼纽尔一听，不禁大喜。

"母亲，林雷的神分身在天祭山脉，现在就可以审讯他。"弗尔翰连忙说道，"我们青龙一族此刻该团结对外，可是林雷竟然这么做。即使不是死罪，也要好好严惩一番。"

"对，该严惩。"伊曼纽尔也连忙说道，"而且，他一个小辈凭什么拥有老祖宗的青龙之戒！这青龙之戒，应该归奶奶你才对。即使奶奶不需要，也该给父亲。"

大长老却沉默起来。

"母亲，我们派人把林雷喊过来？"弗尔翰问道。

林雷在外战斗的是他的本尊和风系神分身，而火系神分身、水系神分身、地系神分身都留在天祭山脉。

"急什么？"大长老瞥了他们二人一眼，"难道惩罚那些神分身？林雷本尊可还没回来。"

弗尔翰、伊曼纽尔一怔，而后明白了。

"对，现在不能审讯。若现在就审讯神分身，吓得本尊逃掉就不值了。"伊曼纽尔连忙说道。

在伊曼纽尔、弗尔翰眼中，林雷的神分身价值是远不如本尊的。毕竟，一般强者都有几个身体，最厉害的一个身体才是最重要的。

幽蓝府边境，八大家族中有四家坐落在这里。

从冥界搬迁过来的阿什克罗夫特家族首领，此刻正和布罗的水系神分身谈论着，毕竟布罗的死亡属性神分身还在归来途中。

"布罗，你说那个人拥有主神器？"一个人双目泛着红光，一对眉毛妖冶至极，泛着绿光的黑色长发更是长至膝盖处，双耳上的两条绿蛇也是盯着布罗。

这人就是阿什克罗夫特家族的首领，冥蛇一族的老祖宗，冥蛇一族最厉害的强者。

"是的，父亲，那是一件火属性主神器，很可怕。"布罗恭敬地说道，"他还让我给你带一句话，他说他不杀我是看在你的面子上，如果以后我们敢动林雷，后果让我们自己想。"

"哼，放肆。"冥蛇族长一声冷哼。

"他的主神器是火属性的，那应该是火系主神的使者。"冥蛇族长思索着，不禁说道，"跟我去波林家族一趟。"

"是，父亲。"

随即，这冥蛇族长带着布罗直接朝旁边的波林家族赶去。

很快，他们就到了波林家族。

波林家族在八大家族的地位就如青龙一族在四神兽家族的地位。四神兽家族以青龙一族为首，八大家族则以波林家族为首。

波林家族，光明殿。

光明殿殿堂足有百米高，一根根散发着柔和白光的柱子直立在大殿中。

此刻大殿之下，只有布罗一人恭敬地站着，而大殿之上，足足有八人坐着。

这八人正是八大家族的族长！

准确地说，其中四个是族长本尊，还有四个是远在幽蓝府另外一端四大家族族长的傀儡分身。

傀儡分身就是死亡傀儡，具有本尊的意识，放在这里能一起商讨事情。

布罗叙说着之前的战斗过程，说完后恭敬地说道："就是这些！"

八大族长则在上方讨论着。

"雷纳尔斯，你们家族一直待在地狱，应该最熟悉地狱中的高手，可曾听说过普斯罗？"

"普斯罗？没听说过地狱有这么个人物。"

"不管怎么说，他拥有一件攻击性的主神器，大概率是一位主神使者。"

"主神使者有什么了不起的！他之前只是口头上嚣张，如果真的逼迫我们，那我们就直接对付他。只要我们不抢先出手，他背后的主神就不会怪罪我们！"

下面的布罗听得一惊。不过他知道，他们八大家族的族长中，有七个是主神使者。有一个虽然不是主神使者，但是有主神器，实力是八人中最强的。

布罗明白，八位族长即使没主神器，实力也极强。正因为实力强，他们才会被主神看重，成为主神使者。

"我什么时候也能得到一件主神器呢？"布罗在心中暗道。

"别乱树敌！"大殿之上突然传来略显沙哑的呵斥声，"那普斯罗不足为虑，我现在反而猜疑一人。"

"布罗。"那个声音继续说道。

布罗立即躬身。

"我问你，你见到林雷时，也认为他是中位神，没感知到一点上位神的气息？"大殿之上的那个沙哑声音询问道。

"是的，没感知到一点。通过神识，我只能感知到他是一个中位神。"布罗回道。

那个沙哑的声音继续响起："嗯，布罗的实力我清楚。阿什克罗夫特一族本来就在灵魂方面有深度研究，布罗又是其中的顶尖人物，灵魂方面的成就极高，自然能感知到对方的实力。能够隐藏实力，让布罗感知不到的人，整个地狱屈指可数。有这等实力，应该不比我弱。如果林雷真的这么厉害，对付布罗应该轻而易举。

"可是他没做到，是普斯罗救了他。我怀疑林雷本身就是一个中位神！他之所以灵魂防御强，是因为有一件灵魂防御神器！"

"他本身是中位神？波林族长，你别开玩笑了。"顿时有人说道。

第588章
大威胁

"本身是中位神？"布罗感到难以置信。

八位族长则在上方继续讨论。

"我可不是开玩笑的！你们仔细想想，这么多年来，四神兽家族中谁使用过隐藏气息偷袭这一招？没有！不是他们不想，而是实力不够！"那个沙哑的声音继续说着，"我们波林家族、阿什克罗夫特家族，还有埃德里克家族，都是以深度研究灵魂而出名。隐藏气息想让我们发现不了，哼，地狱中这样的强者一共才几个？

"林雷如果达到了那种境界，布罗不可能活着回来！所以只有一种解释，林雷本身只达到了中位神境界，别人自然感知不到上位神的气息。"

其他族长不傻，之前只是因为林雷展露的实力而震惊，没往这方面想过。现在，被波林家族族长这么一说，他们恍然大悟。不过，他们还是有想不明白的地方。

"林雷确实有可能是中位神，不过，他的攻击力为什么那么强？听说他运用重力空间奥义施展出的那一招，一般的上位神都抵抗不了。面对这一招，六星使徒也会受到影响，受其宰割！"

"对，他战斗起来，实力可不比七星使徒弱。"

一个苍老的声音响起："那只能说林雷对法则奥义领悟得十分深，我估计他现在已经融合了地系元素法则中的五种奥义，否则，一个中位神不可能表现得如此强！"

"才中位神境界就融合了五种奥义？"其他族长十分震惊。

"林雷还没有达到上位神境界，估计是想将地系元素法则中的奥义全部融合。我想，他正在融合第六种奥义。等他达到上位神境界的那一天，也就是他完全融合地系元素法则中六大奥义的一天！"沙哑的声音响起，"我必须得承认林雷有大毅力、大魄力！"

其他族长都为这番推断而震撼，毕竟要融合某种元素法则中的所有奥义太难。一般来说，修炼者会尽快达到上位神境界，再去慢慢融合奥义。

一个尖锐的声音响起："他现在只是中位神境界，实力便如此惊人，如果达到了上位神境界，又融合了地系元素法则中的六大奥义，那就达到了大圆满境界！若四神兽家族的某一位族长将一件主神器给他……这样一个人，配合主神器，足以横扫我们！"

达到大圆满境界的上位神非常可怕，若手上还有一件主神器，堪称主神之下无敌手。

"这林雷竟然这么了得！"布罗听得很诧异，"也对，假使他真的是中位神，也只有在融合了五种奥义后，才能把重力空间奥义运用得那般惊人。他现在还在融合第六种奥义，等他大成……"

达到大圆满境界的上位神，数量比主神还少，每一个都是超级强者。

"这个林雷留不得！"一个低沉的声音响起，"现在看来，林雷随时可能突破。到时候，若四神兽家族族长给他一件主神器，我们就糟了！"

"如果真是这样，主神也不可能帮我们！"

顿时，八大族长惊慌起来。他们当中虽然有七人是主神使者，实力比大多数人强，但其实就是一个办事的，只要做好主神分派给他们的任务就行了，平时主神不会花太多心思在他们的身上。

不过，有一种人不同，那就是达到了大圆满境界的上位神。主神若是碰到了这类人，甚至会放下架子郑重地邀请对方成为他的使者。

现在，八大家族的族长都有些心惊肉跳，他们都没想到四神兽家族竟然冒出了一个天才人物。再这么下去，那还了得！

"林雷必须得解决掉！"

"和四神兽家族的战斗不能再这么拖下去，要加快速度！"

"无须管那什么主神使者，现在最大的威胁是林雷。必须抓紧时间将其斩杀，牺牲再大也要将其斩杀！"

八大家族原本没认真思考过林雷的事情，现在一讨论，就发现了这么一个大威胁，这让他们非常惊恐，毕竟每一个达到大圆满境界的上位神都将会震撼各大位面。

不过，他们不知道，林雷实际上只融合了地系元素法则中的三种奥义，只是因为有那颗黑石和源自紫色幼兽雷斯晶的独特运用方法，才会令他这一招的威力很大。

天祭山脉，血战谷。

伊曼纽尔、弗尔翰还待在青龙殿。

这时候，一道人影横贯长空，直接飞入了血战谷内部，落到了青龙殿内。一头青色长发飘逸，正是青龙一族族长盖斯雷森。

"嗯？"大长老疑惑地朝门口看去，伊曼纽尔、弗尔翰也转头看去。

盖斯雷森大步走进来，笑道："妹妹。"

"族长。"伊曼纽尔、弗尔翰连忙行礼。

"你们也在这里，正好。"盖斯雷森笑呵呵地直接走到主位坐了下来，对大长老笑着说道，"妹妹，林雷和伊曼纽尔这次出去可是让对方两个七星使徒殒命了。"

盖斯雷森又笑呵呵地看向伊曼纽尔："伊曼纽尔，听说最后有个七星使徒追杀你和林雷，结果怎么样？"

盖斯雷森的消息是从情报部门传递过来的。

"族长，"伊曼纽尔立即跪下，泣声道，"我的水系神分身完了。我们的敌人是布罗。我使用了主神之力，可是林雷没使用主神之力，也没有帮我。"

"到底是怎么回事？"盖斯雷森不由得眉头一皱。

"族长，我和林雷当初……"伊曼纽尔立即从头到尾地说了一遍。不过，他改变了一些说辞，听起来似乎是林雷想害他。

"你刚才说什么？主神器！"盖斯雷森惊讶地说道。

"伊曼纽尔，你说主神器？"大长老也是大惊。

"对……对啊。"伊曼纽尔一怔。

"刚才你怎么没说？"大长老怒道。

之前，伊曼纽尔对大长老叙说的时候，只说一个强者阻止了布罗，并没提到主神器。

"这……这很重要？"伊曼纽尔没明白。

"他叫什么？"盖斯雷森连忙问道。

伊曼纽尔还记得，当即说道："那人叫普斯罗。"

"普斯罗？"大长老有些迷惑。

盖斯雷森也是一怔，随即笑了起来，连忙说道："妹妹，走，跟我出去一趟。"

"是，大哥。"大长老连忙跟上。

随后，盖斯雷森和大长老一同离开了青龙殿，留在青龙殿的伊曼纽尔、弗尔翰则一头雾水。

"父亲，到底是怎么回事？"伊曼纽尔问道。

"难道族长认识那人？"弗尔翰也有些不解。

天祭山脉，一条偏僻的大峡谷。

林雷、迪莉娅、贝贝聚集在一起。林雷的本尊还在归来途中，在这里的自然是林雷的神分身。之前，迪莉娅、贝贝前往密尔城，如今也回来了。

"贝贝，出去一趟感觉怎么样？看你样子似乎挺乐的啊。"林雷笑道。

"出去一趟当然心情好。"贝贝摸着鼻子笑道，"不过最乐的不是因为出去，而是因为……老大，黑暗系元素法则中的第五种奥义，我已经领悟喽！"

林雷一怔。

"老大，你可是和我比的，你呢？"贝贝得意地说道。

"嗯……"林雷不禁摇头一笑，"我落你后面了。我陷入了力量奥义的瓶颈中，还没有突破。"

"哼哼！"贝贝得意地笑了。

"看你们两个，"迪莉娅捂嘴笑了起来，"连这个都比，跟孩子一样。"

"无聊嘛。"贝贝撇嘴说道。

林雷说道："迪莉娅、贝贝，你们还记得那个伊曼纽尔吗？"说着，他展开了神之领域，与外面隔离开来。

"当然记得。"贝贝连忙说道，"之前，他还想抢你的盘龙戒指呢。"

"而且，他有杀你之心。"迪莉娅不禁严肃起来，"你第一次的那个任务本是他的，他硬是推给你了。"

林雷说道："现在，我们无须担心他了。他如今即使想解决我，也没那个实力了，恐怕连对付你们两个都有难度。"

"怎么回事？"贝贝、迪莉娅大吃一惊。

"前不久，他接了一个任务，硬是让我和他一起去。结果，"林雷说道，"他的最强水系神分身完了。"

"真的吗？"贝贝兴奋地喊了起来。

"你们遇到强敌了？那你的身体呢，没事吧？"迪莉娅连忙问道，她知道林雷每次执行任务都是在生死间徘徊，因此担心林雷的情况。

"当然没事。"林雷笑着说道。

林雷忽然眉头一皱，转头朝天空中看去，只见天空中有四道人影疾速飞来，他便收回了神之领域。

那四人直接落到了林雷的前方。

"林雷长老。"四人躬身说道。

"什么事？"林雷询问道。

为首一人恭敬地说道："林雷长老，我奉四位族长命令，请你去一趟四神兽主殿。"

"四位族长？"林雷一怔。

他在天祭山脉这么久了，只见过青龙一族的族长盖斯雷森，至于其他三族的族长，他从来没见过。现在，四位族长召见他，是为了什么呢？

"林雷长老，还请快点，四位族长都在血战谷的四神兽主殿内等着你。"为首一人催促道。

"好。"林雷点头。

随即，林雷回头看向迪莉娅、贝贝，说道："我出去一趟。"然后他飞了起来。

那四名战士跟随着林雷朝血战谷飞去。

血战谷内有五座大殿，其中四神兽主殿是四神兽家族共商事情的地方。

片刻后，林雷来到了血战谷，一眼就看到了远处的四神兽主殿："竟然是四神兽主殿，我从没去过那里。"

今天，四神兽主殿专门为林雷打开了大门。

四神兽主殿一百多米高，四面墙壁上分别刻有四神兽雕塑，显得十分肃穆。

此时，四神兽主殿门口有血战谷战士站岗。

"林雷长老。"站岗战士恭敬地行礼。

林雷笑着点头，大步进入殿中。

轰隆隆——

待林雷进入后，主殿大门便关闭了。

第589章

家族的决定

林雷仔细看去，四神兽主殿第一层大厅内竟然空无一人。

"林雷，到二楼来。"一个声音在林雷的脑海中响起。

"族长。"林雷辨别出这个声音是盖斯雷森的，于是，他走向一旁有楼梯的偏厅，沿着楼梯来到了主殿的第二层。

第二层大厅明显要比第一层小上许多，中央摆放着一张巨型圆桌。此刻，正有六人围坐在圆桌旁，林雷只认识青龙一族的族长和大长老。

"看衣着、气息，圆桌旁另外一个女子应该是朱雀一族的族长。"林雷开始一个个辨认。

青龙一族、朱雀一族、白虎一族、玄武一族，无论是长相还是气质都迥然不同，一眼就可辨别出来。圆桌旁，青龙一族有两位，玄武一族有两位，白虎一族和朱雀一族各一位。

"林雷，坐。"朱雀一族族长淡笑着说道，其他人也都对林雷露出笑容。

盖斯雷森更是笑着说道："林雷，别拘礼了，就在那边坐下吧。"

"是。"林雷觉得心中一暖。

林雷知道眼前这些人是四神兽家族的最高层，也是四神兽家族四大主神的子女。

"林雷，我们找你过来，是想问问那个普斯罗的事情。"盖斯雷森开口说道。

"普斯罗？"林雷一惊。

他和普斯罗的事情竟然这么快就被家族知晓了。

白虎一族族长穿着一袭有着奇特纹路的白色长袍，平时面无表情，此刻也露出了一丝笑容："听说普斯罗拥有一件主神器，不过，我们都没听说过他。"

林雷听后不禁在心中暗笑。数百年前，普斯罗是阿斯奎恩怀中的一只金色小猫，谁会认识他？

"林雷，普斯罗是一名主神使者，这点应该没错吧？"身形比巴巴里家族成员还要高大的一个壮汉低沉地说道。

林雷知道，这个人是玄武一族族长。

"他的确是主神使者，不过是数百年前才成为主神使者的。"林雷回答道。

圆桌上，四神兽家族的高层们相互看了看，眼中都有了一丝喜意。

"哪位主神？"盖斯雷森连忙问道。

"这个我不清楚，只知道是一位火系主神。"林雷说道。

盖斯雷森身旁的大长老也连忙询问道："林雷，普斯罗救你，是因为他和你的关系，还是因为奉了那位主神的命令？"

"这个，我也有些疑惑。"林雷说道。

"嗯？"其他六人都看着林雷，表示不解。

林雷虽然不明白他们找自己干什么，但是知道有些东西不需要保密，说出来就成。于是，他说道："实际上，我和普斯罗过去也只见过一次。我们可以算是朋友，但是交情不算深。"

"他顺手救我可以理解，不过他让布罗转告八大家族，说不得再对付我，这一点，我不理解。"林雷说道。

圆桌旁的六人听得眉头皱起。

"他和你有交情？"盖斯雷森有些烦恼，"看来，他不是奉主神的命令来保护你的啊。"

"这可难说。"白虎一族族长反驳道，"普斯罗敢威胁对方，说不定……"

"好了，别奢望了。"朱雀一族族长叹息道，"如果主神有意保护林雷，会直接派人去八大家族下达命令，让八大家族不动林雷。显然，普斯罗救林雷一事跟主神没太大关系。"

"唉……"盖斯雷森不禁低叹一声，其他人的脸色也不太好看。

见到这一幕，林雷感到错愕，不过也明白了他们把他找来的原因："原来，他们希望我和主神牵扯上关系啊。"

联想到家族如今的情况，林雷能理解他们。自从四位老祖宗陨落，四神兽家族便没了靠山，以致八大家族联手来对付他们。

他们以为主神使者救林雷，是奉主神之令来的。若是这样，他们希望那位主神看在林雷的面子上，帮四神兽家族一把。

"他们的希望破灭了。"林雷在心中感慨。

"算了，大家别泄气，至少有一位主神使者可以算是我们的盟友。"朱雀一族族长说道，"而且，那名主神使者是主神派来的可能性也不是完全没有。"

林雷看着圆桌旁的六人，不禁感到悲凉。

这些族长都期盼能有一位主神站在他们的背后。不过，四位老祖宗都陨落了，其他主神谁会来帮助四神兽家族？

"林雷，我想问问，你是中位神还是上位神？"朱雀一族族长转移了话题，"说实话，我没在你的身上感知到上位神气息。"

林雷不禁看向族长。

"林雷是中位神。"盖斯雷森连忙说道，"这是个秘密，大家知道就行，不要传出去。"在场的都是四神兽家族的高层，知道也没事。

"还真是中位神！哈哈，你一个中位神怎么对付七星使徒的？"

厅内的气氛又欢快起来了，大家都谈论起了林雷。

面对几大族长的询问，林雷只能大概地回答一番。

"重力空间……"白虎一族族长剑眉一扬，惊愕地说道，"你运用重力空间奥义施展出的这一招式竟然能牵制住上位神！"

"重力空间奥义！"朱雀一族族长忽然惊呼一声，连忙看向林雷，急切地问道，"林雷，你那一招黑石牢狱是不是能够改变引力的方向？快，告诉我！"

朱雀一族族长的反应令其他人疑惑不解。

林雷一时间有些蒙，不明白朱雀一族族长为何反应这么大。不过，他还是点头承认："对。"

"哈哈——"朱雀一族族长大笑起来，开心至极，却令其他族长感到迷惑不解。

朱雀一族族长看向林雷，说道："林雷，你这一招应该是在紫晶山脉学的吧。"

林雷大吃一惊，她怎么知道？

见到林雷吃惊的表情，朱雀一族族长得意地笑了起来。

"大姐，你快说吧，到底什么事情这么高兴？"白虎一族族长催促道，其他人也看向朱雀一族族长。

朱雀一族族长满脸笑容："各位，林雷这招奇特的黑石牢狱，单纯靠自己是不可能领悟到的。我母亲在世的时候，曾经提起过一位毁灭属性主神！"

"毁灭属性主神！"其他人眼睛一亮，林雷也盯着朱雀一族族长。

"对。"朱雀一族族长点头说道，"这位毁灭属性主神天生就能够控制引力，还能影响、控制灵魂，实力极为强大。我母亲说过，那位毁灭属性主神便是紫荆大陆的那位主神！"

众人十分震惊，林雷也目瞪口呆。

"林雷的这一招，那位毁灭属性主神肯定会，其他人就不会了。"朱雀一族族长自信地说道，"对了，听说这位毁灭属性主神有一个儿子，他儿子也会。"

顿时，其他族长都看向林雷，犹如溺水的人看到了救命稻草。

在家族的四位主神陨落之前，他们都高傲无比，自认为天之骄子。可是在家族的四位主神陨落后，他们才发现四神兽家族的危机。他们一直期盼有一位主神能站出来帮助他们，可是一直没有。

"主神？儿子？"林雷的脑中闪过一幕幕场景，"那只紫色幼兽是那位主神的儿子！"

"林雷，"盖斯雷森的脸上满是笑容，"你认识紫荆主神？"

"不、不认识。"林雷摇头说道。

"不认识？"朱雀一族族长笑了起来，"你这招是在紫晶山脉学的吧。"

"没错。"林雷点头说道。

"那就对了。紫晶山脉就是那位紫荆主神的诞生地！"朱雀一族族长感慨道，"这位主神实力极强，他如果站出来说一句话，八大家族肯定吓得直接逃走。"

林雷现在才知道，原来紫晶山脉是主神的栖息地。

"我是在一只叫雷斯晶的紫色幼兽身上领悟到这一招的。"林雷连忙说道。

"雷斯晶？"在座的几大族长摇头表示没听说过。

"我也没听说过，"朱雀一族族长笑着说道，"估计是那位主神的孩子。"

"雷斯晶是炼狱统领，你们不认识？"林雷疑惑地问道。

"炼狱统领！"圆桌旁的六人一怔。

"炼狱统领可是要参加位面战争的。"盖斯雷森说道，"我们四神兽家族不掺和那个，而且炼狱统领经常换。"

林雷点头。

"林雷，你先回去吧。"盖斯雷森笑着说道。

"对，你回去吧。从今天起，血战谷的事情你就不要掺和了。你回去好好修炼，修炼到上位神境界再说。"朱雀一族族长也笑着说道。

林雷虽然有些疑惑，但还是躬身说道："是。"随后就离开了。

等林雷离开后，大厅内充满了笑声。

"哈哈——"盖斯雷森笑了起来。

"哈哈——"其他人也笑了起来，脸上满是笑容。

白虎一族族长感叹道："这么多年了，我们四神兽家族总算看到了一丝希望！"

"对，终于有一丝希望了！"盖斯雷森也感叹一声。

以四神兽家族往昔的荣耀，他们谁甘心永远龟缩在天祭山脉？

当年，幽蓝府主出面与八大家族签订协议，才让八大家族不进攻天祭山脉。

这仅仅是保住了四神兽家族的根。

至于想让荣耀重现，除非四神兽家族中能出一位达到大圆满境界的上位神，或者得到主神的支持。

朱雀一族族长笑着说道："这一万多年来，我们没看到一点希望，现在总算看到了一点。林雷既然能学到这一招，那就和紫荆主神的关系非同一般。"

"大哥，"朱雀一族族长笑着看向盖斯雷森，"你们可要保护好、照顾好林雷，我们还要靠他联系紫荆主神呢。"

"放心，"盖斯雷森也笑了起来，"林雷绝对不会出事的。"

第590章

暗潮涌动

血战谷。

伊曼纽尔、弗尔翰待在一起。

"我有一种不好的预感。"弗尔翰皱着眉说道。

"父亲，怎么了？"伊曼纽尔连忙问道。

弗尔翰说道："族长那么重视主神使者，估计想拉拢那名主神使者，毕竟我们四神兽家族现在的处境很艰难。如果这样，估计不会惩罚林雷了。"

"不会惩罚？"伊曼纽尔急了。他原本只是想对付林雷，没想到丧失了他最强的水系神分身，心中的不甘与愤怒就转移到了林雷的身上。他没实力对付林雷，只能想其他办法。

"怎么能不惩罚？"伊曼纽尔连忙说道，"大长老已经答应了的！"

"闭嘴！"弗尔翰呵斥道，眉头一皱，伊曼纽尔当即不再吭声。

弗尔翰深吸了一口气，默默思考起来。许久后，弗尔翰低声说道："我看家族惩罚林雷是不太可能了，只能靠我们自己了。"

"什么办法？"伊曼纽尔连忙问道。

"方法有很多。"弗尔翰不禁眯起眼睛冷笑道，"这次是碰巧有人救林雷，我不相信会一直有人救他。"

"父亲，你的意思是？"伊曼纽尔问道。

"族内长老，我不认识谁？设圈套让他钻不难，机会多的是。"弗尔翰说道，"战斗的时候弄些小动作，一点变化就可以要他命！"

"特别是在没有目击者的情况下，直接下手也行。"弗尔翰冷笑道，"他即使喊冤，谁会相信？"

诚然，假如弗尔翰和林雷一同行动，林雷不会想到弗尔翰敢偷袭他。正常情况下，林雷保持的是人类形态，攻击力没有龙化形态的强。一旦弗尔翰偷袭，不管成功与否，对弗尔翰都没影响。对弗尔翰而言，成功了最好，失败了也没关系。只要弗尔翰一口咬定是敌人对林雷动手的，在没有目击者的情况下，林雷根本说不清。

伊曼纽尔的脸上有了笑容。

"一个后代子弟也配得到老祖宗的青龙之戒？"弗尔翰嗤笑道，"有了青龙之戒，他只是一般的七星使徒。我若有了这枚青龙之戒，对家族的作用更大！"

"弗尔翰、伊曼纽尔。"一个声音传了过来。

"母亲来了。"弗尔翰连忙站起来，伊曼纽尔也恭敬地站在一侧。

嘎吱一声，大门开启了，戴着银色面具的大长老直接走了进来，看着他们说道："弗尔翰、伊曼纽尔，惩罚林雷的事情就算了。"

伊曼纽尔心底一惊："果然如父亲所料，不过……现在不行，以后有的是机会。"

执行任务，那可是在生死间徘徊。如果同伴暗中使坏，存活概率就会降低。

"从今天起，林雷将离开血战谷，不再接血战谷的任务。"大长老说道。

弗尔翰、伊曼纽尔一怔。

片刻后，弗尔翰连忙说道："母亲，这怎么行？按照家族规矩，血战谷中的长老千年替换一次，林雷进入血战谷还没到一千年！"

"对啊，家族规矩不能破坏啊！"伊曼纽尔急切地说道。

林雷如果不在血战谷接任务，他们都没办法对林雷下手。

"这是四位族长的决定！"大长老说道。

弗尔翰、伊曼纽尔听到这句话不禁蒙了。四位族长共同的命令，那是无法更改的。毕竟在四神兽各位族长眼中，林雷是能联系上紫荆主神的希望。

不过，在八大家族各位族长眼里，林雷是最大的威胁。

不管外界怎样，林雷终于能安心地生活了。自从见过了四神兽家族的四位族长，林雷就不要再去血战谷了，迪莉娅、贝贝对此十分开心。

天祭山脉，一条偏僻的大峡谷内。

林雷屋前的草坪上有一张石桌，石桌上有一瓶酒。林雷的四大神分身在修炼，本尊则坐在一条石凳上捧着一本书，享受着宁静的时刻。

迪莉娅端着两盘菜从屋里走出来，见林雷在看书，不禁笑了，把菜轻轻摆放在石桌上。

"嗯？"林雷忽然嗅到了阵阵香味，抬头一看，不由得眼睛一亮，"啧啧，好香。迪莉娅，你的手艺大有长进啊！"

说着，一双筷子出现在他的手中。他直接尝了起来，一边吃一边赞道："不错、不错，味道赶得上城内餐厅做的了。"

"差得远呢！"迪莉娅笑得脸都红了，"这是我根据上次去城内买的几本菜谱做的。这些食材，是我让进城的人帮忙带的。"

迪莉娅坐到林雷的对面，托着下巴，看着林雷吃。

林雷吃着吃着就笑起来了。

"你傻笑什么？"迪莉娅笑着问道。

"我在想啊，"林雷感叹一声，"感悟法则之道，闯荡无边地狱……待得闲暇时，阅读一些书，喝点好酒，再吃妻子做的好菜，这生活简直完美啊！"林雷开心至极。

迪莉娅也笑了。

"林雷，你如果想永远这么舒服，也是可以的。"迪莉娅说道，"只要以后不去那血战谷就行了。我总感觉四神兽家族太要脸面了。要是我，早就命令四神兽家族封山了。家族中的人在山脉内安静生活，何必和八大家族厮杀呢？"

林雷放下了筷子。

"好了，迪莉娅。"林雷笑道，"这人活着，特别是拥有了永恒生命后，就会看重颜面，特别是家族荣耀，看得比生命重要。不到必要时候，家族是不会选择封山完全龟缩起来的。"

迪莉娅笑了笑："不管了，反正你现在不要去血战谷了。"其实，迪莉娅对四神兽家族没什么归属感，只要林雷安全就好。

林雷笑了，他明白迪莉娅的想法。

"来，你也尝尝，这味道真的不错。"林雷笑着说道。

林雷过着这种悠闲舒适的日子，转眼就过去了百年。

和林雷在一起，迪莉娅丝毫不感到寂寞，整天笑容满面的，还学会了一道道美味佳肴。这倒是让林雷经常能尝到美食。

至于贝贝，会和林雷在一起，也会和玉兰大陆位面一脉的其他人玩闹。无聊的时候，贝贝还会乘坐金属生命跟着家族的队伍一起去城内逛逛。

血战谷四神兽主殿，四大族长齐聚于此。

"仅仅百年啊！"盖斯雷森脸色阴沉。

"这百年来，那八大家族就好像疯了一样！他们不计伤亡，不吝主神之力，就是要解决我方的人！"白虎一族族长愤愤地说道。

"这百年，我们朱雀一族损失了三位长老，你们呢？"朱雀一族族长沉着脸说道。

"我们白虎一族损失了四位长老！"白虎一族族长话语中包含怒气，"三弟，你们玄武一族怎么样？"

玄武一族族长低叹一声："我们玄武一族损失也不小，损失了两位长老。这才一百年啊！"

"大哥。"朱雀一族族长看向盖斯雷森。

"我们青龙一族损失了三位长老。"盖斯雷森叹息道，"这么算来，仅仅一百年，我们四神兽家族就损失了十二位长老！"

损失十二位长老，这是过去每隔一千年才会出现的情况，现在才过去一百年就出现了。

"那八大家族都疯了。"朱雀一族族长怒道，"这一百年内，他们每次都安排三四个七星使徒一起出手，而且总有一个携带了主神之力！他们这是不惜消耗主神之力也要解决我们的人。"

"他们这么疯狂，损失也不小。"盖斯雷森说道，"单单我们青龙一族，就解决了他们四个长老。"

"我们朱雀一族解决了三个。"

其他族长也报出了战绩。

"这一千年来，八大家族的损失比我们还大，他们损失了十五个长老。"盖斯雷森说道。

"不过人家基数大啊。"玄武一族族长低沉的声音响起，"自从四位主神陨落，我们四神兽家族损失的七星使徒加起来也近一百二十位了。我们四大家族加起来，幸存的七星使徒也就一百位左右。对方呢？对方的七星使徒加起来可是超过三百个的！"

论单个实力，八大家族的七星使徒与四神兽家族的不相上下。

八大家族的七星使徒原先有近五百个，这么多年下来，他们解决了四神兽家族近一百二十个七星使徒，自己也损失了一百多个。

然而八大家族基数大，即使自身有所损失，也还有三多百个七星使徒。

如果继续耗下去，就算四神兽家族的七星使徒消耗殆尽，估计对方也还有两百多个七星使徒。

"疯了、疯了，他们全疯了！"玄武一族族长不甘心地说道。

"这是怎么回事？过去一万余年他们都没这么疯狂过，为什么这一百年会这样？"盖斯雷森想不通。

四神兽家族的族长们怎么会想到八大家族之所以这么疯狂，是因为林雷。

八大家族不敢拖，害怕哪天林雷突然突破，成为他们都畏惧的大圆满境界上位神。

天祭山脉外，四神兽家族和八大家族的对战显然进入了白热化阶段。可是天祭山脉内还是很宁静，林雷依旧过着与世无争的日子，他的四大神分身也在不断进步。

自从林雷退出血战谷，已经过去整整两百年了。

这两百年来，林雷进步最大的是水系神分身，堪称突飞猛进。

水系神分身领悟水系元素法则的速度简直骇人，比地系神分身领悟地系元素法则、风系神分身领悟风系元素法则还要快，更是比火系神分身领悟火系元素法则不知快了多少。

如今，水系神分身早就达到了中位神境界，并且领悟了水系元素法则中的三种奥义，正在领悟第四种奥义。

其实，林雷这种领悟速度并不夸张，毕竟在宗祠洗礼后，他自然就懂得了一种奥义。

风系神分身在领悟风系元素法则中的第六种奥义。风系元素法则一共有九种奥义，领悟起来最麻烦。

至于火系神分身，还在领悟火系元素法则中的第三种奥义，速度最慢。

林雷、迪莉娅、贝贝在屋外围成一桌，一边吃一边谈笑着。

"林雷，你这日子过得很舒服啊！"一个声音响起。

林雷转头看去，走过来的是加维。

"加维的脸色不太好，有心事啊。"林雷一眼就看了出来。

不过，贝贝看不出来，还欢呼道："加维长老，你快点过来！这可是我老大第一次做的菜啊。你尝尝，简直好吃得'要人命'！"

"贝贝！"林雷觉得脸在发烫。

他明明是按照菜谱去做的，可是做出来后的味道与迪莉娅做的相差也太大了，不过还不至于"要人命"。

"哈哈——"加维长老不禁笑了起来，说道，"林雷长老，没想到你竟然会做菜，你做的我可要尝尝。"加维说着连忙走过来。

林雷在心中暗道："加维若吃了这菜，恐怕我做菜难吃这个消息会传遍整个家族的。"

于是，林雷连忙站起来，说道："加维长老，我这是第一次做，就不需要尝了。对了，我看你似乎有心事啊。"

果然，林雷这么一说，加维忍不住叹了一口气，然后坐了下来。

"发生什么事情了？"林雷询问道。

加维苦笑道："林雷长老，这两百年，你没去过血战谷吧？"

"对。"自从那次被四大族长召见，林雷就没有再去过血战谷。

"短短两百年啊！"加维感到憋屈，难受地说道，"林雷，你知道吗？这短短两百年，我们青龙一族就损失了五位长老！"

"五位！"林雷被这个数字吓了一跳。

一般来说，青龙一族每隔千年才会损失两三位长老。现在，两百年内就损失了五位，这确实让人震惊。

"如果加上伊曼纽尔、索尔豪斯他们，我们青龙一族拥有七星使徒实力的长老只有二十几位了！"加维说着，眼睛都湿润了，"我的老师，就在昨天的任务中损失了最强的神分身，也没有七星使徒的实力了。"

林雷不禁沉默了，迪莉娅、贝贝此刻也只能沉默。

"这才一万余年。一万余年前，青龙一族的长老有六十多位，现在损失过半！"加维低叹道，"按照这种速度，血战谷中长老人手肯定不够，估计会提前让我们加入。"

平时，血战谷中的长老是每隔千年替换一次。现在，长老损失速度太快，再这样下去，只能让加维等人补进去。

"这是怎么回事？怎么会死伤这么多？"林雷难以置信，"击败七星使徒容易，可是要解决七星使徒很难的。"

"八大家族疯了！"加维愤愤地说道，"这两百年来，他们完全疯了！每次战斗，他们都派出三四个七星使徒，其中还有一个携带了主神之力！每次战斗，我们家族的长老们都是九死一生。"

林雷听了忍不住脸色一变。

"八大家族怎么会这样？"林雷有一丝疑惑，"难道与我、普斯罗有关？"林雷忍不住猜想，毕竟他们是在与林雷战斗后才开始这样的。

"好了，林雷，我不打扰你了，你在这里也要好好修炼。我原本以为我们和八大家族的战斗会这么拖下去，现在看来，大决战快来了！"加维说完直接起身冲天而起，飞离开去。

"大决战……"林雷喃喃道。

"老大，什么大决战？"贝贝眼睛放光。

"别问了，你现在的实力可没资格掺和进去。等你哪天修炼到上位神境界再说。"林雷笑着说道。

贝贝一旦达到上位神境界，他的天赋神通噬神那就是逆天的技能。

"嗯……"贝贝不禁撇嘴，说道，"我现在只领悟了黑暗系元素法则中的五种奥义，这第六种奥义还没入门。贝鲁特爷爷真是的，当初干吗不将第六种奥义的灵魂碎片给我？这样不就省事了？"

林雷、迪莉娅不禁笑了。

黑暗系元素法则，贝贝已经领悟了其中五种奥义。第一种奥义，他到了成年期自然就能领悟到，而其他四种奥义是他通过四份灵魂碎片领悟到的。

其实，贝贝能领悟到另外四种奥义，是在贝鲁特的帮助下走了捷径的。若是让他自己领悟，难。

"贝贝，领悟不成还能尝试奥义融合呢。"迪莉娅笑吟吟地道，"一旦融合成功，实力也会大进。"

"这倒是个不错的主意，虽然过程会难点，但说不定我就成功了。"贝贝兴致来了，直接朝自己的住处飞去。

"我打赌，贝贝最多坚持一年。"林雷笑道。

"一年？说不定能坚持一年半。"迪莉娅也笑道。

"我一定会坚持两年的！"贝贝的声音从上面传来，林雷和迪莉娅相视一眼又笑了。

随即，林雷郑重地说道："迪莉娅，加维刚才那番话让我感到了压力。我打算从今天起，本尊也开始修炼。"

"嗯。"迪莉娅的眼中满是担忧，"我也有些担心，情势越来越不好了。你好好修炼吧，我不会打扰你的。"

林雷点头。

天祭山脉外，八大家族、四神兽家族的长老一个接一个陨落，六星使徒也接连殒命，形势惨烈至极。

天祭山脉一条偏僻的大峡谷内，林雷的四大神分身、本尊都在静心修炼。

自从得到了那颗黑石，地系神分身就成了林雷的主要神分身，他也是全力修炼地系元素法则。

地系元素法则中，林雷已经融合了大地脉动、重力空间、土之元素这三种奥义，正在尝试将地行术奥义与这三种奥义融合，也在尝试将未大成的力量奥义与这三种奥义融合。

在修炼中，时间又过去了一百年。

此时，林雷和迪莉娅在一起遥看远处，看到了不少族人。

林雷脸上满是笑容："终于有所突破了。"

"看把你高兴的。"迪莉娅笑道。

林雷这次修炼最大的突破，便是找到了力量奥义和大地脉动奥义融合的契机。不过，要让力量奥义和大地脉动奥义融合，还要花费一段时间。

"当然高兴，迪莉娅！力量奥义可以让我更好地使用力量。"林雷兴奋地说道，"一旦它与增强物质攻击的大地脉动奥义融合，我龙化形态的身体蕴含的力量会更大！"

林雷最大的优势就是他龙化形态的身体。龙化后，他最普通的一拳抵得上六星使徒厉害的一剑。若是这一拳蕴含了力量奥义，威力就会大增；若再蕴含了大地脉动奥义，威力还会增加！

"不同的奥义适合不同的攻击招式，奥义融合后，也会有与之对应的最强威力的招式。"林雷感叹道，"如同样融合了某种元素法则中四种奥义的七星使徒，有的擅长逃命，有的擅长灵魂攻击，有的擅长物质攻击。"

迪莉娅点头。

之前，林雷融合了大地脉动、重力空间、土之元素这三种奥义，配合黑石，施展出的威力最大的一招就是黑石牢狱。在地系元素法则中，最适合用来施展物质攻击的便是力量奥义和大地脉动奥义。

"等这两种奥义开始融合，我龙化形态的身体的攻击力就能达到一个新境界。"林雷十分自信。

如今，林雷的黑石牢狱可以用来困住对手，只是他的攻击力太弱，因为他的体内只有中位神境界的神力。即使靠龙化形态的身体，他也无法做到将敌人一招毙命。

"等力量奥义、大地脉动奥义融合，施展黑石牢狱困住敌人，再给敌人来一拳，敌人就算能活着也会受重伤。"林雷自信十足。

迪莉娅微笑着看着林雷神采飞扬地说着话。

"老大！"一个声音忽然响起。

林雷、迪莉娅转头看去，贝贝笑眯眯地飞过来，说道："老大，我要出去一趟。"

"出去？去密尔城？"林雷笑问道。

"对啊。我有好些日子没见塔罗沙、帝林他们了，去看看他们。"贝贝嘀咕道，"听说奥利维亚准备离开密尔城出去闯荡一番，也不知道他现在还在不在密尔城。"

"好，你去吧，路上小心点。"林雷笑道。

"嘿嘿，尽管放心。"贝贝笑眯眯地挥手，随即冲天而起。

看着贝贝逐渐消失的身影，林雷忽然想起来，自从他回到大峡谷，迪莉娅一次都没出去过。他不禁转头看向迪莉娅："迪莉娅，你是不是想出去呢？要不，我们一起去密尔城一趟吧。"

"不急。"迪莉娅摇头说道，"林雷，你还是好好修炼。等你完全融合了力量奥义、大地脉动后，我们再出去也不迟。"

"谢谢。"林雷感激地说道。

迪莉娅展颜一笑。

不管外面发生了什么，林雷就安心地待在这条偏僻的峡谷内修炼。他本尊偶尔也会停下来，陪陪迪莉娅。

自从力量奥义和大地脉动奥义开始融合，他的修炼就进行得比较顺利了。

一转眼，又过去了三百年。

一条偏僻的大峡谷内，林雷住所前的草坪。

迪莉娅正静静地坐在石凳上阅读着书。

"哈哈——"一阵大笑声从屋内传出来。

迪莉娅一怔，随即高兴地转头看去。

林雷长发肆意飘扬，大步走出来，看着迪莉娅笑道："迪莉娅，我突破了，我终于突破了！"

"什么突破了？"迪莉娅连忙站起来问道。

"力量奥义大成，而且和大地脉动奥义完全融合了！"林雷开心得很。

地系元素法则中，土之元素奥义、力量奥义、地行术奥义、重力空间奥义、大地脉动奥义，林雷都已经练至大成了，只剩下生之力奥义了。

"不过，这融合的过程还真难。现在，力量奥义也只是和大地脉动奥义融合了，还没有和重力空间奥义、土之元素奥义融合。"林雷叹息一声。

原本，他希望能找到力量奥义与重力空间奥义、土之元素奥义融合的契机，那样，他就可以为融合四种奥义做准备了。

现在看来，这条道路漫长得很。

"你现在很不错了。"迪莉娅笑着说道，"你不是说力量奥义、大地脉动奥义融合后，你就会有最强的物质攻击了吗？"

"那是当然。"林雷想到这里也笑了。

"不过，我还需要仔细研究蕴含这两种奥义的攻击招式。"林雷说道，"快则十天半个月，慢则一年半载。"

林雷说得自己也有些期待了。他一旦创出蕴含了这两种奥义的招式，配合黑石牢狱使用，若再次与布罗对战，绝对一拳就能让对方吃到苦头。

第592章

圆空裂

天祭山脉，一条偏僻的大峡谷边缘。

轰——轰——

地面一次次剧烈震动，大峡谷中的许多居民都感觉到了。他们很疑惑，不少人朝震动处赶去，想知道发生了什么。

"是林雷长老！"知道是怎么回事后，这些人又继续去干自己的事了。

原来是林雷搞出来的动静，他正对着地面不断挥拳。他的拳头离地面还有一段距离，但是引起了地面的剧烈震动。

"不对。"林雷摇摇头，又重新挥拳。

他挥出的这一拳看似缓慢至极，像是在推一座山。当拳头停下来时，一道道振动波向四周传递开去。

林雷皱着眉头再次挥拳。

试验招数的时候，林雷没有用龙化形态。一旦用龙化形态，他每一拳的威力就太可怕了。他现在完全沉浸在对招式的领悟中，不断地试验，不断地改良……

"族长，林雷长老在大峡谷边上对着地面一次次挥拳，似乎在试验什么招式。他已经这么做了一个月。"一名黑袍人恭敬地说道。

盖斯雷森不禁笑了："哦？对着地面挥拳？看来是在试验物质攻击的招式啊。他有那么厉害的身体，早就该研究厉害的物质攻击招式了。"

利用自身长处创造招式是明智的选择，在这方面多花些工夫，也是应该的。

"我倒要看看他领悟了什么。"盖斯雷森当即向外走去。

这五百年来，盖斯雷森一直担忧四神兽家族的事情，心情很不好，现在出去看看，就当散散心。

盖斯雷森飞行速度极快，很快就来到了那条大峡谷上空。

嗡——

盖斯雷森隐隐感知到了空气的震动。

"似乎不错嘛。"盖斯雷森疾速飞过去，直接来到了林雷修炼处的上空。

林雷完全沉浸在领悟中，丝毫没有注意到有人来。

林雷再次挥出右拳，从一个角度看，如同一个缓缓移动的大磨盘；从另一个角度看，则快如闪电，一道道清晰可见的波纹向四周传递。

盖斯雷森看得眼睛一亮。

"不对，不对……"林雷一边摇头一边喃喃自语。

林雷的每一次自我否定，便是对攻击招式有了新的认识。一旦有新的认识，他就可以再次改良招式，让他的攻击招式更厉害。

看着林雷一次次挥出拳头，盖斯雷森脸上的笑容越发灿烂了。

"怪了，地面怎么不震动了？"

"难不成林雷长老停止修炼了？"

当地面不震动的时候，大峡谷的族人们有些惊讶，不少人再次赶去林雷的修炼处。

他们看到林雷依旧在不停地挥拳。

"你们都退回去吧，"一声低喝在这些围观人的脑海中响起，"别打扰林雷长老。"

这些人一惊，才发现有一人凌空而立，人正是族长盖斯雷森。不过，这些人从来没见过盖斯雷森，不知道他是族长。

"那人是个高手。"

这些围观的族人本就不敢出声打扰林雷，便一个个退回去了。

盖斯雷森转头看向林雷，脸上满是笑容。

林雷还在试验招数，每挥出一拳，拳头周围就有大量空间波纹。诡异的是，这些空间波纹是重叠在一起的，并不传递，似乎在相互牵制。

"破！"林雷一声低喝，猛然挥出一拳，只见拳头附近的空间波纹都消失不见了。

"终于成了！"林雷脸上满是惊喜。接着，哧哧声响起，林雷体表冒出了鳞甲，尖刺也冒了出来……

"看看我这最强攻击怎么样吧。"林雷跃跃欲试。

"嗯？"林雷忽然转头朝后面看去，只见盖斯雷森正笑着看着他。

林雷大吃一惊，而后连忙说道："族长！"

"哈哈，你还是先试验你的最强攻击吧。"盖斯雷森笑道，"你用龙化形态施展出这一招威力如何，我挺期待的。"

"是，族长。"林雷也很期待。

林雷覆盖鳞甲的右拳猛然挥出，如蛟龙出洞，所过之处，空间震荡，哧哧的爆裂声响起，还有大量的空间波纹出现。

砰——

这一声震颤心灵。

拳头附近的空间直接爆裂开，露出了一个黑色的大窟窿。透过窟窿，可以看到空间乱流。然而仅仅片刻，窟窿就消失了。

"哈哈，好、好！"盖斯雷森的大笑声响起。

林雷也是满心欢喜。之前，他还不确定自己以龙化形态施展出的这一招威力如何，现在看来，超乎他的想象。

"林雷，你这一招叫什么名字？"盖斯雷森大笑着问道。

林雷沉吟片刻，说道："这一招叫圆空裂，融合了地系元素法则中的力量奥义和大地脉动奥义。"

一拳就能让空间爆裂开来，威力之大可想而知。

"来，和我切磋切磋。"盖斯雷森开心地说道。

"切磋？"林雷感到错愕。

"快点！"盖斯雷森皱着眉说道，"难道你认为能赢我？"说着，盖斯雷森体表浮现出青金色的鳞甲，颜色和林雷身上的一样，只是他的体表没有尖刺。

林雷笑了起来："既然族长有这兴致，林雷就跟族长切磋切磋。"林雷此刻也是信心十足。

"林雷，我的身体可比你的强，你可要使出全力啊！"盖斯雷森笑道。

林雷一笑，立即施展黑石牢狱，一个土黄色光罩出现，瞬间就笼罩住了盖斯雷森。

盖斯雷森一滞，然后低声说道："这小子还真够……"

他的话还没有说完，林雷就飞了过来。

"族长！"林雷大笑着挥出右拳。

"哼！"盖斯雷森哼了一声，同样挥出右拳。

砰——

覆盖了鳞甲的两拳相撞，附近空间直接爆裂开来。

盖斯雷森的右拳一颤，上面竟然有了一丝血迹，整个人止不住地向后退。

"好小子！"盖斯雷森眼睛发亮，"看来，我光用蛮劲还不行。"

林雷看着眼前兴奋的族长，在心中暗道："族长的身体的确强，我都使出最强一拳了，族长还只是用的蛮劲。"

通过这一拳，林雷深刻地了解了族长盖斯雷森的身体强度，他不愧是青龙一族中身体最强悍者。

很快，林雷又被盖斯雷森身上的变化给吸引住了，不禁喃喃道："这是什么招？"

只见盖斯雷森身上开始出现一层冰，连拳头上也有。

在阳光的照耀下，盖斯雷森身上的那层冰折射出绚丽的光芒。

"小子，我只用了一半的力量。"盖斯雷森笑着朝林雷飞过去。即使深陷土黄色光罩中，盖斯雷森依旧速度惊人。

林雷不后退，迎了上去。

当靠近盖斯雷森时，林雷只觉寒气逼人，不禁心惊。

砰——

二人都不闪躲，两拳再次相撞，撞击处空间裂开。

林雷忍不住后退，盖斯雷森赶紧追上。

嗖——

林雷飞向另一边。

"小子，别逃。"盖斯雷森喊道。

在适应了土黄色光罩中的引力后，盖斯雷森的速度快了很多，只比龙化形态的林雷差一点。林雷则靠着速度闪躲，时而给盖斯雷森狠狠来一拳或一腿。

砰——

轰——

一次次震天巨响引得大峡谷中不少人围过来观看。

林雷和盖斯雷森的每一拳都会令附近空间裂开，让这些人看得目瞪口呆。这样的拳头砸在他们的身上，有几个受得了？

终于，林雷、盖斯雷森停下了。

"哈哈，林雷，你这物质攻击快和布鲁不相上下了。"盖斯雷森很满意。

林雷却有不解之处。刚才，盖斯雷森使用了一半力量，而他的力量竟然能够与盖斯雷森抗衡，他不禁问道：“族长，你的身体比我强多了，这攻击……”

“这是元素法则上的差别。”盖斯雷森无奈地说道，“我主要修炼水系元素法则。水系元素法则在防御上不错，但是在力量上作用不大。”

林雷点头。确实，在水系元素法则中，只有冰之奥义能发挥出力量。

“与玄武一族族长相比，我的身体不比他弱，可是他的力量攻击远超于我，那是因为他修炼的是地系元素法则。”盖斯雷森说道。

林雷笑了。地系元素法则中有专门的力量奥义，修炼地系元素法则对发挥身体的力量确实很有效。

各系元素法则都有其优缺点，四大规则也一样。

水系元素法则可以让修炼者的灵魂防御和物质防御变得极强，但攻击上比较弱；火系元素法则可以让修炼者变得擅长攻击，但在防御上比较弱；命运规则可以让修炼者变得擅长灵魂方面，但在物质方面比较弱。

总之，很难做到完美。

“你一拳的威力已经很强了，都对我有威胁了。”盖斯雷森赞道，“过去你逃命本领强，现在对敌人的威胁更大。”

林雷很清楚，盖斯雷森的每一拳都被他的圆空裂卸掉了一大半力量，真正作用在他拳头上的力量并不多，否则，盖斯雷森的一拳绝对能打碎他的拳头。

同样，他挥出的每一拳也被盖斯雷森运用奥义抵消了一部分力量，否则盖斯雷森就会和刚开始一样，拳头上有血迹。

“族长不运用奥义都会受伤，一般的七星使徒怎么抵挡得住？”林雷笑了。

过去林雷靠黑石牢狱，逃命本领强，但是攻击力和七星使徒相比差得远；现在不同了，林雷就算再遇到那个布罗长老，也能对付他了。

天祭山脉深处。

林雷、迪莉娅、贝贝站在山崖边上，上空悬浮着一个大型的黑色凤凰形状的金属生命。

"迪莉娅，这么久了，我都还没有好好陪你出去一次，这次我一定好好陪你。"林雷握着迪莉娅的手说道。当初他们就说好了，等林雷融合了奥义，二人便出去一趟。

迪莉娅的脸上洋溢着幸福的笑容："对，这是第一次。不知不觉在这里待了快六百年，不知道泰勒和莎莎怎么样了。"

林雷不禁想到了自己的儿子女儿，还有沃顿。不过，他还是为当年的决定感到庆幸。地狱中太危险了，沃顿、泰勒他们在玉兰大陆至少可以享受宁静的生活。

"林雷长老。"一个温和的声音响起。

林雷转头看去，来人是青龙一族的长老特维拉。

特维拉是一个好脾气的人，从来没有进入过血战谷，不是实力不够，而是不喜欢战斗。

林雷对特维拉很有好感，至少特维拉不像伊曼纽尔、弗尔翰那么阴险。

"特维拉长老，这次是你护送？"林雷笑着说道。

"对啊。"特维拉笑得眼睛都眯起来了。

"这次就要麻烦特维拉长老了，我这次也准备去密尔城一趟。"林雷笑着说道。

特维拉的脸上立即露出惊喜的笑容："林雷长老，你也去？哈哈，这可是大好事。有你和我一起，即使途中遇到危险也不怕了。"

林雷笑着点头。

"哦，特维拉长老、林雷长老，你们都在这里啊。"一个熟悉的声音响起，林雷转头看去，赫然是弗尔翰。

弗尔翰金色眉毛一扬，笑着说道："这次应该是特维拉长老护送吧。"

特维拉点头说道："是的。不过，林雷长老这次也要去密尔城。"

"哦。"弗尔翰点头，"特维拉长老、林雷长老，那你们路上小心点。我想，有你们两个在，不可能出事的。"

"特维拉长老，我们走吧。"林雷懒得理会弗尔翰。

不知为何，林雷总觉得弗尔翰的目光让他不舒服。

特维拉向弗尔翰点头示意，随即和林雷一同朝空中的金属生命飞去。半空，不少人影接连飞入金属生命内。

弗尔翰站在山崖上仰头看着金属生命，直至金属生命飞离开去。

"哼，这个林雷！"弗尔翰脸一沉，心中满是怒气。

在他眼中，青龙一族的第二代和第三代子弟才是高贵的。老祖宗的青龙之戒即使不是他母亲使用，也该轮到他，林雷凭什么可以用？

因为林雷，他儿子伊曼纽尔的最强神分身完了，可以说没什么前途了。他想对付林雷，本想趁林雷出去执行任务时动手，可四大族长不让林雷出去执行任务了。

弗尔翰心中憋着一团火，一直没有发泄。时间越长，他心里越难受。

"去密尔城，对吧？"弗尔翰目光冷厉，"哼，那就让八大家族的人对付你吧，只可惜与你同行的人了……"

第593章
行程泄露

天祭山脉，弗尔翰住所的地下，一座昏暗无光的地下大殿。

此刻，弗尔翰独自坐在大殿之上的主位上，双眸中隐约有光芒闪烁，不知他在想什么。

"告诉八大家族的人？"弗尔翰虽然想让林雷死，让八大家族的人动手，但只是一时的念头。

当仔细思考的时候，他迟疑了。因为要让八大家族的人知道，就得有人去通知他们。

弗尔翰身为长老，有把握将消息轻而易举地传给八大家族。不过，这事情不能暴露，不能让别人知晓。一旦暴露，他就会背上"背叛家族"的罪名，在四神兽家族再无容身之处。

"叛族之人一律处死。"弗尔翰记得这条族规。

"为了报复林雷，冒这么大的风险，值得吗？"弗尔翰还在思考着。

毫无疑问，弗尔翰以自己是四神兽家族子弟为荣，他不想背叛家族，可又想解决林雷，不禁想起了大长老上次说的话。

那次，四大族长下令：林雷无须再去血战谷接任务。弗尔翰对此很不解，之后单独去找了大长老，仔细询问了一番。

大长老不想说紫荆主神的事情，便告诉弗尔翰："弗尔翰，你可知道林雷现在只是一个中位神？一个中位神就有堪比七星使徒的实力，等他达到上位神境界，你说他会有多强？他是我们家族未来的希望，现在不宜让他去冒险！"

弗尔翰听后惊呆了。他一直以为林雷隐藏了实力，没想到林雷竟然真的只是一个中位神。

弗尔翰霍地站了起来，目光冷厉，低声说道："林雷现在的实力就堪比七星使徒了，如果他成为上位神，一定会成为家族的王牌，地位比我还高，会站到我的头上去！难道以后我要看着他在我的面前嚣张？"

弗尔翰一想到林雷以后在家族中指手画脚的场景，脸色就愈加难看了。

"不！"弗尔翰咆哮起来，"绝对不行，让他站到我的头上去，还不如杀了我！"

"林雷，他不能活，绝对不能活！"弗尔翰身体隐隐发颤，"对，我只是让林雷不能活，又不是让家族完蛋，不算背叛家族，这不算！更何况，是八大家族去动手，又不是我去动手。林雷这算是与八大家族的人战斗……"

"青龙之戒……"弗尔翰忍不住皱着眉头，"林雷如果殒命了，青龙之戒不就落到了八大家族的手上？"弗尔翰也有些担心，青龙之戒毕竟是家族重宝。

"不，没事的，殒命的只是林雷的最强神分身，他的其他身体还在天祭山脉，八大家族即使得到青龙之戒也无法使用。"弗尔翰说服自己，"等以后有机会再夺回来。少了一个林雷对家族没有多大影响，我们四神兽家族本来就处于劣势，大不了就一直待在天祭山脉……"

经过一番激烈的思考，弗尔翰想通了。

"有林雷的家族即使再强大，我也待不下去；没有林雷的家族即使弱小点，我也过得舒坦。"弗尔翰嘴角微微上翘，已经打定主意了。

呼——

弗尔翰的披风扬起来了，他大步走出了地下大殿。

一道人影在山林中出现，是弗尔翰，不过这只是弗尔翰的一个神分身罢了。

弗尔翰低声一笑，模样就发生了变化，从金发老者变成了光头青年。

随即，弗尔翰疾速飞向空中。

片刻后，弗尔翰悬浮在一条河流的上空，冷冷地看向河面，低沉地说道："八大家族的，快出来。"

一般来说在固定线路上，隐藏起来的不是四神兽家族的情报人员，就是八大家族的情报人员，弗尔翰自然能够辨别出家族的成员。

"你是什么人？"低沉的声音从河面下传来。

"记住，青龙一族的林雷长老已经乘坐青色凤凰形状的金属生命前往密尔城了。想解决他，那就抓住机会吧，同行的还有一位长老。"弗尔翰说道。虽然金属生命离开时是黑色的，但是弗尔翰长老知道，那金属生命一旦离开天祭山脉就会变颜色。之前，弗尔翰探察过了，金属生命这次出去变成了青色。

同时，弗尔翰一挥手，一个水晶球从高空掉落下去："这水晶球里面有林雷的妻子迪莉娅和弟弟贝贝的影像模样。"（林雷对外称贝贝是他的弟弟）

水晶球一接触水面，就被一道青色气流包裹住拖入水中了。

弗尔翰见到这一幕，冷冷一笑，向远处飞去。

待弗尔翰的身影消失不见，河面上才冒出一个绿发人。

"青龙一族的林雷长老！"这个绿发人觉得难以置信，"没想到，我能立下如此大功。"

八大家族早就下令全力以赴解决林雷，情报人员自然也会留心他。可是这么多年，没人成功过。

情报部门的消息传递得非常快，八大家族当天便知晓了这个消息。

八大家族的族长十分激动，谁都没想到这消息来得如此突然。

经过商量，这个任务最后交给其中四大家族来完成。

这四大家族分布在幽蓝府西部边境，分别是从生命神界过来的埃德里克家族，从风系神位面过来的文纳家族，从地系神位面过来的德恩家族，以及地狱本土的雷纳尔斯家族。

幽蓝府西部边境，埃德里克等四大家族族长聚集在一起，大殿之下站立着八名灰袍人。

"林雷虽然只是中位神，但是有七星使徒的实力，仅仅出手两次，就令我们八大家族损失数位七星使徒。"一个温和的声音从大殿上传来，说话的是一个看似精灵的俊美男子。

他有一头长至膝盖的绿发，一双如星辰璀璨的眼睛，他就是来自生命神界的埃德里克家族族长埃德里克。

"现在他的威胁还不大，可等他到了上位神境界，那就糟糕了。所以你们八位不惜一切代价都要解决那个林雷。"埃德里克温和地说道。

"是，族长！"大殿之下，两名俊美的灰袍人躬身行礼回答，另外六名灰袍人也连忙躬身。

另外一名族长冷冷说道："这里有三滴主神之力，你们八人中，实力最强的查布长老自然要携带一滴，至于另外两滴，尼斯、坦普两位长老携带着吧。"

"是！"

有三人立即躬身行礼，其中有一个就是精灵族人。

"记住，此次行动必须成功！即使消耗掉这三滴主神之力，也务必解决林雷！"另外一个声音响起。

"是！"

八名长老齐声回应，心中却感觉沉甸甸的。

他们知道此次的任务目标林雷只是一个中位神，身旁也只有一个七星使徒。他们认为以他们的实力，解决林雷不会有问题，可是听族长们的语气，还是感到了压力。

"去吧！加快速度，早点抵达密尔城。"那个温和的声音说道。

八名灰袍长老微微躬身，便鱼贯离开。

大殿中，四位族长还在交谈着。

"这次机会这么好，千万不能失败。解决了林雷，我们才能心安啊。我不相信四神兽家族还会冒出一个能达到大圆满境界上位神的天才。"

"放心吧，这八名长老是我们四大家族选出的精英，林雷这次必死无疑！"

"八大长老，再加上三滴主神之力，就是我对上也不能抵挡。"

青色凤凰形状的金属生命在天际飞翔。

在这个金属生命内，林雷、迪莉娅牵着手坐在窗户前，透过透明金属看着外面的景色。

"飞行了这么久，该抵达密尔城了。"林雷笑着说道。

迪莉娅看着窗外，一边仔细辨认，一边说道："我来过，再过半个小时就该到密尔城了。"

随即，迪莉娅看了林雷一眼，无奈地说道："特维拉长老还真够小心，硬是要让你改变模样。"

此刻，林雷的脸上长出了胡子，连身高都矮了一些。

林雷一笑："你们还好，像我们长老，敌人一般都会有记录我们清晰影像的水晶球，自然会知道我们的模样。我们虽然碰到敌人的概率很低，但是也要以防万一。"

"怎么，看着我这副模样，你感到别扭？"林雷笑着问道。

迪莉娅摇摇头，随即闭上眼睛，说道："我能感受到你的气息，怎么会感到别扭？"

林雷笑了。

途中，林雷和迪莉娅享受着安静的二人世界。很快，林雷、迪莉娅便看到了远处的一座古老城池，只见城池门口的人络绎不绝。

"终于到了！"贝贝第一个跃出金属生命，直接冲向前面。

林雷和迪莉娅同族人一起走出金属生命，朝密尔城城门走去。因为林雷是使徒，入城不需要排队缴纳入城费。

"已经很久没看到过塔罗沙、帝林他们了。"林雷笑着步入城内。

然而他没有注意到，城门口不远处，有人因他们这个金属生命降落而激动起来。

"青龙一族的金属生命到了，你们发现林雷了吗？"

"我们没有。"

"我们这边也没看到！"

"我没看到林雷，不过看到了那个叫迪莉娅和贝贝的。他们旁边有一个男子，是中位神，他应该就是林雷！"

"中位神！那就没错了！"

八大家族的情报人员相互神识传音，已然锁定了林雷等几人。

之前，因不能确定青龙一族金属生命的飞行路线，八大家族的情报人员无法在途中对他们动手，只能在密尔城城门口等待。不过，和地狱里的其他城池一样，密尔城城内也不允许战斗。

现在，林雷他们进城了，八大家族的人无法动手。等林雷他们出来准备返程的时候，八大家族就可以下手了。

（本册完）

更多精彩尽在《盘龙 典藏版 14》！